4
La detective
está
muerta.
탐정은
이미
죽었다
니고 쥬우 [ill] 우미보즈

「……기습하듯이
나에게 그런 리얼한 걸
보이지 말아 줘.」

「폴더명을 어려워 보이는
영어 논문 제목으로 바꾸는 건
그만두는 편이 좋아. 의도가 뻔하잖아.」
「다른 사람은 몰라도
나에게는 안 통해.
재미있을 것 같아서
열어봤단 말이야.」
「그러니까 내가 하고 싶은 말은」

그러니까, 하고 나를 올려다보며 말했다.
「책임, 져야 해?」

불현듯 내가 입고 있었던 재킷 소매가
작은 힘으로 살짝 잡아 당겨졌다.
「적어도 내가 이렇게 된건
너 때문이니까.」
달밤 아래. 가로등에 비친 인도에서
돌아본 나와 그녀의 시선이 마주쳤다.
「몇 번이든 말할 거야.
내가 방에서 나오게 된건
너 때문이야.
정신없이 트러블에 말려들게 된 것도
너 때문이야.
그리고…… 아주 조금이지만
미래를 바꿔 보고 싶어진 것도
너 때문이야.
전부, 전부 너 때문이야.」

「시에스타의 침대에서
나츠나기와 동침하고 있다는
이 상황에 다른 의미로
땀이 멎질 않는다고.」

「아, 일어났네.」
암흑이었던 세계에서 눈을 뜨자
바로 옆에는 한 소녀의 얼굴이 있었다.
「……뭐 하냐, 나츠나기.」
잠시만 눈을 감을 생각이었는데
어느 사이엔가 잠들어 버린 모양이었다.
「갓난아기처럼 새근새근
잘 자길래 보고 있었어.」
「당연하다는 것처럼
남자가 잠든 침대에 눕지 말라고.」
「두근거렸어?」

본명	극비 사항
특기	극비 사항
직업	무녀
연령	16
국적	영국
취미	온라인 게임
싫어하는 것	외출, 운동
말버릇	어차피 세계는 멸망하는 걸…….
신조	기대하지 않고 바라지 않고, 맡기지 않는다

백의와 붉은 치마를 입은

무녀 의상.

뉘엿뉘엿한 석양을 받으며,

세계를 지키는 《조율자》는

시계탑 위에 군림했다.

탐정은 이미 죽었다

니고 쥬우

[ill] 우미보즈

4

ContentS

【프롤로그 2】

“헬기 왔어!”

주황색 해가 뜨기 시작한 해안 도로.

하늘에 떠 있는 기체를 발견한 샤르가 큰 목소리를 내며 우리 쪽을 돌아보았다.

“다행이야. 늦지 않게 왔어요…….”

그러자 곁에 있던 사이카와가 가슴을 쓸어내리며 그 자리에 주저앉았다.

“나츠나기, 도와줘!”

“알았어…… 하나, 둘!”

나와 나츠나기는 호령에 맞춰 다친 소녀를 조심스럽게 안아 들며 트인 장소로 옮겼다. 헬기로 그녀를 병원에 이송하기 위해서였다.

“——그러니까 당신들은 바보인가요?”

그러나 정작 당사자는 나와 나츠나기에게 옮겨지면서도 어이없다는 듯한 눈으로 중얼거렸다.

"걱정이 지나치잖아요. 저는 어디까지나 로봇인걸요."

그렇게 농담처럼 말한 건 은백색 머리칼을 가진 명탐정——아니, 명탐정의 몸을 기반으로 인공지능을 탑재해서 새롭게 탄생시킨 《시에스타》였다.

하지만 그녀는 지금 먼젓번 전투로 인해 인공 심장이 크게 파손되고 말았다. 그걸 수리하기 위해 지금은 수갑에 채워진 붉은 머리칼의 여형사에게 도움을 받아서 어떤 특수한 시설로 이송할 준비를 끝내 놓았다.

"심장에 구멍이 뚫렸다고. 얌전히 시키는 대로 해."

"그렇지만 키미히코가 온몸을 만지고 있으니 닭살 돋아요."

"거, 기운 있어 보여서 다행이네!"

정말이지, 잘도 그렇게 정색하고 독설을 내뱉는단 말이지. 대체 어디 사는 탐정과 닮은 건지.

나는 나츠나기와 눈짓을 나누고 《시에스타》를 땅바닥에 살며시 내려놓았다. 다음은 헬기의 도착을 기다리기만 하면 된다.

"키미히코, 이걸."

불현듯 나츠나기의 무릎에 머리를 올린 《시에스타》가 내 이름을 불렀다. 그리고 옷소매에서 뭔가를 꺼내더니 웅크리고 앉은 내 재킷 가슴 주머니 안에 넣었다.

"《시에스타》?"

왼쪽 가슴 주머니에 손을 대니 딱딱한 감촉이 느껴졌다. 이건 대체——.

"시에스타 님께서 주신 거예요."

《시에스타》에게 묻자 그녀는 전혀 로봇으로는 보이지 않는 상냥한 미소를 지으며 말했다.

"여러분 네 사람이 과제를 극복하면 건네주라고 하셨습니다. 지금 키미히코가 알아야 할 내용이 전부 그 안에 들어 있다고 하셨어요."

그리고 《시에스타》는 살며시 손을 뻗어서 내 왼쪽 가슴에 손바닥을 포갰다.

"……그렇군. 여기까지가 네 일인 건가."

"예. 그리고 여기까지가 시에스타 님께서 상정하신 미래예요."

그래, 여기까지다. 여기까지는 시에스타가 생각한 대로의 루트였다.

자기 자신을 희생해서 강대한 적을 억누르고, 남겨 둔 우리에게 과제를 극복하는 형태로 앞을 보게 한다. 정말이지, 실로 훌륭한 계획이었다. 사건이 일어나기 전에 사건을 해결할 준비를 해 놓던 그녀다운 수완이라고 할 수 있겠지. ……하지만 그렇다면.

"그럼 여기서부터는 우리가 하고 싶은 대로 하겠어."

미안하지만 시에스타의 손바닥 위에만 있는 것도 지겨워지기 시작한 참이었다.

"키미즈카, 지금 굉장히 못된 얼굴을 하고 있어."

무릎을 《시에스타》에게 빌려주던 나츠나기가 내 말에 살짝 쓴웃음을 지었다.

"너도 공범이 되겠다고 하지 않았었냐."
"……으. 뭐, 부정하지는 못하나."
무심결에 고개를 돌린 나츠나기의 옆얼굴에는 조금 전까지 흘리고 있던 눈물 자국이 남아 있었다.
"《시에스타》 씨……."
"조금만 더 견뎌."
이윽고 사이카와와 샤르도 다가와서 그 자리에 무릎을 꿇었다.
"예, 수리를 받고 언젠가 다시 돌아오겠습니다. 그보다도."
걱정스럽게 얼굴을 들여다보는 그 애들에게 《시에스타》는 곧은 시선을 보내며.
"시에스타 님을 잘 부탁드리겠습니다."
우리가 했던 맹세를 그녀도 빌어 주었다.
그게 설령 어떤 의미로는 주인을 배신하는 일이 되더라도.
"그래, 맡겨 줘. 언젠가 반드시……."
"우리가 시에스타를 되살릴 테니까."
내 말을 받듯이 나츠나기가 힘찬 목소리로 선언했다.
"예, 맡기겠습니다."
그렇게 《시에스타》는 마지막으로 안도한 것처럼 부드럽게 미소 지었다.

한 번 더 말하겠다.
탐정은 이미 죽었다.
그렇지만 나는 그 결말을 결코 인정하지 않는다.

이건 우리가 탐정의 유지를 넘어서 그녀가 그린 미래를 뒤집어엎는 눈부신 이야기다.

【제1장】

◆ 계집애의 말에는 귀를 기울이지 마라

그 맹세의 아침으로부터 약 반나절 뒤.

"그런고로 망할 꼬맹이, 너를 징역 2만 년 형에 처한다."

시가를 물고 귀신 같은 표정을 지은 붉은 머리칼의 여형사가 나에게 얼굴을 들이댔다.

귀신의 이름은 카세 후우비.

나는 그녀의 호출에 타워맨션 최상층에 있는 이 집까지 온 거였는데…….

"……불합리해. 나는 모르는 일이라고요."

대체 나는 무슨 죄로 질책을 받는 건지. 야경이 보이는 커다란 창가로 몰린 나는 사자와 맞서는 긍지 높은 포메라니안처럼 짖으며 받아쳤다.

"모르는 일이라고? 하! 웃기기는."

그러자 그녀는 말과는 반대로 미소조차 짓지 않은 채.

"안됐지만 키미즈카 키미히코. 너에게는 법정 속도위반, 거듭된 총안법 위반, 폭행, 상해 그리고 공무집행 방해의 용의가 걸려 있어."

나를 매섭게 노려보며 자신의 오른뺨을 손가락으로 가리켰다.

어젯밤에 나는 후우비 씨와 어떤 이유로 대립해서 한 판 붙었다. 그때 나는 후우비 씨를 후려쳐 버렸고…… 그로부터 시간이 지났지만 아직 뺨의 붓기는 남은 듯했다.

"하지만 나도 당신에게는 흠씬 얻어맞았는데요."

"그런 것치고는 멀쩡해 보이는데?"

뭐, 그건 그렇지만. 이것도 그 체질 때문에 가지게 된 맷집이라고 해야 할까. 부러졌겠다고 걱정한 갈비뼈도 아무래도 무사한 모양이었다.

"그런고로 너는 그 외 등등의 여죄 해피 세트로 평생 교도소에서 살아야겠어."

"아니, 잠깐만. 변호사 불러 줘! 그 정도의 권리는 있잖아!"

나는 필사적으로 주위를 둘러보았다. 실은 오늘 밤에 이 방으로 소집된 건 나 혼자만이 아니었다. 믿음직한 아군이 세 사람이나 있었다.

"나츠나기! 너도 뭐라고 반론을……."

"와! 목욕탕 넓어! 제트스파야!"

있었는데 어째서인지 멀리서…… 구체적으로는 목욕탕 쪽에서 들뜬 목소리가 들려왔다.

"나기사, 우선 몸부터 씻어."

게다가 목욕하고 있었다. 샤르와 둘이서.

말도 안 돼. 조수의 위기에 달려오지 않는 탐정이 세상에 어디 있냐. 있었군, 1년 전에도.

"정말이지, 어쩔 수 없네요."

그때 그냥 죽으라는 법은 없는지 한 소녀가 도움의 손길을 내밀었다.

"카세 씨, 키미즈카 씨를 용서해 주시지 않겠어요?"

소녀의 이름은 슈퍼 아이돌 사이카와 유이.

평소에는 곧잘 나에게 되바라진 태도를 보이지만 실은 정신연령이 가장 높은 사이카와는 지금만큼은 내 편을 들어 주려는 모양이었다. 홀로 테이블에 앉은 사이카와가 머그컵에 따른 우유를 마시며 말했다.

"확실히 키미즈카 씨는 카세 씨를 후려쳐 버렸죠. 하지만 그건 어쩔 수 없는 일이었어요——사랑 때문이니까요."

"사랑?"

후우비 씨와 함께 나도 고개를 갸웃거렸다.

"그래요, 사랑이에요!"

그러자 사이카와가 테이블을 세차게 두드리며 일어섰다.

"키미즈카 씨에게 있어서 시에스타 씨란 다른 무엇과도 맞바꿀 수 없는 존재예요. 그러므로 시에스타 씨를 위해서라면 경찰관이든 《조율자》든 상관없이 후려쳐 버리는 거죠. 왜냐면 키미즈카 씨는 시에스타 씨를 사랑하니까요…… 진심으로 사랑하고 말았으니까요!"

"ㅇ여 버리겠어!"

"꺄아~! 키미즈카 씨가 무서워요!"

저 계집애만큼은 무슨 일이 있어도 숨통을 끊어야 한다. 나는 도망치는 사이카와를 지옥 끝까지라도 쫓아가겠다고 마음속으로 맹세했다.

"남의 집에서 술래잡기하지 말라고. 나를 태클 거는 역할로 만들지 마."

"너희를 부른 건 다른 게 아니라 경고하기 위해서야."

시리어스와 코미디의 순서가 잘못되었지만 언제나 이랬으니 문제는 없다.

소란 끝에 테이블에 자리 잡은 우리 네 사람은 상석에 앉은 후우비 씨의 설명을 들었다.

"나츠나기 나기사, 사이카와 유이, 샬럿 아리사카 앤더슨 그리고 키미즈카 키미히코—— 너희는 《조율자》를 거스르고 다른 방법으로 시드를 무찌르겠다는 것으로 생각하면 되는 거지?"

날카로운 시선이 우리 한 사람 한 사람에게 쏟아졌다.

"그럴 생각이에요."

대답한 건 나츠나기였다. 나츠나기는 위축되는 일 없이 후우비 씨를 똑바로 응시했다.

"저희는 누구도 죽게 두지 않고 누구도 희생양으로 삼지 않아요. 다 함께 웃고, 다 함께 마지막에 이길 거예요. 그것만이 저희의 목표이고 승리 조건이에요."

그래. 그걸 이루기 위해 그날 밤에 우리의 모험담(프롤로그)이 시작되었다.

"……흥."

그러나 후우비 씨는 불만스럽다는 듯이 콧방귀를 꼈다.

현재 우리의 적인 《SPES(스페스)》와 그 보스인 시드. 지구환경에 완벽하게 적응하지 못했다는 시드는 갈아탈 인간의 그릇을 찾고 있다고 한다. 그리고 그 그릇 후보의 필두가 바로 《씨앗》의 힘을 가졌으면서도 부작용이 나타나지 않은 인물── 사이카와 유이였다.

세계의 적과 싸우는 《조율자》의 한 사람인 후우비 씨는 부하인 샤르와 함께 그 그릇을 파괴, 즉 사이카와를 살해함으로써 간접적으로 시드를 처치하려고 했다. 그러나 그 사실을 안 나는 나츠나기 그리고 도중에 마음을 바꿔 준 샤르와 함께 후우비 씨에게 맞섰다.

"열흘이야."

이어서 후우비 씨는 우리 네 사람을 둘러보며 말했다.

"열흘간 유예를 주지. 그 사이에 시드를 확실하게 토벌할 수 있다는 것을 증명해. 그게 내가 너희에게 베풀 수 있는 최대한의 온정이야."

"그러지 못하면?"

"그때야말로 그 소녀를 죽이겠어."

후우비 씨는 그렇게 말하며 사이카와를 차갑게 내려다보았다.

"키미즈카 씨, 무서워요."

옆에 앉은 사이카와가 내 소매를 움켜쥐었다. 아무리 배짱 있는 사이카와라고는 해도 《암살자》의 살기에 압도된 모양이었다.

“그래, 걱정하지 마. 우리가 지켜줄 테니까.”

“역시 젊고 귀여운 저를 질투하는 걸까요?”

“사이카와, 부탁이니까 감싸 주지 못할 소리는 하지 말라고.”

“카세 씨도 서른이 코앞이시라던데 매일 피부 관리에 신경 쓰고 스트레스를 받지 않게 생활하시면 아직 젊게 보일 수 있을 거예요! 괜찮으니까 포기하지 마세요!”

“사이카와!!!”

전언 철회.

후우비 씨의 터질 듯한 관자놀이를 보고 나는 사이카와의 입을 틀어막았다.

“그렇지만 우리 네 사람만으로 시드를 무찌를 방법을…….”

그로부터 진지한 분위기로 궤도 수정하는 것처럼 샤르가 손가락으로 턱을 짚었다.

현재 우리는 아직 《SPES》의 보스인 시드에 관한 정보가 거의 없었다. 우주에서 날아온 식물 같은 존재이며 특수한 능력을 지닌 《인조인간(클론)》을 만들어낼 수 있다는 정도의 지식밖에 없는 상황이었다. ——그렇지만.

“그럼 잘 아는 녀석에게 물어보는 게 가장 좋겠지.”

나는 그렇게 이 자리에 없는 또 한 사람의 가능성을 제시했다.

“시에스타야.”

샤르는 허를 찔린 것처럼 눈이 동그래졌다. 반면 후우비 씨는 내 말의 의도를 꿰뚫어 보려는 것처럼 눈을 가늘게 떴다.

“그 녀석은 언제나 사건이 일어나기 전부터 사건을 해결할 계획을 세우는 녀석이었어. 그러니 시드를 무찌르기 위한 준비도 나름대로 진행해 두었을 거야."

그건 예를 들자면 명탐정의 유산—— 열흘 정도 전에 크루즈선에서 샤르가 찾아다닌 것이다. 결국 그건 우리를 가리키는 것이었지만, 그런 식으로 시에스타는《SPES》를 타도하기 위한 실마리를 사전에 남겨 두었다. 그리고 그런 용의주도한 그 녀석이 우리에게 아무런 힌트도 없이《SPES》와 시드를 무찔러라는 무책임한 소리를 할 것 같지는 않았다.

"그럼 마담은 그 밖에도 다른 유산 같은 것을 어딘가에 남겨 뒀다는 거야?"

샤르가 "그런 정보는 듣지 못했는데……." 하고 회의적으로 말했다.

그렇다면 3년 동안이나 유일하게 그 녀석 곁에 함께 있었던 나만이 깨달을 힌트는 없는 걸까. 예를 들어 그 녀석과는 전설의 비보라는 것을 찾으러 싱가포르나 하와이에 갔던 적도 있었다.

혹은 좀 더 최근 일이며 나에게도 친숙한 장소.《SPES》의 최고 간부인 헬과 만나고 마지막 결전에 향하기 직전에 살았던 나라이기도 한—— 영국. 시에스타와 가장 농후한 나날을 보냈던 그 장소에 뭔가 힌트는…….

"——그렇군, 이건 그런 의미였나."

나는 재킷 왼쪽 가슴주머니에 들어 있던 어떤 것의 존재를 떠올렸다.

"옛날에 나와 시에스타가 런던에서 살았을 때. 그 녀석이 무언가를 황급히 책상 서랍에 숨기는 것을 본 적이 있었어."
그 서랍은 자물쇠가 채워져 있었는데 내 락픽 기술로도 열리지 않는 물건이었다. 그런데 시에스타는 그때 어떻게든 서랍의 내용물을 알아내려던 나에게 이런 말을 했었다.
'——언젠가 나에게서 이 열쇠를 빼앗아 보든가.'
그렇게 시에스타는 호전적인 웃음을 지으며 그녀의 《일곱 도구》인 마스터키를 손가락 사이에 끼고 흔들어 보였었다.
"그리고 나는 오늘 아침에 《시에스타》에게 이 열쇠를 받았어."
나는 주머니에서 작은 열쇠를 꺼내어 일행에게 보여줬다.
그건 어젯밤에 있었던 전투가 끝난 뒤에, 《시에스타》가 치료를 위해 헬기로 이송되기 전에 나에게 건넨 물건이었다. 나츠나기가 머스킷 총을 물려받은 것처럼 나도 《시에스타》를 통해 탐정의 《일곱 도구》를 물려받았다.
과제를 극복한 지금의 나에게 시에스타가 바라는 것은 《SPES》의 토벌이었다. 그리고 그 타이밍에 이 열쇠가 내 손에 들어왔다는 건, 《SPES》를…… 시드를 무찌를 수 있는 유산이 그 안에 잠들어 있다는 시에스타의 전언이지 않을까.
"너, 런던의 집은 그대로냐?"
내 말에 후우비 씨가 의문을 던졌다.
"예, 뭐. 매달 집세가 나가는 덕분에 지갑 사정이 좋지 않지만요."
"음? 그럼 계약을 해지하면 되잖아."
"……아니, 그건."

"카세 씨, 그 이상 따지지는 말아 주세요!"

그때 어째서인지 사이카와가 대화에 끼어들었다.

"키미즈카 씨는 시에스타 씨와 지냈던 사랑의 보금자리를 없애고 싶지 않았던 거예요!"

"시끄럽거든?! 사이카와, 너 이번에 장난이 너무 지나친 거 아냐?!"

나는 사이카와의 "딱히 장난으로 말한 건 아닌데요……." 하는 중얼거림을 무시하며.

"그러니 나는 내일에라도 런던에 가 볼 생각이야."

시에스타의 발자취를 좇는 여행에 나서기로 했다.

그곳에 시드를 무찌를…… 혹은 시드를 알 수 있는 힌트가 잠들어 있으리라 믿으며.

"그럼 나도 가겠어."

그렇게 말한 건 정면에 앉은 나츠나기였다.

"뭐, 조수를 돌보는 것도 탐정의 역할이니까."

"……그래, 고마워."

어쩔 수 없다는 듯한 말투로 말하면서도 윙크해 보이는 나츠나기에게 나는 쓴웃음을 지으며 감사를 전했다.

"그럼 너희는 그거면 되겠지. 하지만 남은 두 사람—— 샬럿과 사이카와 유이는 시드와 싸울 방법을 익혀 줘야겠어."

후우비 씨는 샤르와 사이카와 두 사람을 한 사람 한 사람씩 바라보았다.

시드에게 맞설 방법…… 그러고 보니 며칠 사이에 나츠나기는 헬, 나는 카멜레온의 능력을 각자 손에 넣었다. 후우비 씨는 시드와 싸우는 데 필요한 힘을 샤르와 사이카와에게도 전수하려는 모양이었다.

"우선 샬럿에게는 한 가지 해 줬으면 하는 일이 있어."

이어서 후우비 씨는 그렇게 말하며 의미심장하게 입꼬리를 올렸다.

"바, 바라던 바거든?"

그러자 샤르는 어째서인지 의문형으로 눈가에 살짝 눈물을 머금은 채 나를 보았다.

……심정은 알겠지만 내가 해 줄 수 있는 건 아무것도 없으니 용서해 주라.

"그래서 문제는 사이카와 유이인데."

그리고 후우비 씨가 사이카와에게 시선을 옮겼을 때였다.

"나에게 맡기시지."

그 순간 등 뒤의 커다란 창이 깨지는 소리가 났다.

그렇게 어두운 밤 속에서 방 안으로 발을 들인 건.

"박쥐?"

양복을 입은 금발의 남자가 씨익 웃으며 서 있었다.

◆협력 준비 완료

"너, 무슨 낯짝으로 내 앞에 나타난 거지?"

일어선 후우비 씨는 권총을 뽑아서 박쥐에게 총구를 겨누었다.
"하하, 공정한 취조를 부탁하지."
박쥐는 침입자임에도 불구하고 총구를 앞에 두고 표표하게 말하며 소파에 털썩 앉았다. 박쥐는 며칠 전에 후우비 씨의 감시를 피하고 《흡혈귀》 스칼렛의 도움을 받아서 탈옥했었다.
"내가 너를 가석방한 이유를 잊은 거야?"
후우비 씨는 박쥐를 날카로운 눈으로 노려보았다. 그러고 보니 예전 사파이어의 왼쪽 눈 사건 때 두 사람 사이에 그런 거래가 있었던 것을 기억한다.
"나는 너를 사이카와 유이의 감시역으로 쓸 생각이었는데 배신이나 하고 말이야."
……그렇군, 애초에 그런 목적이었나. 하지만 박쥐는 시드의 그릇 후보인 사이카와를 살해하려는 후우비 씨를 거스르고 반대로 사이카와를 같은 편으로 삼으려고 했다. 그 일의 전말은 방송국의 옥상에서 보았던 바와 같다.
"뭘, 그래서 지금 이렇게 당신들 편을 들겠다는 거잖아."
박쥐는 그렇게 말하며 겨누어진 총구에는 눈길도 주지 않고.
"내가 사파이어의 소녀를 돌봐 주지."
사이카와 쪽을 보며 다시 한번 그런 제안을 했다.
"저 말인가요?"
한편 사이카와는 어리둥절하게 고개를 갸웃거렸다.
"박쥐 너, 포기한 거 아니었나?"
그 교섭은 저번에 결렬되었을 텐데.

"하하, 애초에 나와 너희의 목적은 같을 텐데. 그리고 지금은 저 위험한 여형사도 협력 관계인 거잖아. 그렇다면 나도 동료로 넣어 줘도 괜찮다고 본다만."

이 작전 회의도 자랑하는 귀로 멀리서 듣고 있었던 거겠지. 시드와의 사이에 뭔가 일이 있는 듯한 박쥐도 《SPES》 토벌팀에 들어오려고 했다.

"넌 뭘 할 수 있지?"

후우비 씨는 일단 총을 거두며 박쥐에게 물었다.

"왼쪽 눈의 각성."

그러자 소파에 앉은 박쥐는 탁한 눈을 좁히며 그렇게 대답했다.

"사파이어의 소녀와 마찬가지로 인간이면서 《씨앗》을 가진 나라면 그 왼쪽 눈의 능력을 한 단계 더 끌어올려 줄 수 있어."

그랬다. 애당초 박쥐도 마찬가지로 시드의 《씨앗》을 체내에 정착시킨 평범한 인간이었다. 수술로 왼쪽 눈과 함께 《씨앗》이 심어졌다는 사이카와와 처지가 비슷했다.

"어때, 사파이어의 소녀. 설령 복수에는 관심이 없더라도 동료를 위해서 싸워 볼 생각은 있지 않나?"

박쥐는 그렇게 협상 카드를 바꿨다. 사이카와는 그날 밤에 부모님의 목숨을 빼앗은 《SPES》에 대한 복수를 선택하지 않았다. 그래도 지금의 사이카와가 무엇보다도 동료를 소중히 여긴다는 것을 박쥐는 알고 있었다.

"알았어요! 그럼 박쥐 씨에게 부탁드릴게요!"

그 제안을 듣고 사이카와는 두말없이 수락했다.

"정말로 괜찮아?"

과보호라며 웃음을 살 각오로 나는 사이카와에게 물었다.

"예, 물론이에요. 저도 지켜지기만 하는 게 아니라…… 여러 분을 지킬 수 있을 정도로 강해지고 싶으니까요."

사이카와는 웃는 얼굴로 우리에게 V사인을 그려 보였다.

"——유이, 고마워."

그리고 다음 순간. 일어선 샤르가 사이카와를 뒤에서 끌어안았다.

원래는 《암살자》인 카세 후우비의 지시에 따라 한 번은 사이카와를 살해하려고 했던 샤르였지만 지금 두 사람은 완전히 화해한 것처럼 보였다.

"샤르 씨……."

"유이……."

"다리 좀 주물러 주시겠어요?"

"아, 옙."

……정정. 아무래도 샤르도 그렇게 간단히 사이카와 앞에서 고개를 들지는 못하는 모양이었다.

"그럼 일단은 방침이 세워진 건가?"

나는 등받이에 몸을 기대며 긴 숨을 내쉬었다.

"응. 우리는 런던으로 가서 시에스타가 남겼을 터인 시드를 무찌를 힌트를 찾고 유이와 샤르는 시드와 싸울 힘을 기르는 거야."

내 말을 잇듯이 나츠나기도 앞으로의 방침을 말했다.

"——일단 물어보겠는데, 왓슨. 네가 할 일은 정말로 그거면 되나?"

그러나 생각을 굳히기도 전에 낮은 목소리가 나를 제지했다.

그리고 그 녀석은 맛있다는 듯이 담배를 피우며 말했다.

"아니, 뭘. 사랑하는 여자를 되살리니 뭐니 하며 마치 주인공처럼 소리치는 것을 오늘 아침에 들은 것 같아서 말이지. 틀림없이 너는 그걸 목적으로 움직이리라 생각했는데."

"윽, 너까지 나를 놀리는 포지션에 서지 말라고!"

나는 일어서서 테이블을 두드리며 박쥐에게 항의했다. 하지만 박쥐는 전혀 개의치 않는 기색으로 소파에 몸을 묻고 있었다. 젠장, 역시 저 귀로 내 말을 멀리서 전부 들었던 건가.

"하하, 오해하지 말라고. 내가 말하고 싶은 건 시드 따위에게 매달리고 있어도 괜찮냐는 거야. 네 가장 큰 목적은 명탐정을 되살리는 거잖아?"

박쥐는 입꼬리를 올리며 나에게 그런 물음을 던졌다.

……그래, 그 말이 옳다.

박쥐의 말대로 솔직히 나에게는 시드도 《SPES》도 아무래도 좋았다.

하지만 《SPES》를 무찔러 달라는 게 시에스타의 유언이자 전언이었다. 우리를 마지막 희망이라며 말해 준 그 녀석의 부탁을 못 들은 척할 수는 없었다. 게다가——.

"언젠가 그 녀석이 되살아났을 때 세상이 멸망해 있으면 본말전도니까."

그러므로 나는 《SPES》와 싸운다. 시드를 무찌른다.

그저 그뿐인 일이었다.

"그리고 시에스타를 되살린다는 기적이 하루아침에 이루어질 거라고는 생각 안 해."

죽은 이를 되살린다는 황당무계한 이야기를 조금이라도 믿고 싶어진 건 전날에 만난 《흡혈귀》 스칼렛의 존재가 이유였다. 그 녀석은 진짜 흡혈귀이며 죽은 인간에게 또다시 생명이 깃들게 한다는 믿기 어려운 능력을 지니고 있었다. ——하지만.

"틀림없이 흡혈귀에게 기댈 거라고 생각했는데 그걸 보고 간단히 결단을 내릴 정도로 어리석지는 않나."

같은 광경을 떠올린 것처럼 박쥐가 얼굴을 살짝 찌푸렸다.

그건 방송국 옥상에서 보았던, 카멜레온이 되살아난 모습이다. 흡혈귀가 만들어내는 《불사자》는 생전에 가장 강했던 본능을 제외한 모든 것을 상실한 상태로밖에 되살아나지 못한다고 규정되어 있었다. 그런 형태로 시에스타를 되살려내는 건 분명 아무도 바라지 않을 것이다. 설령 시간이 들더라도 다른 방법을 모색할 필요가 있었다.

"……하아, 원래라면 이건 알려 줘서는 안 될지도 모르지만."

그러자 나와 박쥐의 대화에 끼어드는 것처럼 후우비 씨가 머리를 긁었다.

"마침 네가 향할 예정인 런던에는 우리와 같은 존재가 한 명 있을 거야. 그 녀석에게 그걸 이야기하면 뭔가 바뀔지도 몰라."
"《조율자》가?"
내가 지금까지 실제로 만난 건 《명탐정》 시에스타, 《흡혈귀》 스칼렛, 《암살자》 카세 후우비 세 사람이었다. 전에 들은 이야기에 따르면 그들은 전부 열두 명이라고 했다. 그럼 런던에 있는 《조율자》란 건——.
"《무녀》야."
후우비 씨는 이어서 우리에게 한 장의 사진을 던지며 이렇게 말했다.

"그 소녀는 이 세계의 모든 미래를 알고 있어."

◆상공 1만 미터의 어게인

"Beef or Fish?"
지상으로부터 1만 미터 떨어진 하늘 위.
5분으로 시작하는 영어회화 같은 교재에서 가장 먼저 나올 법한 문장 2위(1위는 'Do You play tennis?')에 피쉬라고 대답하면서 나는 옆에 앉은 일행을 보았다.
"나츠나기는 어떻게 할래?"
그러나 나츠나기는 승무원이 묻는 걸 깨닫지 못했는지 이어폰을 귀에 꽂은 채 좌석 정면의 화면에서 나오는 영화를 뚫어지도록 보고 있었다.

"외국 영화에서 흔한 갑작스러운 베드신에 열중하는 와중에 미안한데 승무원을 무시하지 말라고."

"꺅!"

내가 옆에서 이어폰을 뺏자 나츠나기가 어깨를 들썩였다.

"두……두, 두두두두두두 번 죽일 거야?!"

"그런 메뉴는 없거든."

나는 다시 한번 생선 둘로, 하고 나츠나기의 메뉴까지 주문했다.

"……키미즈카, 왜 그렇게 성격이 못된 거야?"

승무원이 자리를 뜨는 것을 보고 나서 나츠나기가 원망스럽다는 듯이 나를 보았다.

이상한걸, 오히려 그런 거에 희열을 느끼는 타입이라고 생각해서 악인을 연기한 건데.

"잘 들어, 나츠나기. 성인은 사흘이면 질리지만 악인은 평생토록 질리지 않는다고."

"뭐야, 그 미인은 사흘이면 질리지만 반대는…… 같은 논리는. 설령 질리지 않더라도 싫어지거든. 이미 키미즈카가 싫어졌다고!"

나츠나기가 어이없다는 듯이 싸늘한 시선을 보냈다.

참고로 가장 질리지 않는 건 성격이 안 좋은 미인이라는 사실은 그다지 알려지지 않았다.

뭐, 누구라고는 말 안 하겠지만.

"요컨대 올바른 인간일수록 손해를 본다는 함축이 담긴 교훈이지."

"정말 알고 싶지 않은 교훈이었어."

"참고로 나츠나기가 보던 이 영화에서도 남자를 헌신적으로 뒷바라지하던 주연 여자가 마지막에는 적의 총탄으로부터 그 남자를 감싸다가 총에 맞아 죽어."

"대놓고 스포일러 하지 마!"

머리를 부여잡은 나츠나기는 "하아." 하고 크게 한숨을 내쉬며 화면을 껐다.

"……역시 키미즈카는 싫어. 함께 있어도 즐겁지 않은걸."

이어서 나츠나기가 알기 쉽게 고개를 홱 돌렸다.

그러나.

"그렇지만 적어도 앞으로 열 시간은 함께 있어야 하는데."

나는 창밖을 바라보며 나츠나기에게 말했다.

지금 이곳은 고도 1만 미터의 하늘 위—— 나와 나츠나기는 런던행 국제 항공편을 타고 있었다. 공항으로 향하던 도중에 사소한 트러블에 말려든 탓에 비행기를 하나 놓쳤지만 그래도 목적을 이루기 위해 우리는 앞으로 나아간다.

"알고 있어. 시에스타의 유산을 찾아내고 무녀와 만나기 전까지는 일본엔 돌아가지 않을 거니까."

그래, 나츠나기가 말한 대로다. 무녀는 《조율자》의 한 사람으로서 시에스타를 되살려낼 힌트를 가진 유일한 단서였다.

나는 어제 후우비 씨에게 들었던 설명을 떠올렸다.

"무녀?"

후우비 씨의 발언에 나는 무심결에 눈살을 찌푸렸다. 시에스타를 되살릴 방책을 생각하고 있을 때 후우비 씨가 제안한 그 존재. 그런데 잘 생각해보니 전에도 들은 적이…….

"《시에스타》 씨가 말했었죠."

한발 먼저 깨달은 사이카와가 내 생각을 대변했다.

그건 며칠 전에 《시에스타》에게 처음으로 《조율자》의 설명을 들었을 때의 이야기다. 《흡혈귀》나 《암살자》 등의 직함과 함께 《무녀》라는 존재가 있다는 것도 들은 적이 있다.

"그래. 나는 직접 만나 본 적도 없고 이름도 모르지만 《무녀》는 미래 예지 능력으로 이 세상의 모든 것을 내다볼 수 있다고 해."

후우비 씨는 담배에 불을 붙이며 그렇게 대답했다.

"미래 예지…… 그거 딱 《조율자》라는 느낌인데."

이미 《인조인간》이나 《흡혈귀》와도 만난 지금에 와서 미래 예지라는 능력을 말도 안 된다며 일축할 수는 없었다.

그리고 《조율자》는 세계의 위기에 대항하기 위해 임명된 존재라고 들었다. 그렇다면 미래에 일어날 세계의 위기를 예견할 수 있는 《무녀》가 실제로 있다는 이야기는 오히려 일리가 있는 것처럼 느껴졌다.

"그러니 만약 명탐정이 되살아난다는 미래(루트)가 존재한다면 《무녀》는 그 결말에 다다를 방법을 알려줄 수 있을지도 몰라."

"……그렇군, 그게 《무녀》에게 도움을 청하라고 말한 이유인가."

나는 새삼 시선을 내려서 사진 속 소녀를 보았다. 어딘가에서 몰래 찍었다는 사진이다. 미묘하게 흔들렸지만 푸른빛이 도는 머리칼에 유럽 출신으로 보이는 용모의 소녀가 찍혀 있었다.

모든 미래의 가능성을 내다보는 그녀라면 시에스타를 되살릴 루트를 찾아낼 수 있을지도 모른다. 흡혈귀의 소생법이 아닌 기적을 일으킬 방법을.

"뭐, 그러니까 너희가 명탐정의 유산을 찾으러 런던에 갈 생각이라면 그 녀석과 만나는 것도 선택지 중 하나로 넣어두는 게 좋을 거야."

그게 명탐정 부활의 열쇠가 될지도 모르니까, 하고 후우비 씨는 무뚝뚝하게 말했다.

아무래도 이걸로 나와 나츠나기의 여행 목적이 하나 더 늘어난 듯했다.

"그런데 키미즈카 씨와 단둘이 여행이라니 나기사 언니 개별 루트에 들어간 거나 다름없지 않아요?"

그러자 사이카와가 그렇게 트집을 잡았다.

"사이카와, 남의 일을 멋대로 연애 시뮬레이션 게임에 빗대지 말라고."

"유이, 설령 플래그가 몇 번을 서도 이 남자에게 그럴 배짱은 없어…… 존재하지도 않아……."

나츠나기, 조용히 가슴에 손을 대고 고개를 내젓지 마. 그림같은 미소도 짓지 마.

"뭐, 됐다. 그런 이유로 사이카와, 미안한데 런던에 갈 여비 좀 빌려줘."

"예? 다른 여자랑 놀러 가는 걸 뻔히 아는데 돈을 빌려줄 여자 친구가 어디 있겠어요?"

연하의 아이돌이 느닷없이 무서워졌다. 그리고 누가 누구의 여자친구냐.

"자업자득이야. 어제는 나에게 구혼했으면서 이번에는 다른 여자와 여행이라니, 정말 밥맛이야."

"샤르까지 오해를 불러일으킬 소리를 하지 말라고! 내가 언제 너에게 구혼을…… 구혼을…… 했군. 그러고 보니."

잘 생각해 보니 후우비 씨와 싸우던 중에 그런 정신 나간 발언을 해 버린 기억이 있다. 물론 하고 싶어서 한 건 아니었다만.

"와! 이거 뭐지, 대단해…… 뭔가 지금 복장이 터질 것 같은 기분이야, 대단해!"

"나츠나기, 발랄한 목소리와 발언 내용이 털끝만큼도 일치하지 않아서 소름 돋는데."

싫거든. 내일부터 이런 상태의 나츠나기와 단둘이 있는 건 절대로 싫거든.

"……그래서 그 무녀는 어떻게 해야 만날 수 있는데요."

나는 이야기를 되돌리기 위해 후우비 씨에게 물었다.

"아~ 실은 말이지."

그러자 후우비 씨는 "제안해 놓고 말하기 뭐한데." 하고 드물게 미안하다는 듯이 이렇게 말했다.

"그 누구도 무녀와는 만나지 못한다고 해."

그렇구만.

아무래도 그렇게 간단히 기적을 이룰 수 있을 정도로 내가 목표로 하는 이야기의 결말은 쉽지 않은 모양이었다.

"——그리운걸."

"응?"

비행기의 객석에 앉아 무심결에 흘린 말에 옆에 앉은 나츠나기가 고개를 갸웃거렸다.

"아니, 그게 4년 전에도 이렇게 비행기를 탄 기억이 나서."

홀로 수수께끼의 007가방을 들고.

하지만 지상 1만 미터의 하늘 위에서 나는—— 우리는 둘이 되었다.

"그렇구나, 여기가 키미즈카와 시에스타의 시작이었구나."

나츠나기는 그렇게 말하며 창밖에 떠 있는 하얀 구름을 바라보았다.

"그래, 우연히…… 아니, 필연적으로 말이야."

전부 그 녀석의 계획이었다. 그렇게 옆자리에 앉아 있던 탐정의 손에 이끌려 나는 3년에 걸친 눈부신 모험의 나날을 보내게 되었다.

"아, 지금 키미즈카 전 여친을 떠올릴 때의 눈을 하고 있어."

"전 여친을 떠올릴 때의 눈은 무슨 눈이냐고. 하지 마, 거울을 들이대지 마."

그런 식으로 과거에 있었던 그 날의 추억에 잠겨 있었기 때문일까.

다음 순간, 환청이 아니라.

내 두 귀에는 순회를 돌던 승무원의 이런 목소리가 들려왔다.

"승객 여러분 중에 탐정님은 안 계십니까?"

◆이 세상에 엑스트라는 없다

그 말을 듣고 한순간에 4년 전의 기억이 되살아났다.

나중에 박쥐가 일으킨 하이재킹으로 판명된 그 사건―― 바로 그 사건을 계기로 나는 비일상으로 점철된 3년간의 여행을 나서게 되었다.

"연루 체질도 극한에 이르렀구만……."

설마 그 날과 비슷한 상황에서 같은 말을 들을 줄이야.

그렇게 4년 전 일의 재현을 눈앞에 두고 내가 반사적으로 머리를 부여잡고 있으니.

"승객 여러분 중에 탐정님은 안 계십니까?"

승무원의 목소리가 바로 옆에서 들려왔다.

참 나, 역시 무시할 수는 없나 싶어서 고개를 들어보니.

"……당신은 분명."

"오랜만에 뵙습니다, 고객님. 당시에는 대단히 신세를 졌습니다."

이렇게까지 우연이 겹치는 건가?

우리를 향해 고개를 숙인 그녀는 바로 4년 전에 나와 시에스타에게 하이재킹 사건을 전하러 온 그 승무원 본인이었다.

"그때 무사히 사건을 해결할 수 있었던 것도 탐정님과 조수님 덕분입니다."

이어서 20대 후반으로 보이는 그녀가 살짝 쓴웃음을 지으며.

"실은 저는 그때가 첫 비행이어서 말이죠. 그게, 대단히 보기 흉한 모습을……."

당시 일을 송구스럽다는 듯이 회상하며 이야기했다.

"아뇨, 뭘."

그러고 보니 당시에 그녀가 《인조인간(박쥐)》의 등장에 허둥댔던 것이 떠올랐다. 뭐, 신입이든 베테랑이든 그 모습을 보고 혼란에 빠지지 않는 인간이 더 이상하다고 생각하지만.

"자기소개가 늦었습니다. 올리비아라고 합니다. 다시 뵙게 되어 기쁩니다——키미즈카 님."

올리비아는 그렇게 말하며 새삼 자기소개를 했다.

"키미즈카, 아는 사람이야? ……스튜어디스와 아는 사이?"

그러자 처음 만나는 나츠나기가 고개를 갸웃거리면서 어째서인지 다른 의도가 담긴 듯한 시선으로 나를 수상쩍게 보았다.

"아는 사람이라고 할까, 함께 사고에 휘말린 것뿐이야. 수상하게 생각할 사이가 아니라고."

어째서 그런 변명을 해야 하는지는 심히 의문이다만.

"그러고 보니 키미즈카 님. 그때와는 다른 탐정님과 함께 계시는군요?"

"당신도 당신대로 이상한 방향으로 떠보지 마!"

"그나저나 런던에는 허니문으로 가시는 길이신가요?"

"승무원에게 이렇게 놀림 받는 경우가 있나……?"

그리고 나츠나기 너는 왜 싫지 않다는 듯한 얼굴이냐고. 에헤헤, 하고 웃지 마.

"런던에는 잠시 물건을 찾으러 가는 것뿐이야. 그리고 만나야 할 사람이 한 명 있어서 말이지."

뭐, 그 녀석의 이름조차 모르지만, 하고 나는 쓴웃음을 지으며 그렇게 덧붙였다.

"이름도 모르는 누군가를 만나러 가시는 길이신가요…… 또 어려운 일을 맡으신 모양이시네요."

그러자 올리비아는 그렇게 말하며 부드러운 눈길을 보냈다.

"그래서? 또 뭔가 사건이라도?"

슬슬 본론으로 들어갈 때라고 생각해서 나는 올리비아에게 물었다.

올리비아가 말하길—— 현재, 고도 1만 미터의 하늘 위에서 경찰이나 의사가 아닌 탐정이 필요한 사태가 일어난 모양이었다. 인조인간이 나타난 건지 흡혈귀가 등장한 건지, 아니면 우주인이라도 습격해 온 건지.

4년 전과 비교해서 선택지가 상당히 많아진 것을 한탄하며 그녀의 대답을 기다리고 있으니.

『승객을 찾습니다. 좌석번호 A20에 탑승하신 미아 위트록 님, 이 안내방송을 들으셨다면 부디 근처 승무원을 찾아 주십시오.』

기내에 그런 안내방송이 일본어와 영어로 되풀이되어 흘러나왔다. 공항에서는 이러한 호출은 곧잘 있지만…… 기내에서 듣게 될 줄이야. 구태여 안내방송을 하지 않더라도 승객이 있는 좌석까지 직접 찾아가 보면 되는 일 아닌가?

……어쩌면 설마.

"그 승객이 사라진 건가?"

내가 묻자 올리비아는 뭐라 형용할 수 없는 쓴웃음을 지으며 고개를 끄덕였다.

"예. 이륙했을 때는 계셨던 승객께서 홀연히 사라지셨습니다."

그게 저 기묘한 기내 안내방송이 흘러나온 이유인가. 미아 위트록이라는 승객이 이 상공 1만 미터를 나는 여객기에서 돌연히 모습을 감춘 것이다.

"당연히 이륙 전에는 승객 명부와 대조해서 승객 전원의 탑승을 확인한 뒤에 이륙 준비에 들어갔습니다. 그런데 조금 전에 기내식 제공을 시작하고 보니 승객 한 분이 계시지 않다는 사실이 판명되어서요……."

올리비아는 정말로 큰일이라는 것처럼 손으로 이마를 짚었다.

"그 미아 위트록이라는 사람은 혼자 탔나요?"

그러자 나츠나기가 옆에 앉은 내 몸 위로 몸을 내밀며 통로 쪽에 선 올리비아에게 물었다.

"내 허벅지를 짚지 마. 머리도 들이대지 마. 머리카락이 입에 들어오잖아……."

불가항력으로 나츠나기의 달콤한 향수 냄새를 맡으며 그 자세로 두 사람의 대화를 들었다.

"예, 일행은 없으신 모양입니다. 다만 이륙하고 1시간 정도 지났을 무렵에 미아 위트록으로 보이는 여성이 자리에서 벗어나 걷는 모습을 본 승무원이 있습니다."

그렇군…… 화장실에라도 가는 중이었던 걸까.

그리고 그 뒤에 그녀는 자리로 돌아오는 일 없이 홀연히 모습을 감췄다는 것이다.

"기내 수색은?"

나츠나기를 본인의 자리로 돌려보내면서 대신 내가 물었다.

"물론 가능한 선에서는 전부 찾아보았습니다만 아직 발견하지는 못했습니다."

"그래서 탐정을 찾은 건가……."

참 나, 인조인간이 나타나는 것처럼 요란한 일은 아니었지만 생각 이상으로 성가신 일이 될 것 같았다. 그렇게 생각하며 내가 한숨을 내쉬고 있으니.

"예, 두 분의 성함이 승객 명부에 있는 것을 보아서 말이죠."

올리비아는 립스틱을 바른 입술로 크게 미소 지었다.

"뭐야. 처음부터 우리가 목적이었잖아."
나는 좌석에 몸을 묻었다. '승객 여러분 중에 탐정님은~' 같은 소리를 하면서도 올리비아는 처음부터 우리에게 부탁할 생각이었던 건가…….
……아니, 잠깐만. 뭔가 걸리는데.
"저기, 이대로 사라진 승객을 찾지 못하면 어떻게 되나요?"
하지만 내 의문이 풀리기 전에 나츠나기가 올리비아에게 그런 질문을 던졌다.
그 질문에 올리비아의 답변은——.
"예, 일본으로 귀항하게 됩니다."
"웃는 얼굴로 말하지 말라고, 웃는 얼굴로……."
아무래도 우리가 가장 먼저 임해야 하는 과제는 시에스타의 유산을 찾는 것도, 무녀를 찾는 것도 아니라 아득한 상공 1만 미터의 밀실 트릭을 파헤치는 일인 듯했다.

◆그것이 미스터리의 약속

"사건의 냄새가 나."
나츠나기가 근엄한 얼굴로 말했다.
"사건이랄까 다른 냄새가 나는 거 같은데."
얼굴을 찌푸린 나를 무시하며 나츠나기가 좁은 공간을 두리번두리번 둘러보았다.

지금 나와 나츠나기가 있는 곳은 작은 공간—— 항공기 안의 화장실이었다. 물론 이상한 의미가 아니라 사건의 현장감식을 하러 온 것이다.

"으음, 근데 이상해 보이는 부분은…… 없는 것 같은데."

나츠나기가 화장실 천장으로 손을 뻗어보았지만 천장이 열릴 것 같지는 않았다.

물론 미아 위트록이라는 승객이 이 화장실에서 모습을 감췄다는 보증은 없다. 다만 일반객이 기내에서 출입할 수 있는 장소는 그리 많지 않았기에 그런 의미로는 이곳도 유력한 후보였는데.

"변기 속으로 끌려들어 갔다거나."

정답이 아니라는 것을 알면서도 나는 바로 떠오른 생각을 입 밖에 냈다.

그건 4년 전에 내가 다니던 중학교에서 일어났던 사건이다. 오전 세 시에 화장실의 앞에서 세 번째 개별 칸을 세 번 노크하면 《하나코 씨》가 변기 안으로 끌고 들어간다는 이야기였다. 하지만 그 사건도 시에스타가 깔끔하게 해결했었다.

"그럼 키미즈카, 잠깐 앉아 봐."

내 말에 나츠나기가 변기를 가리키며 나를 하나코 씨의 희생양으로 삼으려고 했다.

"나츠나기, 조수를 당연하다는 듯이 인신 공양에 쓰려고 하지 마. 애초에 다른 사람 앞에서 볼일 볼 배짱도 없다고."

예전의 백발 탐정이라면 몰라도.

"그리고 그런 플레이야말로 나츠나기가 나설 차례잖아. 그런 거 좋아하지 않아?"

"남의 취향을 함부로 말하지 마! 아니, 취향은 아니지만!"

"아, 그러셔."

"놀리다가 느닷없이 싫증 내지 마! 아니, 싫증 내도 상관없지만!"

뭔가 어수선하게 구는 나츠나기는 내버려 두고 나도 화장실 안을 구석구석까지 체크해 보았지만…… 수상한 부분은 찾아볼 수 없었다. 역시 여기도 아닌가.

우리는 일단 화장실을 뒤로하고 다른 힌트를 찾아 기내를 돌아다녔다. 그러나 좁은 기내에서 일반 승객이 숨을 만한 장소는 쉽게 떠오르지 않았다. 우리가 탄 장거리 여객기에는 승무원용 휴식 공간 등도 마련되어 있지만 그곳에 숨어든 흔적도 보이지 않았다.

"그 밖에 몸을 숨길만 한 장소라면 짐칸인가."

나는 좌석 위쪽에 설치된 짐칸을 바라보며 걸었다. 4년 전에 시에스타에 의해 밀수하게 된 머스킷 총을 그곳에 숨겼었다.

"그보다 미아 위트록이 왜 몸을 숨기는 거야?"

그러자 나츠나기가 불현듯 그런 의문을 입에 담았다.

"우리 지금 그 사람이 자발적으로 사라진 것을 전제로 이야기하고 있는데 그렇게 만든 누군가가 있을 가능성도 있지 않아? 예를 들어——."

"감금인가."

내가 말하자 나츠나기가 고개를 끄덕였다.

미아 위트록이 범인에게 납치당해 어딘가에 감금되었을 가능성도 생각하는 사이에 우리는 비행기 끄트머리인 콕핏에 도착했다.

"그때는 여기였지."

이 무거운 문 너머에 있던 《인조인간(박쥐)》과 만나면서 《SPES》와 싸우는 일상이 시작되었다.

"그럼 어쩌면 이번 사건도 《SPES》가 관련되어 있다거나?"

"이렇게까지 우연이 겹치면 그 가능성도 고려해야겠지."

이건 사실 내 생각이 아니라 이전에 나츠나기가 입에 담았던 말이었다. 무슨 일이든 우연이라는 하늘에 기대기만 할 뿐인 말로 정리해서는 안 되고, 그 일이 일어난 의미를 생각해야 한다고 했었다.

그러므로 분명 이번 사건에도 뭔가 의도가 있다. 배경이 있다. 복선이 있다. 그런 생각을 하면서 나는 나츠나기와 함께 자리로 돌아갔다.

"단서는 모이기 시작한 것 같은데 말이지."

나는 팔짱을 끼며 지금까지 모인 정보와 키워드를 정리했다.

——시에스타의 유산, 무녀 찾기, 탐정과의 여행, 4년 만에 재회한 승무원, 사라진 승객, 상공 1만 미터의 밀실, 감금, 《SPES》, 우연과 필연. 그리고 그밖에 힌트가 될 법한 것이라면 그녀가 말했던 그 말인데…….

"모르겠군. 모르는 건 모르는 거라고."

나는 자리를 비운 사이에 서빙되어 있던 기내식을 앞에 두고 혼잣말을 했다.

잘 생각해 보니 이런 식의 난해한 미스터리와 맞닥트리는 건 오랜만이었다. 아니, 물론 《SPES》가 얽힌다면 평범한 수수께끼가 아니게 되어 버리지만.

어느 쪽이든 둔해진 머리로는 정답을 도출해 낼 기미가 보이지 않았다. 가볍게 관자놀이를 문지르며 문득 옆을 보니.

"……무진장 맛있게 드시고 계시는구만."

럭비부 남고생처럼 기내식에 달라붙은 나츠나기의 옆모습이 있었다. 여행을 전력으로 즐기고 계셨다.

"……키미즈카, 그거 안 먹어?"

그리고 1인분을 눈 깜짝할 사이에 해치우고는 내 몫을 힐끔힐끔 바라보았다.

뭐냐, 먹성이 좋아야 명탐정이 될 수 있다는 법이라도 있는 거냐.

"배불러서 더 못 먹겠다면 내가 못 먹어 줄 것도 없는데?"

"아니, 그런 식의 새침데기는 하나도 안 귀엽거든."

그냥 식탐을 어필하는 여고생일 뿐이잖아.

"그, 그 말은 이런 것 말고 평소에 새침데기처럼 구는 건 귀엽다는 거야?"

"새침데기처럼 구는 걸 자각한다는 건 요컨대 속내는 안 그렇다고 인정한다는 거지?"

"그, 그렇게까지는 말 안 했어! 새침데기처럼 굴지도 않았고!"

나츠나기가 실언을 얼버무리는 것처럼 빠르게 말했다. 좋아,

이걸로 균형이 잡혔다.

"응? 왜 해냈다는 것처럼 주먹 쥐는 거야?"

"나는 기본적으로 남에게 바보 취급을 당하는 입장이니까. 이렇게 나츠나기를 상대로만 우위에 설 수 있지."

"내가 서열 최하위야?!"

"뭐, 나와 나츠나기, 샤르가 진흙탕 싸움을 하는 느낌이지."

"아~ 그리고 그 위에 유이가…… 뭐야, 이 파워 밸런스는."

"우리 셋이 여중생보다 정신연령이 낮은 건 문제일지도 모르겠는데."

그러나 이건 무척 어려운 문제였으므로 나는 생각하기를 포기했다.

"그런 것보다도 지금은 사라진 승객이 문제야."

힌트는 어느 정도 모였지만 진실은 아직 보이지 않았다.

"녹스의 10계."

내 말에 나츠나기가 내 몫의 기내식을 우적우적 씹어 삼키고는 진지한 얼굴로 중얼거렸다.

"아니, 먹지 말라고. 내 밥이잖아."

어째서 그렇게 진지한 얼굴로 남의 밥을 뺏어 먹을 수 있는 건지는 알 수 없지만 어차피 대답하지 않겠지.

"녹스의 10계라는 건 영국의 추리작가인 로널드 녹스가 1928년에 발표한 추리소설을 쓰면서 지켜야 할 열 가지 규칙을 말해."

"그래, 나도 알고는 있어. 추리소설에서 수수께끼 풀이란 독자와 공평해야 한다는 이념 아래에 만들어진 룰이지…… 그런데 그게 왜?"

뭐, 녹스 본인도 나중에 그 10계를 어긴 작품을 발표했으니 어디까지나 그 룰도 한 가지 기준에 지나지 않지만. 그나저나 왜 지금 그 이야기를 꺼낸 거지?

"그 왜, 지금 우리가 직면한 사건도 그 규칙을 바탕으로 생각하면 뭔가 보이지 않을까 해서."

"……글쎄다. 제대로 된 추리소설이라면 몰라도 우리가 평소에 말려드는 사건에 그 룰이 들어맞는지는 미묘해 보이는데."

예를 들어 녹스의 10계에는 '추리에 초자연적인 능력이 사용되면 안 된다'나 '초월적인 신체 능력을 지닌 괴인을 등장시키면 안 된다'는 항목이 있었다. 하지만 현재 진행형으로《인조인간》들과 싸우고 있는 우리는 유감이지만 이 규칙 밖에 있었다.

"그치만 이번 사건에《SPES》가 관련되었다고 확정된 건 아니잖아?"

"그건…… 그렇지. 그럼 이번에 한해서는 쓸 만해 보이는 항목을 고려하면 되는 건가."

녹스의 10계 중에서 이번 같은 밀실 사건 해결의 힌트가 될 만한 거라면――.

""범행 현장에 비밀 탈출로가 두 곳 이상 있으면 안 된다.""

두 사람의 목소리가 겹쳐져서 무심결에 서로의 얼굴을 마주 보았다.

"그럼 이 룰을 반대로 생각해 보면."

"그래, 비행기 안에도 한 곳뿐이라면 숨을 수 있는 장소가 마련되어 있을 거야."

그리고 그 비밀방은 분명 나츠나기와 내가 쉽게 들어가지 못하는 장소임이 분명했다.

물론 이 가설은 예를 들어 이 수수께끼 풀이가 추리소설 속의 사건이라는 전제 아래에 세워져 있었다. 하지만 만약 그 전제가 바로 이번 수수께끼를 푸는 직접적인 열쇠라면――.

"키미즈카, 나 알 것 같아."

그렇게 말한 나츠나기는 "알겠어?" 하고 나를 검지로 가리키며.

"불가능한 것을 제외한 나머지가 아무리 말이 되지 않더라도 그게 바로 진실인 거야!"

마치 명탐정 홈즈처럼 말하며 의기양양한 표정을 지어 보였다.

"그런데 나츠나기, 그 발치의 가방에 담긴 포스트잇투성이 탐정소설은 재미있었냐?"

"……키미즈카 정말 싫어."

◆그 미래는 이미 예전에 결정되었다

"허브티입니다. 뜨거우니 조심해 주세요."

올리비아가 익숙한 동작으로 푹신푹신한 소파 같은 좌석에 앉은 나와 나츠나기에게 컵을 건넸다.

“이게 일등석인가…….”

익숙한 이코노미석과는 좌석의 안락함부터가 달랐다.

“이쪽 좌석은 원래 공석이니 편하게 써 주세요.”

올리비아가 미소를 지으며 나와 나츠나기가 앉은 좌석 사이의 통로에 섰다. 확실히 일등석이 있는 이 주변에 우리 말고 다른 승객은 없는 듯했다.

“그런데 괜찮아요? 우리가 써도.”

나츠나기가 미안하다는 듯한 표정으로 사이드 테이블 위에 있던 차가운 잔에 비싸 보이는 음료를 가득 담아서 꿀꺽꿀꺽 마셨다. 놀라울 정도로 언행이 일치하지 않는군. 적어도 가져다준 허브티를 마시라고.

“예, 허가는 받았습니다. 그리고 그다지 다른 승객분들 앞에서 할 이야기는 아닐 듯하니까요.”

올리비아는 그렇게 말하며 쓴웃음을 짓고는.

“그래서 위트록 님이 계신 곳을 알아내셨다는 게 사실이신가요?”

눈을 가늘게 뜨며 나와 나츠나기에게 그런 물음을 던졌다.

그로부터 진상에 다다른 나와 나츠나기는 올리비아를 불렀는데……. 그러자 반대로 그녀가 이야기할 장소로 이 좌석을 지정했다.

“물론, 그걸 전하기 위해 이곳에 온 거니까. ……그럼 나머지는 맡겨도 될까? 나츠나기."

"응, 맡겨 줘."

나츠나기가 대답하며 또다시 잔에 가득 따른 음료를 마시고는.

"애초에 미아 위트록을 숨긴 사람은 당신이죠? ——미스 올리비아."

눈앞에 선 승무원을 향해 우선 그런 질문을 던졌다.

"그렇게 생각하시는 건가요."

한편 그 말을 들은 올리비아는 작게 고개를 끄덕이고는.

"반사적으로 반론하고 싶어지지만 우선은 탐정님의 가설을 들어보겠습니다. 그게 정석일 테니까요."

올리비아는 차분하게 나츠나기에게 다음 말을 권했다.

"어째서 제가 위트록 님을 감금했다고 생각하신 건가요?"

"그게 유일하게 남은 가능성이기 때문이에요."

나츠나기는 올리비아의 질문에 나에게도 이야기했던 내용을 말했다.

"기내의 어디를 찾아보아도 저와 키미즈카는 찾을 수 없었어요. 그렇다면 처음부터 저희 같은 일반 승객은 찾을 수 없는 장소에 숨어 있다고 생각하는 게 당연하지 않나요?"

"……그렇군요, 프로가 손을 썼다는 건가요."

올리비아는 맞장구를 치며 나츠나기의 추론에 귀를 기울였다.

"그래요. 그러므로 분명 미아 위트록은 저와 키미즈카의 손길이 닿지 않는 장소에 숨겨져 있을 거예요. 예를 들면 콕핏이라거나…… 기내식 카트 같은 곳이요."

나츠나기는 그렇게 말하며 올리비아의 곁에 있는 은색 카트로 시선을 보냈다.

일반적으로는 음료와 기내식을 서빙하는 카트지만 마른 여성 한 사람 정도라면 안에 들어가는 건 가능할 것이다. 물론 그 장소가 확실하게 정답인 건 아니지만 승무원인 올리비아의 협력이 있다면, 추리소설에서 한 곳만 허락되는 밀실을 통한 탈출로는 이 기내에 확실하게 존재했다.

"미아 위트록은 지금 올리비아…… 당신의 감시하에 있어요. 그렇죠?"

그렇게 나츠나기는 사건의 진상을 범인 앞에 들이댔다.

실은 이것도 녹스의 10계 중 하나인 '범인은 이야기 초반에 등장해야 한다' 라는 룰에도 들어맞았다. 애초에 이 사건은 올리비아의 '승객 여러분 중에 탐정님은 안 계십니까?' 라는 한마디로 시작되었다.

"……그렇군요, 재미있는 가설이네요."

올리비아는 천천히 눈을 감으며 조용히 고개를 끄덕였다.

"하지만 제가 그런 일을 벌일 동기는 무엇인가요? 어째서 제가 소중한 승객이신 위트록 님을 감금한 거죠?"

그 말대로다. 수수께끼 풀이는 추론만으로는 성립되지 않는다. 올리비아의 말대로 범인의 동기를 제시하지 못하면 가설의 입증은 불가능했다. 그렇다면.

"왜 당신이 소중한 승객을…… 미아 위트록을 감금한 건지 단 한마디로 설명하겠어."

나는 그렇게 조수답게 나츠나기의 추리에 말을 더했다.

"아니, 그것도 내가 말해도 되는데."

"나츠나기, 때로는 나에게도 활약할 기회를 달라고."

나는 나츠나기의 승낙을 받(은 것으로 하)고 올리비아에게 추리 내용을 이야기했다.

"미아 위트록이란 세계를 지키는 《조율자》 중 한 사람인 《무녀》이기 때문이야."

그렇게 내가 말하자 올리비아는 눈을 가늘게 떴다.

"무녀라는 건 무엇을 말씀하시는 거죠?"

"이제 와서 시치미떼지 않아도 돼. 당신이 이쪽 사람이라는 건 알고 있으니까."

나는 오늘 처음에 올리비아와 나누었던 대화를 떠올렸다. 그녀는 나에게 저번과는 다른 탐정과 함께 있는 것을 놀랐고…… 나츠나기의 이름이 승객 명부에 있어서 우리에게 부탁했다고 말했다.

하지만 침착하게 생각해 보면 올리비아가 나만이 아니라 나츠나기까지 아는 건 이상했다. 게다가 그녀는 나츠나기가 탐정이라는 것을 전제로 이야기했었다. 그건 요컨대 올리비아가 지금 우리의 속사정을 알고 있다는 말이다.

"그럼 사라진 승객이신 미아 위트록 님이 여러분께서 말씀하신 《무녀》라고 판단하신 이유는요?"

"당신이 우리에게 이런 성가신 사건을 들고 온 것 자체가 그 대답이야."

올리비아는 우리의 속사정을 파악하고 있으면서도 시치미를 떼고 이번 성가신 사건을 들고 왔다. 거기에 어떠한 의도가 있는 건 명백했는데, 그럼 대체 무엇을 노리는 것이냐고 한다면 역시 우리의 여행 목적—— 무녀와 만나는 것을 저지하는 것이겠지.

그리고 거기서 떠오른 것이 일본을 뜨기 전에 후우비 씨가 말했던 '그 누구도 무녀와는 만나지 못한다' 는 발언이었다. 이 말을 통해 《사라진 승객》과 《무녀》를 연관 지어 생각하는 건 그리 부자연스러운 일은 아니다.

"당신에게는 어떠한 사명이 있어서 우리와 미아 위트록을 만나게 할 수는 없었어. 그래서 그녀를 이 기내의 어딘가에 감춘 거지."

그건 분명 내 연루 체질에 의한 우연으로, 나와 나츠나기가 비행기를 하나 놓친 탓에 우리와 《무녀》는 같은 항공편을 타게 되었다. 결코 그 누구도 만나지 못한다는 《무녀》는 얼굴이 알려졌을 가능성이 있는 우리를 피해서 이 기내의 어딘가에 숨은 것이다. 승무원인 올리비아의 도움을 받아서.

"그렇군요, 일리가 있는 이야기 같네요."

하지만, 하고 올리비아는 아직 우리의 추리에 트집을 잡았다.

"그 가설에는 커다란 모순이 있다는 건 알고 계시죠?"

……들켰나. 그리고 아마도 그 모순이란 우리의 추리를 전제부터 뒤집을 수도 있었다.

"당신이 무녀와 우리를 만나게 하고 싶지 않은 입장임에도 불구하고 어째서 이 사건의 해결을 우리에게 의뢰했느냐……는 거지?"

"예, 그렇습니다. 만약 탐정님의 추리대로 제가 이 사건을 일으킨 장본인이라면…… 그 해결을 당사자이신 여러분께 의뢰하는 건 역시 말이 되지 않는다고 생각합니다."

물론 올리비아가 어디까지나 승무원으로서 이 트러블을 우리에게 설명하는 것 자체는 그렇게 부자연스럽지 않다. 그러나 그녀가 이 사태를 일으킨 범인이라면 반드시 모순이 생겨난다. 범인 스스로 탐정에게 사건 해결을 의뢰한다는 기묘한 구도가 생겨나는 것이다.

——그렇지만 이미 탐정은 그 모순을 해소하는 가설도 세워 놓았다. 그리고 나는 그걸 이야기하는 역할을 탐정 본인에게 맡겼다.

"당신은 어떠한 사명을 가지고 우리와 무녀를 만나지 못하게 했어요."

하지만, 하고 나츠나기는 올리비아의 진의를 꿰뚫어 보는 것처럼 이렇게 추리했다.

"마음속 어딘가에서는 우리와 무녀를 만나게 하고 싶었던 거예요. 혹은 우리가 무녀와 만날 가치가 있는 존재이기를 바라며 이 사건을 통해 시험해 본 거죠."

그게 우리가 생각한 범인이 자진해서 탐정에게 사건 해결을 의뢰한 이유였다. 그건 어떤 의미로는 4년 전에 있었던 박쥐의 하이재킹과 마찬가지였고—— 누구보다도 범인 자신이 사건이 해결되기를 바라고 있었다.

"……훌륭하십니다."

올리비아는 그렇게 작게 미소 지으며 마침내 우리의 가설을 인정했다.

"예, 미아 위트록 님이 행방을 감추신 건 제 주도로 일어난 일입니다. 그리고 그렇게 한 목적과 이 사태를 일으킨 장본인인 제가 여러분께 해결을 의뢰한 이유도 알아채신 대로입니다."

"……그럼 당신은 누구인 건가요?"

그러자 나츠나기가 올리비아에게 지금까지의 추리로도 해결되지 않은 한 가지 의문을 던졌다.

"당신이 무녀와 우리를 만나게 하고 싶지 않은 건 알겠어요. 그러면 당신은 어떠한 입장으로 무녀를 도운 거죠?"

올리비아가 이번 사건의 범인이었다는 건 밝혀졌지만 어째서 승무원일 터인 그녀가 그런 일을 벌였는지는 알 수 없었다. 그리고 그런 의문에 올리비아는.

"저는 대대로 《무녀》를 모시는 가문의 사람으로 말하자면 무녀의 종자입니다."

얼버무리는 기색도 없이 스스로 정체를 밝혔다.

"또한 무녀님은 다른《조율자》분들과도 만나려 하시지 않는 분이십니다. 그래서 무녀님과 알현을 희망하시는 분은 제가 사전에 선별하고 있습니다."

……역시 그랬나. 이번에 올리비아는 자작극이라고도 할 수 있는 사건 해결을 우리에게 의뢰했다. 그건 나와 나츠나기가 자신이 모시는 주인을 알현할 가치가 있는지를 자신의 눈으로 직접 확인하기 위해서였다.

그리고 이 수수께끼의 줄거리를 쓴 사람이 올리비아 본인이며 나와 나츠나기에게 그걸 풀이하는 독자 역할을 주려고 했기에 이번에 한해서는 녹스의 10계가 적절하게 기능한 것이다. 이 정도로 냉정하고 지적인 모습을 보아하니…… 아무래도 4년 전에 인조인간(박쥐)을 보고 허둥대던 건 어디까지나 연기였던 모양이다.

"이건 무녀와 만나기 위한 시험이었던 거군."

"예. 어쩌면 그저 제 바람이었을지도 모릅니다만."

내 말에 올리비아는 나츠나기의 말을 빌리는 것처럼 말하며 조용히 눈을 감았다.

그건 역시 우리가 무녀와 만날 가치가 있는 인물이기를 바랐다는 것이리라. 자신의 주인이자 절대로 만날 수 없다고 하는 무녀를 만나길 바랐다는 말이다.

"당신도 뭔가 바꾸고 싶은 미래가 있는 건가요?"

나츠나기가 눈이 번쩍 뜨일 목소리로 올리비아에게 물었다.

모든 미래를 내다본다는 주인을 배신하려는 것이냐고.

예를 들어 주인을 위해 주인도 배신하는 어딘가의 백발 메이드처럼.

"——이야기가 조금 길어져 버렸네요. 슬슬 본업으로 돌아가 보겠습니다."

그러나 올리비아는 천천히 눈을 뜨곤 나츠나기의 물음에는 대답하지 않은 채 그 자리를 뒤로하려고 했다.

"탐정님과 조수님은 그대로 그 자리를 이용해 주십시오. 목적지까지는 아직 긴 여정이 남았으니까요."

"……기다려 봐. 그건 고마운 제안이긴 한데 그 전에 결국 우리는 무녀와 만나지 못하는 거야?"

틀림없이 시험에 합격해서 지금부터 무녀와 대면한다는 흐름이라고 생각했는데.

"후후, 그렇네요. 개인적으로는 그러기를 바랍니다만."

내 질문에 올리비아는 자리를 뜨기 전에 마지막으로.

"무녀님과 뵐 수 있을지 어떨지는 신만이 아시는 일이랍니다."

내 바로 앞까지 얼굴을 가까이하고 성인 여성의 요염한 미소를 지어 보였다.

◆ 러브 코미디 종료의 알림

그로부터 십수 시간 뒤.

무사히 비행을 마친 우리는 오늘 밤에 숙박할 런던의 호텔에 도착했다. 체크인을 끝내고 방으로 짐을 옮겼다.

"그래서? 왜 호텔이야?"

그러자 나츠나기가 무사 도착을 축하하기는커녕 불만스러운 시선으로 나를 보았다.

"시에스타와 키미즈카가 지내던 사랑의 보금자리로 가는 거 아니었어?"

그러니까 사랑의 보금자리가 아니라니까…… 확실히 나츠나기의 말대로 원래라면 런던에 도착한 뒤에는 그 집으로 향할 예정이었다. 그렇게 함으로써 숙박비도 절약할 수 있었는데.

"그렇게는 말해도 열쇠가 없으니까."

나는 텅 빈 주머니 안을 당겨서 보여줬다.

"하아. 보통 그런 걸 도둑맞는 사람이 있어?"

"보통이 아니니까 도둑맞는 거겠지."

이거야말로 내가 날 때부터 지닌 연루 체질이라는 저주였다.

처음에는 공항에서 시에스타의 집으로 향할 생각이었는데 가는 길에 문득 지갑이 없어진 것을 깨달았다. 거기에 중요한《일곱 도구》인 마스터키도 들어 있었기에 시작부터 기세가 꺾인 우리는 일단 이 호텔을 거점으로 삼기로 했다.

"그나저나 범인은 실력이 상당한 것 같은데. 나도 옛날부터 소매치기를 자주 경험한 탓에 익숙해져서 웬만한 상대에게는 도둑맞지 않는데 말이야."

"익숙해지고 싶지 않은 경험이야……. 그래서 이제부터 어떻게 할 거야?"

"일단은 경찰에 신고했지만 바로 찾을 수 있을 것 같지는 않으니까 말이지."

"그럼 어쩌려고? 문째로 드릴로 부술까?"

"나와 시에스타가 지낸 사랑의 보금자리를 쉽게 파괴하려 들지 마!"

"이젠 자기 입으로 말하네."

방금 그건 조크라고. 각자 알아들어 주기를.

"우리는 시에스타의 유산을 찾는 것 외에도 무녀와 만난다는 목적이 있어. 그럼 지금은 그쪽을 찾아보는 것도 괜찮지 않을까?"

물론 이대로 마스터키를 찾지 못한다면 나츠나기의 말대로 억지로라도 집에 들어가서 서랍의 자물쇠를 부술 수밖에 없을 것이다. 다만 한 가지 걱정되는 건 시에스타가 올바르지 못한 방법으로 자물쇠를 열면 폭탄이 터지는 식의 트랩을 설치해 두지 않았을까 하는 점인데…….

"무녀란 말이지. 우리를 간 보고 있는 모양이던데."

나츠나기는 불만스럽게 말하며 "에잇." 하고 침대에 뛰어들었다.

"좋아하는 상대가 몸의 어디를 맛봐 줬으면 한다고?"

"취향 얘기가 아니야!"

아니었나.

나츠나기가 침대 위에 엎드린 채 다리를 버둥거리며 언짢음을 폭발시켰다. 치마 사이로 속옷이 힐끗힐끗 보이는데 지적하면 하는 대로 성가셔질 것 같았으므로 가만히 주시하기로 했다.

"……목덜미려나."

"막상 답변을 들으면 반응하기 곤란하니까 좀 참아 줘."

적나라한 데다가 영문 모르게 뜸을 들인 공격에 당황했다.

"키미즈카가 물어봤잖아."

일어선 나츠나기가 침대 위에서 안짱다리를 하고 앉더니 나를 보며 입술을 내밀었다.

"그런 게 아니라. 내가 말하고 싶었던 건 무녀가 우리를 간 보는 게 납득되지 않는다는 말이야."

그렇군. 사건 해결에 협력했는데 결국 만나지 못한 게 나츠나기로서는 마음에 들지 않은 모양이다. 하지만.

"같은 《조율자》인 후우비 씨도 만난 적이 없는 상대니까. 그렇게 간단히 접촉하게 되는 편이 부자연스럽지."

오히려 무녀와 간접적으로 엮일 수 있었던 만큼 시작이 좋았다고도 할 수 있다. ……뭐, 그것도 우연이라기보다는 무녀의 종자인 올리비아가 한몫해 준 낌새였지만.

"지금은 한 걸음씩 나아갈 수밖에 없어. 그렇게 이번에야말로 실력으로 무녀와 만나서 시에스타가 되살아나는 미래를 관측시킬 거야."

물론 그 미래가 존재하는지 어떤지는 알 수 없다. 그래도 나는 그런 황당무계한 바람을 구태여 그렇게 단언했다. 예전에 아침 해 앞에서 맹세한 것처럼.

"그러니까 부탁할게, 명탐정. 앞으로도 시에스타를 되찾는 것을 도와줘."

그렇게 나는 다시 한번 나츠나기에게 의뢰를 했다.

"……할 수 없네."

그러자 나츠나기는 조금 진정됐는지 살짝 웃으며 이렇게 말했다.

"탐정대행이라도 괜찮다면 받아들여 줄게."

그건 마치 그 방과 후의 교실에서 내가 탐정이 아니라 조수로서 나츠나기가 이식받은 심장의 본래 주인을 찾는 것을 돕겠다고 약속했을 때를 재현한 것 같았다. 그리고 나츠나기가 지금 가장 바라는 건 분명—— 자신이《명탐정》이 되는 것이 아니라 시에스타를 되찾는 것이다.

"그럼 지금은 우선 무녀와 만날 방법이라도 생각해 볼까."

"그래. 아, 근데 나 그 전에 샤워하고 싶은데. 그러니까 일단 퇴장해 줘."

나츠나기가 나가라는 것처럼 손짓하며 나를 방에서 내쫓으려고 했다.

"나가라고 해도 말이지, 여긴 내 방이기도 한데."

"내, 내 방이라고? 뭐? 왜?! 방 두 개 안 잡았어?!"

"다른 호텔은 전부 만실이었고 여기도 방이 하나밖에 안 비어 있었다고. 좀 참아."

"적어도 트윈이 아니면 난 못 자!"

"걱정하지 마, 난 그 부분은 그다지 신경 안 쓰니까."

"내가! 신경! 쓰인단 말이야!"

화가 나서인지 얼굴이 새빨갛게 물든 나츠나기가 작은 더블베드 위에서 안짱다리를 한 채 재주 좋게 폴짝폴짝 뛰어올랐다.

"며칠 전에도 한 지붕 아래서 함께 지냈잖아."

"그때와는 상황이 다르잖아! 단둘이고!"

"안심해, 이번엔 그런 이벤트는 절대로 안 일으킬 거니까."

"어, 어째서 나를 상대로는 고집스럽게 그런 이벤트를 일으키지 않는 건데!"

"뭔가 일어나기를 바라는 거야 아닌 거야, 어느 쪽인데."

"날 지나치게 여자로 안 보는 게 화난단 말이야!"

아무래도 18세 처녀의 마음은 복잡한 모양이었다. 나츠나기가 이불 위에 픽 쓰러졌다. 나도 나중에 거기서 자야 하니까 시트를 너무 어지럽히지 않았으면 좋겠다.

"……혹시 키미즈카는 나를 엄청나게 싫어한다든가?"

"그 조금이라도 틀린 대답을 하면 목이 날아갈 것 같은 질문은 뭐야."

나츠나기는 이렇게 자존감이 떨어지는 녀석이었던가.

나는 어이없이 웃으며 재킷을 넣으려고 옷장 문을 열었다. 그러자 안에 한 권의 책이 놓여 있는 게 눈에 들어왔다.

"……아…… 이래서 나는 안 되는 건가."

그때 동시에 나츠나기가 작게 중얼거렸다.

"금방 감정적으로 반응하는 부분이 시에스타와 다른 점…… 호감도의 차이……."

뭔가 쓸쓸한 반성회가 시작된 모양이었다. 기특하구만.

하지만 그렇다면 이건 아마도 그걸 만회할 기회일 것이다.

분명 우리는 지금부터 예상치도 못 한 미래에 말려들게 된다.

"나츠나기, 이게 뭔지 알 것 같아?"

나는 옷장에 들어 있던 그 책을 꺼내서 나츠나기에게 건넸다.

"어? 이건……."

동그래진 나츠나기의 눈앞에 있는 것.

헬로 지낼 때의 기억을 일부 공유한 나츠나기도 역시 기억하는 모양이었다.

우리는 1년 전에 런던에서 바로 이 책을 두고 싸움을 펼쳤었다.

"그래, 이건 틀림없이――《성전(聖典)》이야."

【Side Charlotte】

"……하아, 이걸로 남은 건 넷……."

나는 골목 벽에 등을 대며 거친 숨을 고르듯이 그 자리에 주저앉았다.

곁에는 쓰러진 장발의 젊은 남자가 한 사람――《SPES》의 잔당이었다. 그렇지만 조금이라도 허점을 보였다면 지금쯤 내가 남자와 같은 모습이 되었을 것이다.

"겨우 처리했나."

그때 뚜벅거리는 발소리가 나며 여성치고는 허스키한 목소리의 주인이 다가왔다.

"하지만 역시 아직 움직임에 허점이 많은데."

그렇게 말한 그녀는 담배를 피우며 조금 전의 내 전투에 트집을 잡았다.

"그럼 처음부터 그 허점이 없는 움직임이라는 것을 가르쳐 주면 되잖아―― 후우비."

나는 콘크리트 위에서 다리를 감싼 채 잘난 척 구는 붉은 머리칼의 상사를 노려보았다.

키미즈카와 나기사가 런던으로 떠나고 나서 나는 그녀의 지시로 이렇게 실전 훈련을 쌓고 있었다. 그렇지만 후우비는 이렇게 트집만 잡을 뿐 제대로 된 지도를 해 줄 생각은 없는 듯했다.

"그보다 금연한 거 아니었어?"

"금연? 어, 했지, 했어."

후우비는 그렇게 말하면서도 과거 일본의 영화 스타처럼 당당하게 연기를 들이마시며 내뱉어 보였다. ……대단히 아니꼽다.

"당신도 좀 도와. 부하가 죽는 꼴을 보고 싶은 거야?"

나는 일어나서 그녀의 담배를 전부 몰수하며 따졌다.

지금 우리가 상대하는 건 박쥐처럼 인간이면서 《씨앗》을 지닌 《SPES》의 구성원이었다. 카멜레온 같은 순정 정도로 강하지 않은 건 물론이고 아마 박쥐보다도 떨어지는 능력일 테지만 결코 방심할 수 있는 적은 아니었다.

"무슨 말이야, 샬럿. 원래 이건 1년 전부터 네가 할 일이었잖아."

그러나 후우비는 여전히 안광을 번뜩이며 나에게 말했다.

……하지만 그 말이 맞았다. 《SPES》의 잔당을 처치하는 건 1년 전부터…… 마담이 죽은 뒤에는 내 사명이 되어 있었다. 왜냐하면 그게 줄곧 마담이 말했던 역할 분담이었으니까.

전투 스킬이 뛰어난 내가 실전을 담당하고 두뇌를 활용할 수 있는 키미즈카가 지식과 그 자리의 판단력으로 문제를 해결한다. 마담은 그렇게 우리가 서로 협력하기를 줄곧 바랐을 것이다.

"……그런데 그 남자는."

마담을 잃고 1년간 줄곧 일상에 안주해 있던 키미즈카가 떠올라서 또다시 속이 끓을 뻔했지만…… 지금은 그럴 때가 아니라는 생각에 고개를 내저었다.

"그런데 지금 이렇게 잔당을 사냥하는 의미가 있어? 시드를 직접 무찌를 방법을 찾는 편이 낫지 않아?"

물론 그 방법은 지금쯤 나기사와 키미즈카도 조사하고 있을 테지만.

"다른 그릇 후보를 없애 두기 위해서야."

내 물음에 후우비는 벽에 등을 대며 팔짱을 끼고 그렇게 대답했다.

"현재 사이카와 유이가 그릇 후보의 필두인 건 틀림없지만 《씨앗》을 지닌 다른 인간이 시드의 일시적인 그릇으로 소비될 가능성도 부정할 수 없어. 늦기 전에 싹을 뽑아두는 게 좋겠지."

그 말에 나는 조금 전까지 싸우고 있었던 《SPES》의 구성원을 보았다. 지금은 엎드린 채 쓰러져 있는 이 남자도 시드의 일시적인 그릇으로 이용될 위험이 있었다. 그리고 그런 가능성을 배제하는 게 나에게 주어진 일이었다.

……확실히 그건 나밖에 할 수 없는 일이었다. 키미즈카는 차치하더라도 나기사와 유이는 지나치게 상냥했다. 이렇게 직접 손을 쓰는 건 내가 할 일이다.

"그런데 그런 논리로 말하자면 키미즈카는 괜찮은 거야? 키미즈카도 《씨앗》을 체내에 심었잖아."

키미즈카는 무모하게도 카멜레온의 씨앗을 삼켜서 억지로 자신의 몸에 정착시켰다. 그렇다면 키미즈카도 시드의 그릇으로 선택될 가능성이 없는 건 아닐 터였다.

"하! 그 녀석도 네 손에 죽는다면 편히 갈 수 있겠지."

그러자 후우비는 그런 농담인지 진심인지 분간이 되지 않는 소리를 태연하게 말했다.

……하지만 만약 키미즈카가 정말로 그릇 후보로 선택된다면. 혹은 《씨앗》에 의식과 몸을 빼앗겨서 언젠가 괴물 같은 모습으로 변한 카멜레온처럼 된다면. 그때 나는――.

"내가 말하고 싶은 건 그런 부분이야…… 샬럿 아리사카 앤더슨."

다음 순간, 후우비가 던진 대거 나이프가 내 뺨을 스치고 지나갔다.

황급히 돌아보니 내가 기절시켰던 남자의 등에서 뻗어 나온 《촉수》를 후우비가 던진 나이프가 절단하는 광경이 눈에 들어왔다. 그리고 이어서 《SPES》의 이름도 없는 잔당에게 다가간 후우비가 가차 없이 총구를 겨누고 숨통을 끊었다.

"처치해야 하는 적에게 동정이라도 한 건가."

후우비가 돌아보며 맹금류 같은 안광으로 나를 바라보았다.

"불필요한 상냥함은 잘라 내. 우유부단함을 버려. 동정심으로 봐주지 마. 키미즈카 키미히코는, 나츠나기 나기사는, 사이카와 유이는 그러지 못해. 그렇다면 네가 해야지. 네가 그 녀석들 사이에 함께 있고 싶다면 적어도 그 녀석들이 못 하는 일을 하라고.”

……그랬다. 후우비는 결코 일전의 일로 나를 인정한 건 아니었다. 그녀가 내 우유부단함을 용납하는 일은 분명 앞으로도 없을 것이다.

“총을 쥐었으면 쏴. 칼을 뽑았으면 휘둘러. 전투가 시작되었으면 마지막에는 죽여. 지키고 싶은 것과 지키지 못하는 것을 냉혹하게 구별해. 설령 그 결과로 전 세계를 적으로 돌리게 되더라도 말이야.”

후우비는 그렇게 말하며 눈을 가늘게 떴다.

“모든 것을 지킬 수는 없다는 거야?”

“그런 소리는 모든 것을 지킬 힘을 가지고 나서 해.”

……정론이었다. 아무래도 나는 말싸움으로도 그녀를 이길 수 없는 모양이었다.

그렇지만 그녀의 신념은 진짜였다.

협조성을 버리고, 타인을 신용하지 않고, 자신이 믿는 사명만을 위해서 살아간다. 그렇기에 그녀는 기본적으로는 단독으로 움직이는 《암살자》로서 《조율자》의 한 축을 담당하며 세계를 뒤에서 지켜왔다.

“당신은 어째서 《SPES》 토벌을 돕는 거야?”

하지만 그렇기에 의문이 들 때가 있었다. 어째서 타인에게 관여하지 않는 그녀가 지금도 마담이 남긴 일을 도우려는 것인지.

“너와 마찬가지야.”

내 물음에 후우비는 어느 사이엔가 나에게서 슬쩍 빼앗은 담배 한 개비에 불을 붙이며 말했다.
"나도 그 녀석을 죽이지 못했으니까."
그리고 연기를 내뿜으며 의외로 간단히 옛날 일을 이야기하기 시작했다.
그녀가 말한 그 녀석이란 분명 과거의 《명탐정》이다. 5년 전에 나도 당시에 소속되어 있던 조직으로부터 마담을 암살하라는 지령을 받은 적이 있었다.
"당시에 《SPES》의 시설에서 막 도망친 그 녀석을 처분하는 게 《암살자》인 나에게 들어온 지령이었어."
"《조율자》의 일이었다는 거야? 상층부는 어째서 그런 판단을?"
"그땐 그 녀석이 이미 시드의 그릇 후보라는 것은 알고 있었으니까. 간접적으로 시드를 처치하기 위해 미리미리 싹을 뽑아 두려는 목적이었겠지."
……그렇군. 저번 유이 때와 같은 작전이 당시의 마담에게도 실행되려고 했었다는 것이다.
"하지만 그 녀석은 살아남았어."
후우비는 하늘로 피어오르는 연기를 바라보며 말을 이었다.
"내가 땅끝, 바닷속, 하늘 위까지 쫓아도 그 녀석은 계속 도망쳤고 때로는 빈틈없이 반격까지 하며 살아남았지. '자신에게 주어진 사명을 완수할 때까지는 미사일을 맞아도 죽을 생각은 없다' 며 시건방진 미소를 지으면서 말이야."
그렇게 이야기하는 후우비의 입가도 어딘가 느슨해진 것처럼 보였다.

“그리고 《암살자》에게서 완벽하게 도망쳐 보인 그 녀석은 실력을 인정받아서 《조율자》의 한 사람으로서 이름을 올리게 되었어. 그 이후에 《SPES》 토벌은 정식으로 《명탐정》에게 일임된 거야.”

후우비는 방금까지와는 반대로 “남의 일을 뺏기나 하고 말이야.” 하고 들으라는 듯이 불만스럽게 중얼거렸다. 나는 방금 이야기를 듣고 한 가지 의문이 생겼다.

“당신은 정말로 전력을 다했지만 마담을 놓친 거야?”

5년 전에는 지금보다 훨씬 미숙했던 나라면 몰라도 당시부터 《암살자》로서 뒷세계에서도 이름을 날리던 그녀가 정말로 몇 번이나 임무를 실패한 걸까.

어쩌면 이 사람도 나처럼 마담에게서 무언가를 느낀 것이 아닐까. 그래서 매번 끝을 내지 않고 살려준 것이 아닐까. 그런 내 의문에 후우비는.

“이거 재미있는 여자인데—— 하는 생각이 잠깐 들었던 건 부정 안 해.”

그런 평소의 그녀답지 않은 가벼운 말투로 이야기를 마무리 지었다.

“잡담이 길었군.”

후우비는 휴대용 재떨이에 담뱃불을 끄고는.

“나는 볼일이 좀 있어서 빠질 테니 너는 이어서 일을 처리해 줘.”

나에게 《SPES》 잔당 처리를 지시하며 자리를 뜨려고 했다.
"볼일이라니 설마 상층부의—— 연방의회의 호출이야?"
나는 무심결에 후우비의 등에 대고 그렇게 물었다.
그건 어쩌면 후우비가 멋대로 《명탐정》이 할 일인 《SPES》 토벌에 계속 협력하는 것에 대한 질책의 자리일지도 모른다.
혹은 그 반대로 이번에 《암살자》인 그녀에게 내려진 지령이야말로 《명탐정》이 남긴 일의 뒤처리였지만, 사이카와 유이를 살해하지 못함으로써 미션이 실패한 책임을 추궁당하는 자리일 수도 있었다.
"호출? 그런 거 아니야."
그러자 후우비는 그 자리에서 일단 걸음을 멈추고는.
"나는 그저 좀 싸우러 가는 것뿐이야."
벗은 재킷을 오른쪽 어깨에 걸치며 호전적으로 말했다.

【제2장】

◆수수께끼 풀이는 피시 앤 칩스와 함께

그 뒤로 나와 나츠나기는 호텔 근처의 레스토랑으로 장소를 옮겨서 테이블에 마주 보고 앉아 점심을 먹고 있었다. 배가 고프면 수수께끼를 풀 수 없다는 명탐정의 제안이었다.

"설마 이걸 또 보게 될 줄이야."

그렇게 나는 테이블 위에 둔 한 권의 책을 힐끗 보며 탄식했다.

뒤표지가 벗겨지고 페이지도 대부분 빠져 있는 듯했지만…… 그건 틀림없이 《성전》이었다. 그 증거로 책을 펼쳐 보니 나와 시에스타가 지난 몇 년간 체험한 일의 일부가 적혀 있었다.

"이것도 우연……일 리가 없겠지?"

나츠나기가 감자튀김을 집어 먹으며 근심스러운 표정을 지었다.

내가 《성전》을 처음 본 건 1년 전. 그리고 당시 그걸 소지하고 있던 건 나츠나기 나기사의 또 다른 인격인 《헬》이었다. 《성전》에는 미래에 일어날 일이 적혀 있다고 하는데 원래 주인은 시드이며 헬을 포함한 《SPES》의 간부는 그 지시에 따라서 지구 침략을 진행했다고 한다.

그리고 약 1년 만에 《성전》은 지금 우리 앞에 다시 모습을 드러냈다. 하지만 나츠나기의 말대로 그걸 우연이라는 한마디로 정리할 수는 없었다. 어째서 이 책이 우리 곁으로 오게 된 것인지. 설마 시드의 함정인 걸까. 그게 아니면.

"——무녀."

마침내 내 입 밖으로 나온 건 그 이름이었다.

"실은 나도 같은 생각을 하고 있었어."

그러자 나츠나기도 내 의견에 동조했다.

"《성전》에는 미래에 일어날 일이 적혀 있어. 만약 그런 책을 쓰는 인물이 있다고 했을 때 누가 가장 어울리는지를 생각하면 역시 무녀밖에 없을 것 같아."

내가 생각하던 대로의 가설이었다. 물론 시드에게 미래 예지 같은 능력이 있을 가능성도 완전히 부정할 수는 없지만…… 후우비 씨나 올리비아의 증언도 들었던 만큼 역시 무녀 쪽이 더 신빙성이 높아 보였다.

"요컨대 《성전》의 본래 소유자는 무녀이며 시드가 과거에 어떠한 방법으로 그걸 그녀에게서 빼앗았다는 설이 유력할지도 모르겠는데."

그리고 이 《성전》의 소유자가 무녀라고 추측하는 이유가 한 가지 더 있었다.

나는 페이지가 빠져 있는 《성전》의 마지막 페이지를 펼쳤다.

거기에 적혀 있던 건——.

"괴물 《메두사》가 런던을 습격한단 말이지."

나츠나기가 가는 눈으로 일주일 전의 날짜가 적힌 페이지를 바라보았다.
만약 그 예언이 사실이라면 아무래도 지금 이 도시에는 메두사라는 괴물이 활보하고 있는 듯했다.
"이것도 무녀 진영이 우리에게 주는 시험이란 거겠지? 우리가 정말로 만날 가치가 있는 인물인지 아닌지를 판단하기 위한."
"그렇게 생각하는 게 자연스럽겠지. 단적으로 말하면 '나와 만나고 싶으면 런던을 공포에 빠트린 괴물 《메두사》를 물리쳐야 할 게야.' 라는 무녀의 메시지일 거야."
"방금 그 소름 끼치는 여자 목소리는 뭐야? 설마 무녀 흉내를 낸 거야?"
"소름 끼친다고 하지 마. 어디까지나 이미지이지만 아마 이런 느낌이겠지. 잘은 몰라도."
단 한 번도 얼굴을 비치지 않고 심부름꾼을 통해 이런저런 성가신 사건을 가져올 정도다. 분명 잘난 듯이 옥좌에 떡하니 앉은 타입의 시건방진 떼쟁이 소녀가 틀림없다. 잘은 몰라도.
"근데 정말로 이쪽을 우선해도 되는 거야?"
그때 나츠나기가 내 결단의 정당성에 의문을 표했다.
"처음에는 시에스타의 유산을 찾으러 갈 예정이었는데 그게 무녀를 찾는 것으로 바뀌었다가 이번에는 다른 사건을 쫓으려 하고 있잖아. 점점 목표에서 멀어지는 건 아닐까?"
……그래, 확실히 그 말도 정론이었다.
후우비 씨가 정한 타도 시드의 기한은 앞으로 열흘이다. 나는 그때까지 시에스타가 남긴 유산을 찾고 시에스타 부활의 열쇠가 될 무녀와 만날 필요도 있었다. 이국의 땅에서 정체불명의 괴물을 상대할 시간 같은 건 원래 없을지도 모른다. ——하지만.

"눈앞의 사건을 못 본 척한 채 그 집으로 돌아갈 수는 없으니까."

일단 관여하기 시작한 사건이었다. 그걸 내팽개치고 돌아가기라도 하면 시에스타는 틀림없이 화를 낼 것이다. 지금 어딘가에서 메두사라는 괴물에게 습격받고 있는 사람이 있다면 그걸 무시할 수는 없었다.

"……그렇구나."

나츠나기는 숨을 내쉬듯이 작게 중얼거리고는.

"뭐, 키미즈카가 괜찮다면 됐나."

어쩔 수 없다는 것처럼 체념의 미소를 지었다.

아무래도 이걸로 방침은 일단 정해진 모양이다.

"게다가 이 사건은 짚이는 데가 좀 있거든."

고개를 갸웃거리는 나츠나기를 보며 나는 옛날에 겪었던 어떤 일을 회상했다.

"실은 2년 정도 전에 나는 시에스타와 함께 《메두사》를 만난 적이 있어."

메두사—— 안광으로 사람을 돌로 바꾼다고 하는 괴물이다.

하지만 우리가 예전에 만난 그 녀석은 진짜 괴물이 아니었다.

어떤 저택에 있던 메두사는 사고로 식물인간 상태가 된 의붓딸을 딱하게 여긴 나머지 특수한 약물을 써서 타인을 같은 꼴로 만들려고 한 가엾은 남자였다.

"그랬구나……. 그치만 그건 너희가 이미 해결한 거지?"

"맞아, 유감스럽게도 나는 시에스타의 짐 덩어리였지만."

나츠나기의 말대로 그 사건 자체는 당시에 시에스타가 깔끔하게 해결해 보였다. 그렇다면 지금 또 그걸 모방한 듯한 사건이 일어난 건지…… 아니면 이번에는 《SPES》의 씨앗을 가진 진짜인 건지. 어느 쪽이 되었든 앞으로 자세히 조사해 보아야 할 것이다.

"그럼 배도 채웠으니까 직접 조사하러 갈까."

자고로 탐정과 조수란 80년대 형사 못지않게 발품을 팔아야 한다. 애초에 이 사건이 어느 정도로 세간에 퍼져 있는지 그리고 메두사에 의한 피해가 구체적으로 어떠한 것인지, 그 부분부터 탐문해야 할 것이다. 그렇게 생각해서 일어나려고 했을 때였다.

"키미즈카 말이야, 몸은 괜찮아?"

나츠나기가 나를 힐끗힐끗 보며 질문을 했다. 갑작스러운 물음에 내가 고개를 갸웃거리자 "실은 줄곧 물어볼 타이밍을 살피고 있었는데." 하고 드물게 배려하는 기색을 보였다.

"뭐, 몸 상태라면 무서울 정도로 좋아."

이틀 전에 있었던 후우비 씨와의 전투를 가리키는 것일까. 확실히 그때는 뼈 한두 개 정도는 부러졌다고 생각했는데…… 현재로선 다소 통증이 남아 있기는 해도 이렇게 일상생활을 보내는 건 문제없는 수준이었다.

"정말로? ——부작용 같은 것도?"

……그렇군, 그쪽이었나. 나츠나기의 불안스러운 눈을 보고 그제야 깨달았다.

나는 전투 중에 후우비 씨를 속이기 위해 카멜레온의 《씨앗》을 먹었다. 시드가 만들어낸 그 《씨앗》은 섭취한 이에게 특수한 능력을 지니게 하지만, 적절한 처치 없이 체내에 심으면 대가로써 다양한 부작용이 일어난다고 한다. 예를 들어 박쥐처럼 시력을 잃거나…… 혹은 수명이 줄어들기도 한다는 이야기를 들었다.

그러나 지금은 그러한 징후도 없어서, 실은 미각을 잃어서 피시 앤 칩스의 맛을 모르겠다는 식의 복선을 깔아 둔 것도 아니었다. 물론 언젠가 그런 상태에 빠질 리스크가 있을지도 모르지만 적어도 지금은 건강 그 자체였다.

"뭐야, 걱정해 준 거야?"

나는 나츠나기를 놀리듯이 말했다.

——그러나.

"당연히 걱정 정도는 하지."

예상과는 다르게 나츠나기가 진지한 표정으로 나를 보았다.

그리고 내 눈을 지그시 바라보며 말했다.

"나만 그런 게 아니라…… 유이도 그리고 샤르도 키미즈카를 걱정하고 있어. 소중히 생각해. 키미즈카가 언제나 우리를 걱정해 주는 만큼은 말이야."

주기만 하고, 받기만 하는 것이 아니다.
마음이란 언제나 쌍방향으로 움직이는 것이라고.
그렇게 나츠나기가 나를 향해 지어 보인 웃음은—— 분하게도 예전에 파트너였던 명탐정에게 주었던 점수와 같을 정도로 압도적으로 귀여웠다.

"혹시 방금 키미즈카 공략이 끝난 거야?"
"안됐지만 어디까지나 이야기가 끝난 것뿐이야."

◆1년 전의 기억, 2인분의 추억

——다음 날.
"좋은 아침인걸."
나는 버스의 2층에서 거리의 경치를 바라보며 옆에 앉은 나츠나기에게 말을 걸었다.
어제 나와 나츠나기는 바로 메두사의 조사를 시작했고……탐문의 결과로 한 가지 단서를 얻어서 지금은 버스를 타고 어떤 장소로 향하고 있었다. 물론 관광 기분을 낼 수는 없지만 이국의 정서가 넘치는 거리는 어디를 보아도 한 폭의 그림 같았다. 그런 광경을 나츠나기와 공유하려고 했는데…….
"…………."
나츠나기는 마음이 딴 데로 가 있는지 멍하니 앞을 바라보고

만 있었다.
“그 옷 잘 어울리네.”
혹시 내가 뭔가 실수한 건가 해서 기분을 맞춰 주기 위해 일단 칭찬해 보았다.
옷의 자세한 종류와 명칭은 잘 모르지만 검은 원피스 같은 그 복장은 나츠나기의 평소 이미지와는 조금 달라도 이국의 땅에서는 그림이 될 것 같은 차림새였다.
“키미즈카는 만에 하나로 여자친구가 생기더라도 2초 만에 싸우고 2초 만에 헤어질 것 같아.”
“뒷부분보다 나에게 여자친구가 생길 가능성이 만에 하나밖에 없다는 것에 이의를 제기하고 싶은데.”
아무래도 무시당하는 건 아닌 듯했다. 그제야 나츠나기가 나에게로 관심을 돌렸다.
“아까부터 멍하니 있던데 왜 그래? 잠 못 잤어?”
“아…… 키미즈카의 잠꼬대 때문에 쉽게 잠들지 못하기는 했는데.”
“……전혀 기억에 없다만.”
한 침대에서 잔 폐해가 그런 부분에서 나올 줄이야.
무의식중에 시에스타 관련으로 잠꼬대를 하지 않았다면 좋겠는데.
“뭔가 자세한 건 모르겠지만 줄곧 유이에게 싹싹 빌었어.”
“예상보다 백 배는 더 안 좋은 내용이군.”
그러고 보니 일본을 뜨기 전에 사이카와와 싸웠었지……. 빨리 화해하고 싶다.

"그리고 말이지."

나츠나기가 이어서 쓴웃음을 지으며 말했다.

"어젯밤에 그 애의 꿈을 꿨어."

나츠나기가 말한 '그 애'란 분명 또 다른 인격인 헬일 것이다.

"어제 《성전》을 봤기 때문일까? 역시 떠오르고 말았거든."

그렇게 나츠나기는 꿈을 꾼다.

이전에도 심장에 깃든 시에스타와 백일몽 속에서 대화를 나누었다고 했었다. 분명 그녀들은 다른 누구도 간섭할 수 없는 그들만의 세계를 가지고 있을 것이다.

"헬과는 무슨 이야기를 했는데?"

"……뭔가 무진장 혼났어."

나츠나기가 알기 쉽게 뺨을 부풀렸다.

참 나. 그럼 그 거울 앞에서 나눴던 대화는 대체 뭐였던 건지. 틀림없이 그때 화해했다고 생각했는데.

"멋대로 젊어지지 말래."

나츠나기가 체념한 것처럼 한숨을 내쉬며 헬의 말을 대변했다.

"자신이 저지른 죄의 책임은 스스로 지겠다고 말했어."

……그렇군, 그건 완고한 그 녀석다웠다. 그게 거울 앞에서 나츠나기의 걱정을 듣고선 내놓은 대답이겠지. 과거에 죄 없는

사람의 목숨을 빼앗은 죄는 자신이 마주하겠다고, 헬은 그렇게 결의한 것이다. 그리고 그녀의 완고함은 분명 주인에 대한 온정이기도 했다.

"뭐, 나는 납득 안 했지만. 그런 다음에 대판 싸웠고."

"시에스타 때와 똑같잖아."

아무래도 파수견의 세 머리는 오늘도 서로를 물어뜯고 있는 모양이었다.

"그나저나 설마 또 이 나라에 오게 될 줄은 몰랐는데."

나는 흘러가는 경치를 보며 예전에 시에스타와 함께 이곳을 찾았을 때를 떠올렸다. 이 거리를 바라보는 건 대략 1년 만인데, 몇 개월을 살았던 것도 있어서 경치 하나하나가 친숙했다. 도로에 세워져 있는 표식과 전등마저도 어딘가 그립게 느껴졌다.

"나도 오랜만이야."

내 말에 나츠나기도 옆에서 표정을 살짝 풀며.

"1년 전에 나랑 키미즈카는 나란히 이 거리를 걸었던 거지?"

먼 과거를 떠올리는 것처럼 그렇게 말했다.

나츠나기의 말대로 1년 전에 이 땅에 있던 건 나와 시에스타뿐만이 아니었다. 그때는 알리시아도…… 아니, 《씨앗》의 효과로 알리시아의 모습으로 변해 있었던 나츠나기도 나와 시에스타와 함께 행동했었다.

"새삼 확인하는 건데……그때 너는 생김새만 알리시아가 되었을 뿐이지 내면은 나츠나기였던 거지?"

"응. 내면은 분명히 나였어. 물론 나도 최근에야 알게 됐지만."

나츠나기는 그렇게 말하며 작게 쓴웃음을 지었다.

확실히 1년 전에 나와 함께 행동했던 그 소녀의 말투는 본래의 알리시아처럼 앳되거나 헬처럼 남성적이지도 않았고 나츠나기처럼 여성스러웠다. 생김새는 분홍색 머리카락의 알리시아였어도 내면은 분명히 나츠나기 나기사 본인이었다.

"그런데 어땠어? 열두세 살 정도였던 알리시아의 겉모습에 맞춰서 말투나 행동도 바뀌었을까? 나는 잘 모르겠는데."

이어서 나츠나기는 그렇게 1년 전의 자신을 회고했다.

"확실히 조금 어린 느낌은 있었지. 아니, 뭐, 지금의 나츠나기도 정신연령은 충분히 어린가."

"와. 자기도 곧잘 어린애처럼 시에스타에게 어리광을 부렸으면서."

"그런 기억은 없고 기록도 없어."

"언젠가 반드시 시에스타의 입으로 모조리 들을 테니까."

……나츠나기의 마음속에서 탐정을 되찾는 것에 수수께끼의 모티베이션이 추가되어 버렸다.

"아, 저기 봐 봐, 저 보석가게. 전에 우리가 들어갔던 데 아니야?"

나츠나기가 가리킨 곳. 버스가 달리는 도로에 면한 내부가 보이는 보석가게는 약 1년 전에 《사파이어의 눈》을 찾을 때 함께 방문했던 장소였다.

"돈이 없어서 여기서는 아무것도 못 샀었지?"

"맞아, 예나 지금이나 빈곤한 건 변함없네."

때가 되면 나츠나기에게 탐정사무소를 차리게 해서 돈을 버는 것도 나쁘지 않겠는걸.

"뭐, 대신 노점에서 산 반지를 줬으니까 괜찮지만."

나츠나기가 어딘가 기쁜 기색으로 눈을 들어 나를 올려다보았다.

"……그런 일은 잊었는데."

"'앞으로도 언제까지나 잘 부탁해' 하고 말하며 약지에 끼워 줬었지~."

"네가 시켰잖아. 지금 당장 잊어!"

"싫은데~."

그런 시시한 이야기를 하고 있으니 이윽고 버스가 목적지와 가장 가까운 정류장에 도착했다. 그곳에서 몇 분을 더 걸어서 우리가 도착한 곳은——.

"여기지?"

나츠나기가 하얀 병원을 올려다보며 말했다.

이게 어제 우리가 사건을 조사한 결과의 하나로—— 이 병원에는 메두사에게 습격당한 피해자가 입원해 있었다.

"그럼 가 볼까."

그렇게 병원에 발을 들인 우리는 사전에 조사해 둔 병실로 가고자 엘리베이터에 탔다.

“그런데 이 사건은 아직 생각보다 알려지지 않은 모양이야.”

나츠나기가 어제 있었던 조사를 떠올리는 것처럼 말했다.

실제로 거리에서 상당히 많은 사람에게 탐문해 보았는데 메두사라는 단어나 그와 비슷한 키워드에 짚이는 데가 있다고 대답한 사람은 스물에 한 명꼴도 되지 않았다.

“그래. 신문사로 쳐들어가지 않았다면 아직 이곳에도 이르지 못했겠지.”

어제 나츠나기가 이대로는 답이 없다며 그런 제안을 하지 않았다면 이 정도로 순조롭게 진전되지는 않았을 것이다.

“그래도 매스컴은 정보를 가지고 있을 테니까. 그렇다면 다음으로 해야 할 일은 도청이지!”

“발랄하게 말하지 마, 발랄하게. 도청은 그렇게 가벼운 마음으로 해도 될 게 아니라고.”

“실제로 잘 풀렸으니까 괜찮잖아. 키미즈카의 능력을 써서.”

“……그래. 실제로 은밀하게 움직이는 데는 딱이었지.”

카멜레온의 씨앗에서 비롯된 투명화 능력. 이것만 있으면 기척을 숨기고 다른 사람의 이야기를 훔쳐 듣는 건 누워서 떡 먹기보다 간단한 일이었다.

“이젠 맛을 들인 키미즈카가 여탕에 침입하지만 않기를.”

“리얼한 상상하지 마. 그만해. 진지한 얼굴로 기도하지 마.”

그런 대화를 하는 사이에 이윽고 엘리베이터가 가려는 층에 도착했다. 이어서 병실로 향한 우리는 마음을 다잡고 안으로 발을 들였다.

그러자 그곳에는.

"이 사람이 메두사의 피해자인가."

병실에 있던 건 40대 정도로 보이는 한 남성이었다.

우리는 조용히 남성의 곁으로 다가갔다.

침대 위에 누운 남성은 스스로 호흡하며 때때로 눈을 깜빡이기만 할 뿐이지 말도 못 하고 손가락 하나 움직이지 못했다. 그건 예컨대 돌이 되었다고 표현해도 이상하지 않을 모습이었다.

"식물인간 상태인가."

들은 이야기에 따르면 이 남성이 입원한 건 약 일주일 전이다. 그건 《성전》에 적힌 《메두사》의 출현 시기와도 일치했다. 역시 그 미지의 적이 어떠한 힘을 써서 남성을 석화시켰다는 것일까. 대체 어디 사는 누가 무슨 목적으로── 그렇게 내가 생각에 잠겼을 때였다.

"저기, 키미즈카."

나츠나기가 침대에 누운 남성의 얼굴을 바라보며 이렇게 말했다.

"우리 이 사람과 어디선가 만난 적이 있지 않아?"

역시 이 세상에 평범한 엑스트라는 존재하지 않는 모양이었다.

◆ 여기서 이야기가 분기한다

그 이후로도 우리는 이 사건의 조사를 이어갔다.

입원해 있던 남성의 담당 의사에게 자세한 이야기를 듣고, 비슷한 증상으로 실려 왔다는 다른 입원 환자와도 만나볼 수가 있었다. 일반적으로는 병원의 비밀유지의무 때문에 그런 이야기를 듣는 건 어려웠겠지만 나츠나기의 붉은 눈은 손쉽게 의사의 입을 열게 하는 데 성공했다.

그렇게 모은 정보와 상황 증거를 토대로 이야기를 나눠 본 끝에 나와 나츠나기는 한 가지 가설을 세웠다. 그건 다름 아닌 메두사의 정체와 범행 동기였다. 분명 그건 우연히 나와 나츠나기였기에 도달할 수 있었던 답이기도 했다. 그리고 우리는 나츠나기가 가고 싶어한 어느 장소에 도착했다.

"겨우 이곳에 올 수 있었어."

나츠나기가 그렇게 중얼거린 이 땅은 런던 교외에 있는 교회의 묘지였다.

해 질 녘의 광대한 초원에는 균일한 간격으로 묘비가 늘어서 있었다.

그리고 나츠나기는 그 묘비 중 하나 앞에서 무릎을 꿇었다.

"늦어서 죄송해요—— 데이지 씨."

데이지 베넷.

그건 1년 전에 런던에서 일어난 《잭 더 데빌》 사건에서 희생되었던 다섯 명 중 마지막 희생자의 이름이었다. 다른 네 사람에 대한 조의를 끝낸 나츠나기가 마지막 한 사람 앞에 꽃을 놓았다.

"나츠나기."

나는 그런 나츠나기의 어깨에 조용히 손을 올렸다.

"……응, 알고 있어."

1년 전에 런던에서 일어난 연속 살인 사건의 범인은 나츠나기의 또 다른 인격인 헬이었다. 당시 시에스타와의 첫 번째 전투 끝에 심장에 대미지를 입은 헬은 살아남기 위해 다섯 명이나 되는 사람들의 목숨을 빼앗아서 그들의 심장을 배터리처럼 소비했었다.

하지만 그건 어디까지나 나츠나기의 의식 아래에 이루어진 범행이 아니라 헬의 단독 행동이었다. 어떤 의미로는 나츠나기도 의식과 인격을 빼앗긴 피해자이기도 했다.

"나는 이제 그 과거를 받아들였어. 그런 마음으로 내가 할 수 있는 최선의 속죄를 할 거야."

그렇게 말하는 나츠나기의 옆얼굴에서 비장감은 엿보이지 않았다.

그리고 나츠나기는 또 하나의 마음을 가슴에 간직한 채 이 장소를 찾아왔다.

"그러니까 나는 괜찮아. 키미즈카는 자신이 해야 할 일을 하러 가."

나츠나기는 웃는 얼굴로 나를 보며 이 자리를 뒤로하기를 권했다.

"정말로 괜찮아? 내가 없어도 외롭지 않아? 밤에 안 울어?"

“내가 애야? 시에스타가 보이지 않는다고 온 집안을 헤집던 키미즈카가 아니거든.”

직접 본 것처럼 말하지 말라고. 그런 과거는 없……는 듯한 기분이 든다.

“게다가 열쇠도 찾았다며.”

“……그래. 우연히도 이 타이밍에 말이지.”

그 말대로 실은 이 묘지로 향하는 도중에 내 핸드폰으로 도둑맞았던 지갑과 함께 마스터키를 찾았다는 연락이 왔었다. 아무래도 나와 나츠나기는 누군가의 의지에 의해 일단 개별 행동을 취해야 하는 모양이었다. 참 나, 탐정과 조수를 떨어트리다니 배짱 좋은데.

“키미즈카는 걱정이 많다니까.”

그럴 생각은 없었는데 표정에 드러난 것일까. 무릎을 끌어안은 나츠나기가 나를 보며 쓴웃음을 지었다.

“걱정하지 마. 나는 혼자가 아니잖아.”

“……그랬었지.”

그랬다. 설령 내가 없더라도 나츠나기는 혼자가 아니었다.

이 자리에는 나츠나기와 함께 싸우기로 결의한 인물이 한 사람 더 있었다.

“그럼 무슨 일이 있으면 연락해. 거대 로봇을 타고 달려올 테니까.”

“응, 부탁이니까 세계관의 스케일은 지켜 줘. 옛날 일도 반성하고.”

그렇게 말해도 외계인에 흡혈귀에 아직 보지 못한 괴물과도 싸워야 하는 세계니까 말이지. 가끔은 눈감아 달라고. 가끔은.

"그럼 나중에 봐."

"응, 나중에."

그렇게 우리는 짧게 작별의 인사를 나누었고 나는 그 자리를 뒤로했다.

그녀들이라면 앞으로 일어날 일을 극복할 수 있으리라 믿으며.

◇주인공(화자) 교대

키미즈카가 자리를 뜨고 나서 15분 정도 지났을 무렵이었다.

"어머나, 딸을 아는 분이신가요?"

60대 정도로 보이는 한 여성이 꽃을 안고 맞은편에서 걸어왔다.

나는 그 자리에서 일어나 그녀를 향해 고개를 숙였다.

"그동안 격조했습니다── 로즈 베넷 씨."

로즈 베넷── 그녀는 《잭 더 데빌》의 다섯 번째 피해자인 데이지 베넷의 모친이었다. 1년 전에 그 사건의 범인을 쫓던 나와 키미즈카는 시에스타와 함께 그녀의 집을 찾은 적이 있었다.

"일전에는 힘드신 가운데 찾아뵈어서 죄송했습니다."

이어서 나는 더욱 깊게 고개를 숙였다.

당시에 그녀는 딸을 잃은 정신적 충격으로 우리 앞에서 쓰러지고 말았었다.

"……저기, 아가씨와 만난 적이 있었던가요?"

그러자 부인은 어딘가 곤혹스러워하는 듯한 미소를 지었다.

그러나 잘 생각해 보면 그도 그럴만했다. 그녀의 자택에 방문한 당시에 나는 케르베로스의 씨앗의 힘으로 알리시아의 모습으로 변해 있었다. 지금의 이 모습에서 연상되지 않는 것도 당연했다.

"……그나저나 그 사건으로부터 벌써 1년이 더 지났네요."

나는 그런 말로 얼버무리면서 묘비 앞에 꽃을 놓는 로즈 부인을 바라보았다.

"시간이 참 빠르죠? 그 괴로웠던 나날도 과거가 되어 가고 있어요."

그렇게 대답하며 부인은 고생한 것이 느껴지는 미소를 지었다.

"당시에는 슬픔이 채 가시기도 전에 매일같이 사건에 대한 일로 매스컴과 상대하느라 바빴어요."

"예, 그렇다고 들었습니다. 그리고 그 의원에 대한 것도."

내가 말하자 로즈 부인의 얼굴이 한순간 굳었다.

그건 데이지 베넷의 뒤를 잇는 모양새로 입후보한 어떤 지역 의원의 이야기였다. 그는 데이지 베넷의 유지를 잇겠다고 눈물을 흘리며 연설했고, 순조롭게 선거에서 당선했다. 그렇지만 그건 그저 연출이었을뿐이다. 뒤에서는 비밀리에 위법 헌금으로 재산을 쌓고, 좋은 발판이 되어 줬다며 데이지 베넷을 비웃었다.

"……그래요. 잘 알고 있네요. 어디서 알아본 건가요?"

마치 탐정님 같네요, 하고. 로즈 부인은 농담처럼 말하며 일어섰다.

"그래도 괜찮아요. 그들도 반성했는지 최근에는 얌전한 모양이니까요."

"그렇네요……."

"아, 그렇지. 실은 오늘은 딸의 생일이에요. 저 말고도 딸을 기억해 주는 사람이 있어서 기뻐요."

로즈 부인은 내 무난한 대답엔 신경 쓰지도 않고 부드러운 웃음을 지었다.

"예, 알고 있습니다."

그 말대로 오늘이 데이지 베넷의 생일이라는 건 이곳에 오기 전에 조사해서 알고 있었다. 그리고 영국에서는 일본의 명절날처럼 정해진 시기에 성묘하는 풍습이 없어서, 이렇게 고인의 생일 등에 꽃을 놓으러 올 때가 많았다.

그래서 오늘 로즈 베넷이 딸의 묘를 찾을 가능성이 크다는 걸 알고 있었다. 그러므로 내가 이곳에서 그녀와 만난 건 우연이 아니었다. 나는 그녀와 만나기 위해 이 장소에 왔다.

"로즈 베넷 씨, 당신이 메두사인 거죠?"

나는 느닷없이 그녀에게 그런 가설을 꺼냈다.

"……후후, 무슨 말인가요?"

그러자 로즈 베넷은 옅은 미소를 지은 채 내 말을 부정했다.

"이 도시에서 그런 사건의 소문이 도는 건 알고 있어요. 하지만 어째서 제가 그 메두사라는 거죠?"

그녀는 입꼬리를 올린 채 당연한 의문을 표했다.

어째서 내가 로즈 베넷이 괴물 《메두사》라고 주장하는 건지. 가령 그게 진실이라 하면 로즈 베넷이 사람들을 석화시키는 《메두사》가 된 동기란 대체 무엇인지——.

"그건 조금 전에 제가 말한 내용대로예요."

조금 전에 이야기했던 부인을 괴롭게 했다는 매스컴과 남자 의원. 그들이 바로 오늘 나와 키미즈카가 병원에서 만난 메두사의 피해자였다. 특히 매스컴 남자 쪽은 1년 전에 로즈 부인의 집 앞에서 한 번 만난 적이 있어서 기억하고 있었다.

그리고 그 두 사람 말고도 메두사의 피해자로 보이는 인물들이 여럿 있었는데…… 그들 또한 모두 데이지 베넷과 모종의 인연이 있다는 것을 알아내었다. 그런 그들에게 원한을 품은 인물이 있다고 한다면.

"로즈 씨. 당신은 메두사가 되어 따님의 적을 처단하려고 했어요…… 아니, 따님의 명예를 더럽히려 한 사람들에게 보복하려 했죠."

어느 날 돌연히 소중한 외동딸이 죽었다. 그녀는 말 없는 시신이 되어 버렸다.

그러니 적어도 죽어서도 딸을 괴롭게 만드는 존재에게 벌을 내리려고 했다…… 돌처럼 차가워진 딸과 똑같은 고통을 주려고 했다. 그렇게 메두사라는 괴물이 태어나고 말았다.

"그것뿐인가요?"

로즈 베넷은 어느 사이엔가 웃음을 거두고 험악한 표정으로 나에게 따졌다.

"그런 건 아가씨의 억측에 지나지 않아요. 그럴듯한 동기를 늘어놓을 뿐이지 구체적인 증거는 아무것도 없죠."

"……예, 확실히 이 자리에 증거는 없어요."

하지만, 하고 나는 말을 이었다.

"당신의 집을 찾아보면 반드시 독극물이 나오겠죠."

이 묘지로 오기 전에 우리는 병원에서 의사에게 메두사에게 피해를 본 이들의 구체적인 증상을 들었다. 내 붉은 눈의 능력을 사용해서 들은 사실―― 그건 피해자의 몸에서 공통된 어떤 독극물이 검출되었다는 이야기였다.

그리고 그건 키미즈카의 말에 따르면 그가 2년 정도 전에 숲속의 저택에서 만난 저택의 주인이 사용했던 독가스의 성분과 같은 것이라고 했다.

그렇기에 이번 메두사도 특수한 독극물을 사용해서 대상자를 의식장애에 빠트렸다는 건 명백했다. 그렇다면 우리가 밝혀내지 않아도 반드시 언젠가는 물증이 나올 터였다. 게다가――.

"로즈 씨. 저는 당신의 입으로 진실을 듣고 싶어요."

사실은 이 묘지로 오기 전에 키미즈카가 확실한 증거를 들고 가자며 나에게 제안했었다. 그렇지만 나는 고개를 가로저으며 어디까지나 로즈 베넷을 설득하는 쪽을 선택했다.

"……그도 그럴 게 용서할 수 없잖아요."

내 말에 로즈 베넷은 어딘가 체념한 듯한 미소를 지었다. 그렇지만 그 체념의 미소는 나를 향한 것이 아니라 자조였다. 그녀도 자신의 행동이 잘못되었다는 것 정도는 내가 따지지 않아도 알고 있었다. 하지만 그래도——.

"그래요, 저예요. 제가 당신들이 말하는 괴물—— 메두사겠죠."

딸의 명예를 더럽히려 한 존재를 모친은 용서할 수 없었다. 그래서 독극물을 사용해 그들을 의식장애에 빠트렸다.

"그 독극물은 어떻게 구하신 거죠?"

나는 그녀에게 독극물의 입수 경로를 물었다. 그건 결코 평범한 사람이 구할 수 있는 약물이 아닐 터였다.

"……언제였는지 정확하지 않지만 어느 날 문득 깨닫고 보니 우편함에 들어 있었어요."

로즈 베넷은 공허한 눈으로 그렇게 중얼거렸다.

역시 그녀가 그렇게 행동하도록 유도한 누군가가 있어……!

"아가씨, 말해줘요."

이어서 부인은 매달리는 것처럼 나에게 물었다.

"어느 날 돌연히 딸이 사라지고 말 없는 재가 되어 버렸어요. 아무리 이야기를 나누고 싶어도 그 애는 이젠 아무 말도 해 주지 않아요. 그런데 어째서 그 애의 명예를 더럽힌 사람들이 멋대로 그 애에 대해 떠드는 거죠? 그들의 입을 막는 게 대체 뭐가 나쁜다는 거죠?"

부인은 그렇게 말하며 내 어깨를 움켜쥐었지만…… 곧 힘없이 무너져 내렸다.

로즈 베넷은 딸의 죽음을 모독하는 존재를 결코 용서하지 않는다. 이제 두 번 다시 말하지 못하는 외동딸에 대해서 아무것도 모르는 타인이 억측으로, 사리사욕을 위해 큰 목소리로 떠든다. 그런 현실을 거부하기 위해 로즈 베넷은 괴물이 되었다.

——그런 그녀에게 내가 무슨 말을 할 수 있을까.

키미즈카가 격정이라 평했던 내 가슴 속에 오가는 감정의 격류를 말에 담으면 그녀를 구할 수 있는 걸까. 전에 권총을 쥔 유이를 받아들였을 때처럼 내 말은 쓰러진 그녀를 일으켜 세울 지팡이가 될 수 있는 걸까.

——대답은 부정이다.

왜냐하면 과거에 나는 로즈 베넷을 구하지 못했다. 1년 전에 그녀의 집에서 내가 소리친 격정은 간발의 차이로 그녀에게 닿지 못했다. ……하지만 그게 당연했다. 그때의 나는 거짓된 모습을 한 채 자신이 저지른 죄조차 깨닫지 못했다. 그런 내가 그녀를 구한다는 건 오만하기 짝이 없는 이야기였다.

——그럼 어떻게 하면 되는 걸까.

대체 누구의 말이라면 그녀를 구할 수 있는 걸까. 외동딸의 묘비 앞에서 울며 무너져내린 모친의 눈물을 닦아줄 수 있는 걸까. ……대답은 하나뿐이었다.

"부탁해, 힘을 빌려줘."

나는 머리를 묶고 있던 붉은 리본을 풀며 또 한 명의 파트너에게 부탁했다.

◇니플헤임의 전언

"그러니까 처음부터 내가 하겠다고 했잖아."
나는 붉은 리본을 움켜쥐며 이 몸 어딘가에서 잠들어 있는 주인님의 의식에게 불평했다. 정말이지, 그건 무엇을 위한 싸움이었던 건지. 주인님의 격정…… 아니, 완고함에는 한숨조차 나오지 않는다.
"당신은 누구죠?"
그때 묘비 앞에서 웅크리고 있던 부인이 나를 올려다보았다.
내면이 바뀐 것뿐이지 겉모습이 변한 건 아니었는데…… 혹시 이 험상궂은 눈매 때문에 들킨 걸까.

그나저나 나는 대체 누구고, 어떤 존재인 걸까.
그렇군, 그건 실로 철학적인 질문처럼 느껴졌다.
"글쎄, 나는 나일 뿐이야."
나는 주인님의 부탁을 들어주기 위해 주저앉은 그 부인에게 시선을 내리며 말했다.
"당신이 손에 넣은 건 어디까지나 불량품이야. 독극물이라 해도 일시적인 효과밖에 없어서 지금은 의식이 혼미한 그들도 곧 눈을 뜨겠지."
그 독극물은 아버님의 《씨앗》이 심어진 어떤 《SPES》의 구성원이 체내에서 생성한 물질에서 유래한다.
그 반인조인간의 코드네임은 해파리.
학명으로 말하면—— 메두사.
해파리의 독은 일정 시간이 지나면 효력이 사라지는 부류의 것이었지만 그는 돈벌이로써 《SPES》의 말단 구성원에게 독을 팔게 했다.
이번에는 딸을 잃은 그녀의 빈틈을 노린 것이다. 그 독극물은 그녀에게는 매력적인 약으로 보였을지도 모른다. 아직 금전을 요구받기 전이었다면 좋겠는데…… 아니, 나는 그런 걱정을 해줄 입장이 아니었다.
"다가오면 쏘겠어요!"
그때 로드 베넷이 발치에 둔 가방에서 한 자루의 권총을 꺼냈다.
"그렇군, 그런 것까지 받은 건가."

아무래도 내 등장은 반대로 상황을 나쁘게 만든 모양이었다.

사람과의 대화란 생각과는 달리 잘 풀리지 않는 법이다. 이대로는 주인님에게 혼나리라고 생각하니 자연스럽게 쓴웃음이 나왔다.

"……!"

그러나 그게 실수였는지 로즈 베넷이 떨리는 손으로 총을 겨누었다.

사실은 그 총탄에 맞아도 상관없다고 생각했다. 오히려 그녀는 나를 쏠 권리마저 있었다. 복수를 이루려면 지금이겠지.

――그렇지만.

"그 총탄은 나에게 맞지 않아."

다음 순간 그녀가 쏜 총탄은 나라는 표적에서 크게 벗어났고 메마른 총성과 연기만이 공허하게 허공에 남겨졌다.

"미안하지만 주인님을 죽게 할 수는 없거든."

"다가오지 마……."

공포로 물든 로즈 베넷은 다리에 힘이 풀려서 엉덩방아를 찧은 채 뒤로 물러났다.

나에게 살해당하리라고 생각하는 걸까.

……하지만 그것도 그런가. 우리 《SPES》는 아버님을 따라서, 생존본능에 따라서 《씨앗》의 특수능력으로 이 별의 인간들을 죽여 왔다. 그런 우리에게 본능적인 공포심을 품는 건 당연한 거겠지.

"그렇지만 내가 지금 이 자리에 서 있는 이유는 그게 아니야."

주인님이 그런 것을 바라고 나를 불렀을 리가 없다.
내가 이곳에 불려온 이유.
주인님은 하지 못하고 나만이 할 수 있는 것.
주인님은 아직 이 몸에 잠든 《씨앗》을 완전히 다루지 못하고 있다. 붉은 눈은 어디까지나 방아쇠이며 진정한 씨앗의 힘은 이 목에—— 목소리에 깃든다.
"내 능력의 정체는 《언령(言靈)》—— 내뱉은 말에 영력이 깃들지."
아버님이 만들어낸 《씨앗》은 인체 기관에 특별한 힘을 불러온다. 그 힘으로 우리 《SPES》의 구성원은 아버님의 지시에 따라 인류를 공격해 왔다.
그렇지만 만약.
만약 이 능력에 사람에게 상처를 주는 것 이외의 사용법이 있다고 한다면.
예를 들어서 내 《언령》의 능력에 사람을 구할 힘이 있다고 한다면.
"저리 가, 다가오지 마……. 데이지……!"
로즈 베넷은 눈앞으로 다가온 나를 올려다보며 무의식중에 외동딸의 이름을 불렀다. 그렇지만 나는 가만히 무릎을 꿇으며 그녀와 시선을 마주했다.
그렇군.
이게 사람의 공포라는 감정이겠지.
1년 전에 그녀의 딸도 이런 식으로 나를 두려워했을까.

런던 거리에서. 트랜스 상태라고도 할 수 있는 용태였던 그때, 문득 깨닫고 보니 눈앞에 시신이 있었다. 나는 이 몸을…… 주인님의 목숨을 구하기 위해 그 시신으로부터 심장을 빼냈다. 몇 번이나, 몇 번이나. 그 다섯 명도 죽기 직전에 나에게 공포심을 품고 있었을까.

"무섭게 해서 미안해."

나는 눈앞에서 떨고 있는 로즈 베넷에게.

그리고 1년 만에 그들 다섯 명에게 사죄했다.

"……?"

그러나 로즈 베넷은 내 의도가 이해되지 않았던 거겠지. 지금도 눈이 불안한 것처럼 크게 흔들리고 있었다. ……역시 잘 안 되는걸.

나는 지식과 경험으로 언제나 최적의 해답을 내놓던 이지적인 정의의 사도도 아니고, 숭고한 이상을 자신의 격정으로 이루려 하는 명탐정도 아니었다.

나는 결국 모조품에 불과했다.

어느 날 나츠나기 나기사라는 소녀에게 깃든 형체 없는 의식의 집합체다.

누군가에게 필요한 존재가 되고 싶다는 마음이…… 그 쐐기가 없다면 한 줄기 바람에도 날아갈 듯한 덧없는 존재였다.

"그렇지만 지금 쐐기가 생겼어."

나는 손에 든 붉은 리본을 움켜쥐었다.

지금 나는 주인님이 필요로 해서 이 자리에 서 있었다.

그래. 나는 그 백발의 명탐정처럼 행동할 수도 없고 이 리본이 잘 어울리는 주인님처럼 되지도 못한다. 조금 전에도 말했다시피 나는 나일 뿐이었다.

그러므로 이런 나밖에 하지 못하는 것을 지금 이 자리에서 완수한다.

분명 이것이 나에게 주어진 단 하나의 권리이며 완수해야 할 의무다.

"로즈 베넷. 이건 내가 아닌 그녀의 말이야."

내 능력은《언령》—— 말에 영력이 깃들어 있는 나는 피를 주고받은 상대와 대화를 나눌 수 있다. 그러므로 1년 전에 심장을 바꿀 때 피를 주고받은 데이지 베넷이 남긴 마지막 말도 기억하고 있었다.

"그녀는 이렇게 말했었어."

저녁놀 아래, 초원에 세워진 묘비 앞에서.

나는 무릎을 꿇고 데이지 베넷의 유언을 그녀의 모친에게 지금 이렇게 전했다.

"엄마 사랑해."

내 이름은 헬.

코드네임—— 지옥(헬).

산 자와 죽은 자 사이를 잇는, 황천을 다스리는 여왕의 이름이다.

◇그 감정에 붙은 이름은

갑자기 시야가 열리며 저녁놀의 주황빛이 눈에 들어왔다. 멀리서 벌레 소리가 들려오며 또다시 자신의 의식이 몸에 인스톨되는 것을 알 수 있었다.

"……헬."

내가 불러내었던 파트너는 무사히 일을 끝내고 이 몸 어딘가로 돌아간 모양이었다.

"아, 조심하세요."

그때 로즈 베넷이 내 어깨로 덜컥 쓰러졌다.

이어서 그녀는 눈을 감은 채——.

"——데이지."

지금은 없는 외동딸의 이름을 중얼거렸다.

그리고 의식을 잃은 것처럼 내 품 안에서 잠에 빠졌다.

"죄송해요."

그때 제대로 도와드리지 못해서.

1년 전에도 이렇게 부인을 끌어안았던 것을 떠올리며 나는 그렇게 사죄했다.

그로부터 나는 로즈 부인을 잠시 묘비에 기대어 둔 사이에 휴대전화로 택시를 불렀다. 집에서 쉬게 하면 분명 금방 눈을 뜰 것이다.

그리고 눈을 뜬다고 하니 생각났는데, 그녀가 독극물을 써서 의식장애에 빠트렸던 사람들도 헬의 말에 따르면 시간이 지나면 자연스럽게 회복한다는 모양이었다. 요컨대 사건은 이걸로 해결되었다.

"이것만으로는 속죄를 끝냈다고 할 수 없지만."

나는 한 번 더 묘비 앞에서 손을 모은 다음에 자조가 아닌 각오로써 그렇게 중얼거렸다.

이걸로 1년 전의 죄를 용서받을 수는 없다. 앞으로도 마찬가지이다. 다만 그래도 내가 할 수 있는 건 《탐정》이라는 입장에 얽매이지 않고 앞으로도 사람을 구하는 것뿐이라고 생각했다.

그리고 지금 무엇보다도 먼저 내가 대처해야 할 일은 시드를 무찌르는 것── 그리고 시에스타를 되살리는 것이다. 특히 후자는 완전무결한 명탐정의 생각조차 넘어선 기적이다. 그걸 실현하기 위해서는──.

"키미즈카, 부탁할게."

나 혼자만의 힘으로는 절대로 이루지 못한다. 그러므로 지금쯤 그 힌트를 얻기 위해 행동하고 있을 든든한 파트너를 생각하며 나는 하늘을 올려다보았다.

키미즈카 키미히코── 내 조수이자 파트너인 남자애.

몇 개월 전에 방과 후의 교실에서 만났지만 어째서인지 처음 이야기를 나누는 것 같지가 않았다. 그리고 그 이유는 훗날 내 왼쪽 가슴에 있는 이 심장이 3년에 걸쳐 키미즈카와 여행을 했기 때문이라는 것을 알았다.

그러니 키미즈카와 만나면 어째서인지 심장이 크게 뛰는 것도 자신의 감정이 아니라며 애써 납득했다. 하지만―― 실은 나도 1년 전에 이곳 런던에서 키미즈카와 만났었다. 그리고 당시에 암흑 속에 있던 나는 키미즈카의 말에 구원받았다. 그렇다면 지금도 키미즈카의 곁에 있으면 심장의 고동이 빨라지는 진짜 이유는…….

"여기까지 할까."

나는 닿기 직전이었던 그 대답에 손을 뻗는 것을 그만뒀다.

적어도 지금 그 대답을 알게 되는 건 왠지 모르게 룰 위반처럼 느껴졌다.

그러니까 모든 것은.

"시에스타를 되찾고 나서야."

나는 그렇게 자기 자신을 납득시키며 키미즈카가 지금 있을 장소를 향해 걸어나갔다.

――그리고 먼 하늘 저편에서 희미한 폭발음이 들려온 것도 마침 그때였다.

【Side Yui】

키미즈카 씨와 나기사 언니가 런던으로 향하고, 카세 씨와 샤르 씨도 집을 비운 뒤. 나와 박쥐 씨는 그대로 카세 씨의 맨션에 머물고 있었습니다.

왜냐하면 저는《왼쪽 눈》의 능력을 각성시키기 위한 훈련을 박쥐 씨에게 받을 예정이기 때문입니다. 그래요, 그럴 예정이었습니다만…….

"음~ 이것도 꽤 품질이 좋은걸."

정작 박쥐 씨는 와인셀러에서 꺼내온 고급스러워 보이는 레드와인을 테이스팅하면서 만족스럽게 미소 짓고 있었습니다. 훈련 이야기는 어디로 간 걸까요?

"마음대로 와인을 따면 카세 씨에게 혼나지 않나요?"

저는 박쥐 씨의 정면에 앉은 채 물었습니다.

"상관없어. 그 여자 때문에 줄곧 갑갑하게 지냈으니 이 정도 사치는 눈감아 줘야 한다고 생각하지 않나?"

박쥐 씨는 그렇게 말하며 와인잔을 작게 흔들었습니다.

그런 여유 있는 모습은 뭔가 야성미가 넘치는 근사한 아저씨 같은 느낌이었습니다. 키미즈카 씨는 절대로 낼 수 없을 듯한

어른 남성의 오라입니다.

"……아니, 안 넘어가거든요! 훈련은 어떻게 된 건가요, 훈련은!"

저는 평소의 장난스러운 태도를 집어던지고 박쥐 씨에게 따졌습니다.

"빨리 수행편을 시작해야죠! 어느 산에 틀어박힐 건가요?! 언제 폭포수를 맞을 거죠?! 수영복은 필요한가요?! 아, 그런데 섹시 화보는 천국에서 아버지와 어머니가 걱정하시니 사양하겠어요!"

"어디서부터 태클을 걸면 되지?"

어머나, 어느 사이엔가 역할이 뒤바뀐 모양입니다.

"그렇게 재촉하지 마라. 이 한 잔을 비운 뒤에 움직여도 늦지는 않으니까."

박쥐 씨는 마치 앞으로 일어날 일을 전부 알고 있다는 듯이 여유를 부리며 와인을 느긋이 입안에 머금었습니다.

"그럼 박쥐 씨는 어째서 저를 지도하겠다고 하신 거죠?"

어차피 아직 훈련이 시작하지 않는다면 그사이에 수다를 떠는 것 정도는 괜찮을 겁니다. 그래요, 모처럼의 기회이니 저도 근사한 아저씨와 여러 가지로 이야기를 나누어 보고 싶었습니다.

"《SPES》를 무너트리기 위해 이해가 일치한다는 설명을 했을 텐데?"

……그렇지만 박쥐 씨는 상당히 쌀쌀맞았습니다.

이상한 일이네요. 키미즈카 씨였다면 지겨워질 때까지 끝도 없이 떠들어 주실 텐데요. 아니, 뭐, 다른 여자와 훌쩍 해외여행을 가 버리는 사람은 이젠 아무래도 좋습니다만.

"하지만 모처럼의 기회이니 나도 한 가지 물어 둘까."

그때 이번에는 박쥐 씨가 잔을 두며 저에게 물었습니다.

"정말로 부모의 원수를 갚겠다는 생각은 안 하나?"

이미 상당히 많이 드셨을 테지만 그건 취기에 의한 게 아니라 진심으로 알고 싶은 것처럼 느껴졌습니다. 혹은 저에게 그걸 물어보기 위해 이런 자리를 마련했을지도 모른다는 건…… 지나친 생각일까요.

"예를 들어 가족이나 동료의 원수가 눈앞에 있다고 해도 방아쇠를 당기지 않을 건가?"

박쥐 씨는 거듭 그렇게 물었습니다.

"으음, 글쎄요. 저번 일이라면 딱히 박쥐 씨나 카멜레온 씨가 직접적인 원수였던 것도 아니었으니…… 실은 그 상황이 되지 않으면 모를 것 같아요."

저는 며칠 전에 방송국 옥상에서 있었던 일을 떠올리며 그렇게 대답했습니다.

"그렇군, 냉정한걸."

"그런가요? 하지만 역시 그렇게 말할 수 있는 것도 지금 제 눈앞에 원수가 없기 때문이라고 생각해요. 권총 대신 마이크를 쥔 것처럼 상황에 따라 마이크를 권총으로 바꿔 쥐는 일도 있을지 모르죠."

"복수를 위해 살지는 않겠지만 원수를 갚는다는 선택을 부정하는 것도 아니라는 건가?"

"예, 결국은 자신이 어떻게 하고 싶은지에 달렸다고 생각하니까요."

전에 키미즈카 씨에게는 그렇게 잘난 듯이 말하기는 했지만 실은 그때는 저도 아직 망설이고 있었습니다. 하지만 그 일을 극복하고 키미즈카 씨에게도 도움을 받은 지금의 저는 당당하게 자신감을 가지고 말할 수 있습니다.

"그러니 역시 저는 복수만을 위한 인생을 살지는 않을 거예요. 부모님이 바라리라 생각하는 삶을 사는 제가 되고 싶으니까요."

"그건 죽은 사람에게 얽매인 것과는 다른 건가?"

"달라요."

예, 다르죠. 그것만큼은 가슴 펴고 말할 수 있습니다.

"지금 이 자리에 있는 제가 그렇게 생각하니까요!"

그러므로 이건 틀림없이 제 의지고 저만의 마음입니다.

"——그런가."

박쥐 씨는 무언가를 생각하는 것처럼 작게 중얼거리고는 잔에 남은 와인을 단숨에 들이켰습니다.

"아차, 방금 그게 대답이 되었나요? 결국 저 혼자 떠든 것처럼 되어 버렸는데요."

저는 왠지 쑥스러워져서 박쥐 씨에게 물었습니다.

"그래, 대단히 참고되었어. 그리고 아가씨가 사실은 부모에게서 독립하지 못했다는 것도 잘 알았고."

"어, 어째서 그런 결론이 되는 건가요! 정말로 제 이야기를 제대로 들으신 거예요?!"

"좋은 의미로 하는 말이니까 신경 쓰지 마라."

"'좋은 의미로'를 붙였다고 해서 속아 넘어가지 않아요! 저는 능력 있고 어른스러운 캐릭터를 세일즈 포인트로 삼고 있으니 어린애 같은 이미지를 심지 말아 주세요!"

정말이지 몹쓸 아저씨입니다. 저 같은 가련한 여자애를 괴롭히다니 키미즈카 씨와 필적할 정도로 성격이 좋지 않습니다.

……뭔가 아까부터 이 자리에 있지도 않은 키미즈카 씨만 언급하게 되네요. 정말이지, 죄 많은 남자입니다. 빨리 돌아와 주지 않으시려나.

"하하, 그럼 유쾌한 이야기도 끝났으니 훈련을 시작해 볼까."

얼굴은 붉어지지 않았는데 실은 취하신 것일까요. 조금 밝아진 박쥐 씨가 마침내 본론을 꺼냈습니다.

"잘 들어. 아가씨에게 가르쳐 줄 건 우선 인체의 동작에서 기본적인……."

"아, 그 이야기 길어질 것 같으면 반신욕을 하며 들어도 될까요? 여기서 큰 목소리로 말해 주시면 들릴 거예요!"

"감탄이 나올 정도로 뻔뻔한걸."

"후후, 좋은 태클이에요!"

잘 풀렸네요. 나이 차이가 나는 친구란 것도 좋을지도 모르겠습니다.

분명 박쥐 씨와는 앞으로도 오래 알고 지내게 될 테니—— 아니죠, 그렇게 되면 좋겠다고 생각하며 저는 박쥐 씨의 이야기에 귀를 기울이기 시작했습니다.

"아, 그러고 보니 박쥐 씨는 본명이 어떻게 되세요? 이름으로 보는 재미있는 심리 테스트가 있거든요."

"내가 말하는 것도 뭐하지만 언제쯤 훈련을 시작할 수 있는 거지?"

【제3장】

◆세계의 수호자

그로부터 나츠나기와 헤어진 나는 홀로 도둑맞았던 지갑과 열쇠를 되찾기 위해 어떤 장소를 찾아왔다. 그나저나 전화로 연락 받은 주소는 이곳일 텐데…….

"이곳에는 그다지 좋은 추억이 없는데 말이지."

내 눈앞에 서 있는 건물은 경찰서가 아니라── 영국의 중심, 웨스트민스터 궁전이었다. 약 1년 전에 나는 헬에게 유괴당해서 이 건물의 지하에 감금된 적이 있었고, 게다가 이 시계탑을 무대로 시에스타와 헬은 격렬한 싸움을 펼쳤었다.

"갈 수밖에 없나."

그런 생각을 하며 나는 안으로 발을 들였다.

그러자 바로 양복을 입은 영국 신사가 나타나서 나를 일반인은 출입할 수 없는 금지구역으로 안내했다. 그렇게 전용 엘리베이터로 이끈 신사는 고개를 한 번 숙이고 자리를 떴다. 아무래도 나를 이곳에 부른 인물은 이 궁전에 병설된 첨탑인 엘리자베스 타워의 위에 있는 모양이었다.

"참 나, 어지간히 연출에 신경 쓰시는군── 미아 위트록."

나는 엘리베이터를 타고 위로 올라가며 혼잣말을 했다.

이 앞에 기다리고 있는 인물이 누구인지는 추리해 볼 것까지도 없었다. 애초에 내 지갑을…… 아니, 지갑 안에 있는 열쇠를 훔친 건 항공 승무원인 올리비아일 것이다. 그 목적은 단 하나, 우리가 미아 위트록과 만날 가치가 있는 인물인지 아닌지를 판단하기 위해서다.

올리비아는 비행기에서 열쇠를 훔쳐서 우리의 이후 행동을 유도해 그 《성전》을 찾도록 만들었다. 그렇게 메두사 사건을 무사히 해결할 수 있는지 없는지를 마지막 판단 기준으로 삼은 것이다. 그리고 나와 나츠나기가 메두사의 정체를 깨닫고 해결할 가능성이 생긴 시점에서 우리에게 연락을 준 것이리라. 그러므로 이 앞에는 분명 《무녀》 미아 위트록이 기다리고 있을 것이다.

"이렇게까지 손바닥 위에서 놀아났다고 생각하니 도리어 속시원해지는데."

하지만 그것도 여기까지다. 앞으로 나는 요구를 들어줄 때까지 돌아갈 생각이 없다.

그렇게 다짐하며 엘리베이터 문이 열리기를 기다렸다. 그리고―― 열린 문 앞에 있던 건 나선형으로 이어진 계단이었다. 어둑어둑한 공간에서 나는 다시 위를 향해 계단을 올랐다.

――그리고.

"여긴가."

눈앞에는 문이 하나 있었다.

나는 각오를 다지고 문손잡이를 돌렸다.

"……!"

바람이 불었다. 나는 무심결에 얼굴을 가렸다.

소리를 내며 불어치는 돌풍. 그리고 그 바람이 이 지상 100미터의 높이에서 기인한 것이라고 깨닫는 데는 그리 오랜 시간이 걸리지 않았다.

가린 얼굴과 감은 눈을 주황빛이 비추었다.

"……외부와 이어져 있는 건가?"

점차 세찬 바람과 눈이 부신 햇살에 익숙해진 나는 겨우 눈을 떴다. 내가 서 있는 곳은 호텔 객실 같은 방이었다. 그리고 방 너머의 발코니 같은 장소에 런던의 거리를 일망하듯이 한 소녀가 서 있었다.

백의와 붉은 치마를 입은 무녀 의상.

뉘엿뉘엿한 석양을 받으며 세계를 지키는 《조율자》는 시계탑 위에 군림했다.

"누구?"

그때 내 기척을 깨달았는지 소녀가 뒤를 돌아보았다.

푸른빛이 도는 머리카락이 흔들렸고 인형처럼 크고 아름다운 눈이 한층 더 동그랗게 커졌다.

"마침내 만났군, 미아 위트록."

나는 이 세계의 수호자에게 다가가며 말했다.

"미래를 바꿀 방법을 알려 줘."

시에스타를 되찾고 모두가 바라는 이야기의 결말을 맞이하기 위해서.

◆세계의 종말, 볼바의 예언

"그런 건 없어."

무녀 의상에서 사복으로 갈아입은 미아 위트록은 벽 전체에 펼쳐진 커다란 책장에 책을 꽂으며 그렇게 쌀쌀맞게 내 말에 대답했다.

미래를 내다볼 수 있다는 그녀의 곁에 다다른 나는 시계탑에서 매일 저녁에 행한다는 직무가 끝나기를 기다린 뒤에 대면할 수 있었다. 이걸로 내 목적이 이루어질 거라고 생각했는데…….

"미래는 절대 불변. 우리가 어떻게 발버둥 치더라도 최종적인 이야기의 결말은 변하지 않아."

소녀는 담담한 목소리로 그렇게 말하며 등을 돌리고 책장 높은 곳에 책을 되돌려놓으려고 발돋움을 했다.

"여기에는 너 혼자만 있는 거야? 틀림없이 도와주는 사람이 있으리라고 생각했는데."

나는 등 뒤에서 미아의 손에 있던 책을 휙 빼앗아서 대신 책장에 되돌려 놓으며 물었다. 나를 이곳으로 부른 건 그 항공 승무원인 올리비아다. 무슨 일이 있어도 우선 지갑과 열쇠는 돌려받아야 하는데.

"……당한 거야."

내 말에 미아는 인형처럼 사랑스러운 얼굴을 찡그리며 20센티미터 아래서 나를 올려다보았다.

"무슨 목적인지 올리비아는 나와 너희를 대면시키려 하고 있어."

그렇군. 확실히 그 비행기 안에서도 올리비아는 내심 나와 나츠나기가 미아와 만나기를 바라는 것처럼 보였다.

"요컨대 나 개인으로선 너에게 용건도 관심도 없어. 가능하면 얼굴도 보고 싶지 않고 같은 공기도 마시고 싶지 않아. 빨리 집에 돌아가 주겠어?"

미아는 내 옆을 쓱 빠져나가며 또다시 책 정리를 시작했다.

……놀랄 정도로 미움받고 있었다. 아니, 이건 나라는 개인이 미움받았다기보다는 미아가 외부의 인간을 피하기 때문이겠지만. 아마도, 분명.

"미안하지만 나는 목적을 이룰 때까지는 돌아갈 수 없어."

그러나 나는 테이블 위에 쌓인 책을 손에 들며 이렇게 물었다.

"미아 위트록. 이건 《성전》이지?"

지금 나와 미아가 손에 들고 있는 책도, 벽 전체에 꽂혀 있는 책도 전부.

"내가 그 말에 대답해야 하는 이유라도 있어?"

"내 파트너가 지금 올리비아의 지시에 따라 사건을 해결하고 있어."

그《성전》이 미아 워트록 진영 쪽에서 보낸 것이라면, 거기에 적힌 난문을 나츠나기 나기사가 해결하고 있는 현재 상황은 우리의 입장을 유리하게 해줄 터였다. 그리고 덧붙여서 말하자면 나도 지금 미아의 서고 정리라는 일을 돕고 있었다.

"……은혜를 강매하는 게 반드시 효과적이라고 생각하지는 않는데."

그래도 미아는 어쩔 수 없다는 듯한 기색으로 작게 한숨을 내쉬고는.

"그래, 맞아. 100279권── 이곳에 있는《성전》은 전부 나를 포함한 역대《무녀》가 편찬해 왔어."

그렇게 말하며 방 전체에 늘어서 있는 책장을 조용히 가리켰다.

"내 미래 예지 능력은 단편적이기는 하지만 세계의 위기를 내다볼 수 있어. 그 능력을 인정받은 나는《무녀》가 되어 언젠가 올 세계의 종말(라그나로크)을《성전》에 기록하는 직무를 맡게 되었어."

역시 후우비 씨가 말한 대로《무녀》에게는 미래를 보는 능력이 있었다. 이걸로 내 목적을 이루는 데 필요한 힘을 미아가 가지고 있을 가능성이 명백해졌다.

"뭐, 미래를 안다고 해서 그걸 바꾸지는 못하니까 대다수의 사람에게는 의미가 없는 거지만."

그러나 미아는 자신의 능력을 그렇게 평가하며 푸른 머리카락을 쓸어넘겼다.

"그런 힘을 지닌 인간이 너 말고도 있어?"

나는 무심결에 정리하던 손을 멈추고 미아를 보며 자세한 사정을 물었다.

"일하지 않으면 먹지도 말라는 말을 어린이집에서 배우지 않았어?"

그러자 미아는 홀로 키가 높은 의자에 푹 앉으며 눈을 감고 나를 향해 말했다.

"어린이집에서는 안 배우지. 세 살짜리를 부려먹으려고 들지마."

하지만 그건 질문에 대답해 주길 바란다면 적어도 일을 도우라는 것이리라. 어떠한 규칙성인지는 알 수 없지만 나는 미아의 지시에 따라 책을 책장에 꽂았다.

책장에 늘어선 책등에는 《Viral Pandemic》이나 《World War Ⅲ》, 끝내는 《Vampire Rebellion》 같은 흉흉한 글자가 적혀 있었다. 그것도 과거에 열두 명의 《조율자》들이 미연에 방지해 온 세계의 위기였던 것일까.

"참고로 《성전》은 제1급 극비── 읽어도 상관없지만 두 번 다시 침대에서 못 잘 각오는 해 둬야 할 거야."

"얌전한 얼굴로 무서운 소릴 다 하네……."

아무래도 이 책을 허가 없이 펼치는 날엔 나는 거대한 존재에게 말살이라도 당하는 모양이었다.

나는 굳어진 얼굴로 《Alternate History》라고 적힌 《성전》

을 책장에 꽂았다.

"이 힘을 지닌 인간은 세계에서 동시기에 한 사람밖에 존재하지 않아. 그리고 그 한 사람이 죽으면 그 순간 능력은 다른 누군가에게 후천적으로 깃들어―― 신의 축복으로써."

그러자 내가 일을 하는 동안에 미아가 앞선 질문에 대답했다.

"원전은 북유럽 신화의 여성 샤먼인 볼바야. 그녀를 선조로 하여 과거 몇천 년의 역사 속에서 수많은《무녀》가 태어났어. 너희 나라에도 한때《무녀》가 있었어. 이름이 뭐였더라. 아마《miko》라는 음이 그대로 들어간 이름이라고 기억하는데."

미아는 그렇게 말하며 1800년 전의 왜국에 있었다고 하는 * 점술의 여왕을 언급했다. 예전에 헬이 말했던 성자 아가스티아도 무녀의 직함을 맡았던 한 사람이었던 걸까.

"미아는 언제 그 힘을 가지게 된 거야?"

"벌써 10년 전쯤일 거야. 어떤 자연재해가 조만간 일어나리라는 것을 어느 날 돌연히 내가 잠꼬대처럼 중얼거려서…… 그걸 부모가 들었던 것이 발단이었다고 해."

미아는 그 예언 같은 능력의 설명과 함께 자신의 과거를 이야기하기 시작했다.

"예언과도 같은 그건 불현듯 뇌리에 이미지로 내려와. 나는 거의 무의식이나 다름없는 상태로 그걸 언어화하거나 종이에 그 내용을 적어. 나는 그렇게 대규모 테러와 요인의 목숨이 달린 위기도 예언하기 시작했고―― 이윽고 신의 아이로 알려지

*고대 일본의 여왕인 히미코. 무녀는 일본어로 '미코' 라고 한다.

게 되었어."

"신의 아이…… 누군가가 눈여겨보기 시작한 건가."

내가 말하자 미아는 불현듯 자조와도 같은 웃음을 지었다.

"맞아, 네 말대로야. 그렇지만 네가 말한 '누군가'란 가장 가까이에 있던 내 부모였어. 이 능력을 눈여겨본 그들은 나를 교조로 해서 종교단체를 세웠고—— 돈을 벌기 시작했지."

미래를 볼 수 있는 신의 아이—— 그 존재를 돈이 되는 나무라고 생각하는 인간이 나타나는 건 오히려 자연스러운 일이었다. 하지만 미아에게 더욱 불행이었던 건 그게 그녀의 육친이었다는 점이다.

"미아, 이야기 도중에 미안한데. 이건 어떻게 하면 돼?"

내가 그렇게 물으며 손에 든 건 끈으로 묶은 십수 장의 종이 다발이었다. 다른 《성전》과는 다르게 표지도 없는 종이 다발의 첫 장에는 거친 필기체로 《Singularity》라고 적혀 있었다.

"그건 쓰레기야."

……나한테 말한 것도 아닌데 그걸 듣고 있는 나까지 불합리하게 매도를 당한 기분이 들었다.

"어차피 거기에 적혀 있는 건 믿을 게 못 되니까."

그렇다는 건 이건 《성전》과는 관계가 없는 걸까. 《성전》에는 정해진 미래만이 적혀 있다고 들었는데. 나는 일단 미아의 지시에 따라서 그 종이 다발을 돌려놓았다.

"하지만 내 능력은 어디까지나 세계의 위기를 예지하는 것뿐이야. 예컨대 신자 한 사람 한 사람의 미래를 점치지는 못하는 거지."

그리고 미아는 하던 이야기를 이어갔다. 미아의 부모는 외동딸인 미아의 미래 예지 능력을 믿고 종교를 만들었다. ——그러나.

"그걸로 종교가 성립되는 거야? 신자는 신의 아이가 말하는 예언을 믿고 들어온 게……."

"맞아. 그래서 내 부모는 몇 번이고 신탁을 날조했어. 그렇게 신자들에게 돈을 거둬들였지. 말하는 대로 하지 않으면 벌이 내린다고 은연중에 협박하면서 말이야."

그건 마치 사이비 종교의 전형적인 사례 같은 이야기였다. 그리고 미아가 이어서 이야기한 것도 어디서든 일어날 법한——그렇지만 어디에서도 일어나지 않았으면 하는 비극의 이야기였다.

신탁을 날조해서 신자들에게 돈을 거둬들인다는 방법을 떠올린 미아의 부모. 예언을 하는 당사자인 미아는 몇 번이나 그 생각에 반대했지만 그때마다 그녀는 어른들에게 폭행을 당했다. 너는 이제 와서 신자들을 배신하는 거냐며.

아직 어렸던 미아에게 저항의 여지는 없었고 지하실에 갇혀서 부모가 악행에 손을 물들이는 모습을 바라볼 수밖에 없게 되었다. 하지만 그런 일상은 더욱 최악의 형태로 덧칠되었다.

어느 날, 거짓된 예언에 속아서 거금을 잃은 신자가 그 원한으로 미아가 사는 집에 불을 질렀다. 그리고 미아의 부모는 눈 깜짝할 사이에 그 불길에 휩싸였다.

"나쁜 짓을 했던 엄마였지만. 나를 수도 없이 때린 아빠였지만. 그래도 나에게는 유일한 가족이었으니까—— 그래서 나는 어떻게든 두 사람을 구하려고 했어. 이 미래를 보는 능력을 써서 거센 불길로부터 도망칠 방법을 찾으려고 했어."

깨닫고 보니 커다란 창문 곁에 서 있던 미아의 덧없는 옆얼굴은 뉘엿뉘엿한 석양빛을 받고 있었다.

"하지만 어떻게 해도 두 사람을 구할 수 있는 미래는 내 눈엔 보이지 않았어. 왜냐면 내 부모는 이 세계에 있어선 중요하지 않았으니까."

그랬다. 미아가 볼 수 있는 건 어디까지나 세계의 위기에 얽힌 사상뿐으로—— 일반인에 지나지 않은 미아의 부모는 대상 밖이었다.

"……그래서 미아만 살아남은 건가."

"지하실까지는 불길이 번지지 않았거든."

그런 신의 가호 같은 건 필요 없었는데, 하고 미아는 자조했다.

"그런 상황에서 너는 어떻게 《조율자》가 된 거야?"

가족을 잃고 홀로 절망 속에서 살아가게 된 미아 위트록은 그로부터 언제, 어떤 연유로 《무녀》로서 세계의 적과 싸우게 된 것일까.

"지금으로부터 4년 반 전에 《명탐정》이 나를 훔쳤거든."

미아는 내 쪽을 돌아보며 질문에 대답했다.

"……시에스타가 얽혔던 건가."

미아가 말한 '훔쳤다' 란 문맥적으로는 '보호했다' 라는 의미겠지. 시에스타가 당시 가족을 잃고 외톨이였던 미아에게 구원의 손길을 내민 것이다.

"시에스타는 《명탐정》의 일 중 하나로써 너를 보호한 거야?"

"원래는 《괴도》에게 주어진 임무였다고 해. 하지만 《명탐정》이 대신 나를 훔쳤지. '그 남자만큼은 신용할 수 없으니까.' 라면서."

괴도―― 시에스타와 여행을 하던 3년간 그러한 존재와는 몇 번이나 싸워 왔지만 지금 미아가 말한 그자는 《조율자》인 《괴도》일 것이다. 이전에 《시에스타》가 거론한 《조율자》의 직함 중에도 있었던 것으로 기억한다. ……다만.

"《괴도》를 신용할 수 없다니 무슨 말이야? 명색이 정의의 사도잖아."

이 세상에 열두 명이 있다고 하는 《조율자》는 모두 세계를 위기에서 구하기 위해 임명된 인물일 터였다. 확실히 그 안에서도 《흡혈귀》 스칼렛은 이질적인 존재라고 들었지만…… 《괴도》도 그와 비슷한 인물인 걸까.

"《괴도》는 열두 명 있는 《조율자》 중에서도 유일하게 연방 헌장을 명확히 위반한 배신자야. 지금은 어떤 큰 죄를 저질러서 지하 깊은 곳에 유폐되어 있어. 그리고 《명탐정》만은 《괴도》의 위험성을 사전에 알아차렸었지. 그렇기에 《괴도》에게 기대지 않고 자신의 손으로 나를 데리고 나온 거야."

미아가 말한 연방 헌장이란 전에도 샤르가 말했던 그건가. 그

규정이 《조율자》를 한데로 묶고 있는 듯한데.

"괴도는 대체 무슨 죄를 저지른 거야?"

이야기가 점점 탈선하는 건 알고 있었지만 그래도 나는 그렇게 물었다. 세계의 평화를 지킬 터인 정의의 사도가 어째서 죄인처럼 유폐되는 사태가 된 걸까.

"그는 원래라면 나 말고는 만지는 것도 용서되지 않는 《성전》의 일부를 훔쳤어."

미아 위트록은 그렇게 말하며 처음으로 노여움 같은 기색을 눈에 드러냈다.

"그리고 괴도는 《SPES》에 얽힌 예언이 기술된 《성전》을 시드에게 팔아넘겼어. 어떤 것을 대가로 해서."

"이야기가 거기로 연결되는 건가……."

시드는 《괴도》라는 존재를 이용해서 미아가 지닌 《성전》의 일부를 훔쳐냈다. 일전에 박쥐가 탈옥했을 때도 시드는 《흡혈귀》인 스칼렛과 손을 잡으려고 했었는데…… 시드는 이미 몇 년 전부터 《조율자》를 이용하려 했다.

그렇게 《성전》을 손에 넣어 미래를 알게 된 시드는 아마도 자기에게 닥쳐올 위기 같은 것도 사전에 예측할 수 있었을 것이다. 시에스타는 그런 상대와 계속 싸워나갔고, 이윽고 마지막에 그녀를 기다리던 결말은——.

"너는 어떻게 생각해?"

불현듯 미아가 내 쪽으로 걸어오며 질문을 던졌다.

"모든 것을 걸고 세계의 적과 싸워서 이윽고 그런 결말을 맞이하는 게 《조율자》의 역할이라 하고—— 설령 그렇게 세계의 위기를 한 번 구하더라도 적은 잇따라서 다시 찾아와. 싸움은 결코 끝나지 않아. 이 세상이 멸망할 때까지 **담당자만을 바꿔가며** 임시방편으로 세계를 구하는 척을 하지. 너희는 그런 미래에 희망을 가질 수 있어?"

바로 눈앞에 미아 위트록의 흔들리는 연보랏빛 눈이 다가왔다.

그 질문은 분명 내가 가진 바람에 대한 안티테제다.

『미래는 과연 바꿀 수 있는가.』

그에 대한 미아의 대답이 이러했다.

『어떠한 미래를 선택하더라도 도달하는 곳은 세계의 종말(배드엔드).』

다만 그건 결코 과장된 결론이 아니었다. 미아는 어릴 적에 미래 예지 능력을 지니게 되었고 그걸 계기로 주위로부터 이용당해 왔다. 한 번은 시에스타의 손에 구출되었지만 그 시에스타가 이번에는 자신을 희생하게 되었고…… 그렇게까지 해도 세계의 적은 여전히 없어지지 않았다. 미아 위트록은 《무녀》로서 평생 이어지는 그런 지옥(미래)을 관측하게 된다.

"그러므로 나는 적어도 내 수명이 다할 때까지…… 혹은 세계가 종국을 맞이할 때까지 이 탑 안에서 내가 맡은 역할을 다할 거야. 괜한 기대는 하지 않아. 무언가를 바꾸려는 생각도 하지 않아. 기대하지 않고, 바라지 않고, 맡기지 않아. 나는 그저 《명탐정》이 내게 준 일을 홀로 조용히 해 나갈 뿐이야."

그렇게 미아 위트록은 내 대답을 기다리지 않고 그런 결론을 내렸다.

"……그래, 이제야 겨우 네 생각을 이해했어."

나는 일어서며 그렇게 대답했다.

미아의 말대로다. 그런 미래만이 기다리고 있다면 무슨 일을 하든 헛수고라고 생각하게 되는 것도 당연했다. 미아는 언젠가 올 그 재앙의 날까지 누구와도 만나지 않고 이 시계탑에 틀어박힐 생각이겠지. 그 괴로움이 어느 정도일지. 나는 도저히 미아의 판단을 부정할 수 없었다. 거기까지 생각하고 나서도 나는——.

"하지만 미안한걸. 이해는 되지만 공감되지는 않았어."

미아를 공주님 안기를 하는 요령으로 안아 올렸다.

"……어?"

그러자 내 팔 안에서 미아가 눈을 끔뻑였다.

왜 그래. 그런 방심한 목소리를 내고. 캐릭터가 무너진다고.

설마 방금 그걸로 설득했다고 생각한 거야?

"지금부터 내가 미래란 게 얼마나 불확실한 것인지를 가르쳐 주지."

그리고 그 순간—— 방 전체에, 혹은 이 건물 전체에 경보가 울려 퍼졌다. 뒤이어 조금 전까지 미아가 기대어 있던 유리창이 소리를 내며 깨졌다.

"뭐, 뭐야? 무슨 일이 일어나고 있는 거야?"

미아가 동요했다. 그러는 사이에도 이번에는 밖에서 폭발음이 나며 지진이 일어난 것처럼 바닥이 흔들렸다.

왜 그래? 이런 미래는 몰랐던 거야? ——하지만 미안한걸.

"네가 지금 누구와 있다고 생각하는 거야?"

나는 미아를 안은 채 방의 출구로 향했다.

"내 연루 체질을 너무 얕보면 곤란한데."

네가 신에게 사랑받는 소녀라면 나는 온갖 신에게 버림받은 남자다.

미안하지만 여기서부터는 네가 상상도 하지 못할 미래(트러블)에 연루되어 줘야겠어.

그렇게 나는 "어디로 데려갈 생각이야?!" 하고 소리치는 미아를 안은 채 운명의 수레바퀴 바깥쪽으로 뛰쳐나갔다.

◆단 하나의 미래(루트)를 찾아서

그로부터 탑에서 무사히 탈출한 우리는 완전히 해가 진 런던 시가를 둘이서 걷고 있었다.

"어, 어째서 이렇게 된 거지……."

미아 위트록은 주위를 두리번거리면서 내 두 발짝 뒤를 따라

왔다. 조금 전까지의 쿨한 분위기는 어딘가로 사라진 채 등을 구부리고 작은 보폭으로 걸었다.

"아까 그건 대체……."

돌연히 시계탑에서 일어난 폭발 사고. 경보가 울려 퍼지고 근처에서 불길과 연기가 피어오르는 가운데 우리는 탑 밖으로 도망쳤다.

"글쎄, 테러 아닌가?"

"왜 그렇게 태연한 거야!"

미아가 소리치며 내 옆에 나란히 섰다.

"윽, 큰 목소리를 냈더니 현기증이……."

이제야 감정을 겉으로 드러내나 싶었던 미아가 휘청거리며 그 자리에 주저앉았다. 아무래도 평소에는 방에만 틀어박혀서 생활한 모양이었다.

"테러 정도는 흔히 일어나잖아."

"흔히 일어나지 않아."

미아는 내가 내민 손을 잡고 겨우겨우 일어섰다.

"운동을 좀 더 하는 편이 좋겠는데. 가끔은 밖에 나가라고, 밖에."

"싫어, 지친단 말이야."

"정색하고 말하지 마. 날백수냐고."

내가 말하자 미아는 미묘하게 거북하다는 듯한 표정으로 혼자 총총히 걸어나갔다.

"바깥 세상에 관심을 가져. 취미를 만들라고. 친구라도 한 명

생기면 조금은 긍정적으로 변하겠지."

"긍정적으로 변해 봤자 어차피 머지않아 이 세계는 멸망하는 걸……."

"부정적인 생각이 하늘을 찌르는구만!"

뭐, 미아의 경우에는 그것도 과장된 표현이 아니라는 점이 미묘하게 태클 걸기 곤란하다만.

"……목소리가 너무 커. 깜짝 놀라니까 그러지 마."

내 말에 미아가 살짝 돌아보며 마치 비난하는 듯한 눈으로 바라보았다.

"아, 미안. 나도 모르게 평소에 동료들과 이야기하는 말투가 되어 버렸어."

"평소에 동료들과 어떤 식으로 대화를 나누길래 그래……?"

마침내 그걸 언급해주는 사람이 나타났나. 뭐, 이것만큼은 나 혼자만으로는 어떻게 할 수 있는 문제가 아니다만. 듣고 있나. 사이카와 유이와 그 밖의 유쾌한 멤버들이여.

"……하아. 정말이지 네가 있으면 제대로 되는 게 없어."

그렇게 말한 미아는 크게 한숨을 내쉬며.

"1년 전에도 고생했단 말이야."

손을 뒤로 모으며 나를 싸늘한 눈으로 올려다보았다.

"그런가, 그때도 무대가 그 시계탑이었지."

약 1년 전, 이 땅에서 펼쳐진 시에스타와 헬의 전투. 각자 로봇과 생물병기를 구사하며 시계탑을 무대로 요란하게 실컷 날뛰었다. 하지만 그때, 그 탑 안에는 미아도 있었고…… 분명 창문을 통해 그 광경을 지켜보았을 것이다.

"조금은 뒤처리를 하는 사람도 생각해 주겠어?"

그렇군, 당시에는 그 정도로 날뛰었음에도 구경꾼들도 전혀 나타나지 않고 사고 보도도 나오지 않았었는데…… 아무래도 배후에서 거대한 힘이 움직였던 모양이다. 뭐, 그런 불평은 백발의 명탐정에게도 꼭 좀 해 줬으면 한다만.

"그럼 이걸로 용서해 줘."

나는 보도 쪽을 걷고 있던 미아의 손을 잡아당겼다. 그리고 그 다음 순간, "어?" 하고 눈을 크게 뜬 미아가 조금 전까지 서 있던 장소에는 화분이 떨어져서 깨져 있었다.

"좋아, 가자."

나는 미아의 손을 놓고 다시 밤길의 산책으로 돌아갔다.

"……역시 너와 함께 있으면 괜한 트러블만 일어나."

내 연루 체질에 진저리가 났는지 미아는 새끼 고양이처럼 등을 더욱 구부렸다. 아까부터 작은 동물처럼 움직이는걸.

하지만 나에게는 이것도 아직 일상의 범주였다. 미래는 확실하게 변할 수 있다는 것을 미아에게 전하려면 좀 더 함께 있어 줄 필요가 있었다.

"전개는 언제나 스피디하게, 라고 시에스타에게 배우지 않았어?"

나는 멈춰선 미아에게 말을 붙였다.

"그게 무슨 가르침이야. 선배…… 흠흠. 명탐정과는 이따금 함께 온라인 게임을 했을 뿐인걸."

"《조율자》 양반들아, 무슨 교류를 하는 거냐."

뜻밖의 선후배 관계가 여기서 밝혀졌다. 시에스타에게 있어서 나는 조수고 샤르는 제자……라고 한다면 미아는 의외로 손이 많이 가는 귀여운 후배였던 것일까.

그런 생각을 하고 있으니 근처 버스 정류장에 붉은색의 차고가 높은 버스가 정차했다. 좋은 타이밍이었다.

"잘 들어. 우리 세계에서는 상식이니 갈등이니 정체니, 그런 템포가 나빠질 듯한 요인은 전부 제쳐 버리는 방침으로 가자고 정해져 있어."

"우리 세계란 게 뭐야……? 느닷없이 무슨 설명을 시작하는 거야……?"

"잔말 말고 따라와. 우리가 있는 이야기의 속도를."

완벽하게 명언으로 끝맺은 나는 버스의 발판에 발을 디뎠다.

"이건 여담인데 너도 친구가 많을 것 같은 타입으론 보이지 않네."

"여담으로 사람에게 상처를 주지 말라고."

"그럼 본론인데 나는 너의 친구가 되어 주지는 못하니까."

"그래, 바보 같은 꿈을 꾸는 것을 도와준다면 그걸로 충분해."

우리는 그런 대화를 나누며 버스 1층의 가장 뒷좌석에 나란히 앉았다.

"――너는 언제나 그런 식이야?"

창가 쪽에 앉은 미아가 밤의 거리를 바라보며 옆에 앉은 나에게 물었다.

"그런 식이냐니? 스마트하고 섬세한 데다가 실은 근사하다고?"

"무리해서 개그 하지 않아도 돼."

개그로 한 말은 아니었는데.

"언제나 그렇게 무계획적이냐고 물은 거야."

무계획적이라. 확실히 지금도 이 버스가 어디로 향하는지 모른다. 언제, 어느 정류장을 경유하고 그사이에 어떤 사람이 타는지도. ——하지만.

"마지막에 도달하는 곳은 정해 놓았어. 나는 언젠가 반드시 시에스타를 되살릴 거야."

그것만이 내가 바라는 미래이며 목표로 하는 이야기의 결말이었다.

"정말로 그게 가능하다고 생각해?"

미아는 나의 다짐에 놀란 기색을 보이지 않았다. 분명 이미 알고 있었겠지. 그렇기에 나와 나츠나기를 과도하게 피한 측면도 있을지 모른다. 그게 터무니없는 바람이라는 것을 알고 있으므로.

"글쎄, 어떠려나."

알 수 없다. 알 수 없기에 나는 너를 만나러 왔다고 생각한다.

——그렇지만.

"그런 편의주의적이기만 한 루트도 하나 정도는 있어도 괜찮다고 생각하거든."

그래, 바라고 있다.

"…………."

내 말에 미아는 긍정도 부정도 하지 않았다. 그저 창밖만을 바라보았다.

설사 완전무결한 해피엔딩이 어렵더라도.

누군가가 조금씩 참고, 무언가가 조금씩 결여되더라도.

그래도 모두가 모든 것을 잃기만 하는 잔혹한 결말만 있는 건 아닐 터였다.

"미래는 분명 수많은 루트로 나뉘어 있을 거야. 그걸 선택하는 건 오늘을 살아가는 우리의 의지야."

예를 들면 오늘 올리비아의 의지로 내가 그 시계탑에 초대된 것처럼. 현재 내 행동에 미아가 예상하지 못한 채 연루되는 것처럼. 우리의 의지로, 행동으로, 미래의 루트는 어떤 식으로든 바꿀 수 있다. 그렇다면.

"시에스타를 되살리는 미래(루트)도 존재하지 않을까?"

미아를 찾아간 가장 큰 목적을 나는 다시금 밝혔다.

"——그건 확실히 너라서 할 수 있는 말이겠어."

그러자 미아는 그런 의도를 알 수 없는 말을 중얼거렸다.

하지만 그 말에 내가 되물을 여유를 줄 정도로 현실은 무르지 않았다.

"미안하지만 수다는 일단 여기까지인 모양이야."
"뭐?"
미아가 고개를 갸웃거림과 동시에 버스 안에 여성의 비명이 울려 퍼졌다. 그리고 버스 전방으로 눈을 돌리자—— 그곳에는 위장복을 입은 남자가 라이플을 들고 서 있었다.
"버스재킹인가."
내 연루 체질도 본 실력을 발휘하고 있었다.

◆그 도약은 세계선을 넘어서

"이, 이래서 밖에 나오고 싶지 않았는데……."
옆자리에서 미아가 아까와 같이 작은 동물처럼 무릎을 끌어안으며 몸을 작게 웅크렸다. 불쌍해 보이는 게 귀엽다고 하면 실례가 되려나.
"어때. 이런 미래는 내다보지 못했지?"
"어째서 이런 상황에서도 잘난 듯이 굴 수 있는 거야……."
미아가 원망스러운 시선으로 나를 바라보았다. 이제야 눈을 맞추게 되었군.
"내 능력은 점술처럼 편리한 게 아니야. 가령 세계에 큰 영향을 줄 만한 미래를 의식적으로 보려고 한다면 어느 정도 '자리'를 갖춰야 해."
그러니까 앞으로 무슨 일이 일어나는지는 몰라, 하고 미아는 그렇게 작은 목소리로 말했다.

"——움직이지 마라. 움직이면 너희 목숨은 보장할 수 없다."

다음 순간 총성이 울렸다.

버스재킹범이 라이플을 버스 천장에 대고 발포한 것이다. 이어서 그 총구를 우리를 포함한 승객에게 겨누었다. ……이런, 섣불리 움직일 수는 없을 것 같군.

"——우리 동료가 풀려난다면 너희도 이 버스에서 내리게 해 주겠다. 운명공동체라는 거지."

하하, 하고. 군인 같은 차림을 한 그 남자는 마치 박쥐처럼 웃었다. 아무래도 범인의 목적은 감방에 들어간 동료의 구출인 듯했다. 그걸 경찰과 교섭할 생각인가…… 그다지 좋은 방법 같지는 않다만.

"어떻게 할 거야?"

미아가 작은 목소리로 물었다.

긴장된 분위기 속에서, 다행스럽게도 가장 뒷좌석에 앉아 있던 우리는 지금 상황을 정확하게 파악할 수 있었다. 버스 안에는 나와 미아를 포함해서 일반 승객이 열한 명, 운전사가 한 명 그리고 총을 든 범인이 전방에 한 명. 적이 무기를 가지고 있고 일반인도 많이 있는 가운데서 섣부르게 나설 수는 없었다.

"그러게, 어떻게 하면 좋을 것 같아?"

"중요한 순간에 도움이 안 돼……."

미아가 이마에 손을 대며 "올리비아……." 하고 종자의 이름을 불렀다. 역시 불쌍해 보이는 것과 귀여운 건 종이 한 장 차이인 듯했다.

"됐어, 이제. 어차피 머지않아 세계는 멸망하는걸……."

"그러니까 그 궁극의 네거티브 사고는 그만두라니까."

부정적인 성격도 정도가 있지. 게다가 미아의 경우에는 그냥 웃어넘기지도 못한다.

"아니, 나도 말이지? 탐정의 지시가 있으면 제대로 일할 수 있거든?"

"부탁이니까 자존심을 가져 줘, 자존심을."

"미아, 일단 손 좀 잡아도 될까?"

"내 말 듣고 있어?"

안 된다고는 하지 않아서 미아의 작은 손을 쥐어보자 그녀의 몸이 돌처럼 굳어 버리는 것이 느껴졌다.

"……남자에게 손을 잡힌 경험이 없단 말이야."

그렇게 미아가 묻지도 않은 변명을 빠르게 말했다. 한숨을 내쉬는 미아의 손은 생각 이상으로 차가웠다.

"선배는 이럴 때 어떻게 했어?"

태연스럽게 굴 여유가 없는 건지 미아는 순순히 시에스타를 선배라고 불렀다.

"일단 홍차를 마시거나 나를 놀렸지."

"전혀 참고가 되지 않아……."

그래, 타고 있던 비행기가 하이재킹을 당했을 때도 정신없이 낮잠을 자던 녀석이었으니까 말이야.

"……나는 《조율자》 중에서도 이런 거엔 서툰 편이야."

이어서 미아가 고개를 숙이며 자조하듯이 중얼거렸다.

미아의 말처럼 모든 《조율자》가 전투 스킬이 뛰어난 이들로 구성된 건 아니었다. 우연히 지금까지 내가 만났던 세 사람이 그랬을 뿐이었다.

예를 들어 두뇌만이 특별히 뛰어난 존재도 있을지도 모르고 미아처럼 미래 예지 능력을 인정받아서 《조율자》가 된 이도 있다. 그러한 열두 명의 밸런스에 의해 세계는 조율되고 있었다.

"나에게는 《암살자》의 강철과도 같은 사명감도, 《흡혈귀》의 세계도 멸망시킬 수 있는 강함, 《명탐정》의 죽음도 두려워하지 않는 용기도 없어. 그래서 나는 그때 선배의 도박을 막지 못했어."

"미아, 너는……."

"——누구냐! 누가 말했어?!"

다음 순간 버스재킹범이 흥분한 것처럼 승객들을 향해 라이플을 들었다. 그리고 총구를 겨누면서 한 사람 한 사람에게 다가갔다. ……하지만 가장 뒷좌석에 오기 전에 몸을 돌리고 운전석 쪽으로 돌아갔다. 아무래도 우리가 있는 건 들키지 않은 모양이었다.

"……네 말대로 미래가 변할 때도 있어."

이어서 미아가 조금 전보다 작은 목소리로 나에게 말했다. 이 목소리 크기라면 엔진 소리에 묻히겠지.

“나는 이틀 전에 일본에 갔었어. 내가 최근에 새롭게 관측한 미래가 변질됐기에 그 원인을 찾으려고.”

“……그랬군. 그래서 그 비행기에 타고 있었던 건가.”

평소에 미아는 탑에 틀어박혀 산다. 그런데 그런 미아가 어째서 일본에서 런던으로 향하는 비행기에 타고 있었던 것인지, 그 이유가 마침내 밝혀졌다.

“내가 알고 있던 《SPES》에 얽힌 미래── 그건 사파이어의 소녀가 《암살자》에게 살해당해서 결과적으로 시드가 그릇을 잃는다는 결말이었어. 그렇지만 그 루트는 뒤집혔고 그 변질의 중심에는 너희가 있었어.”

……미아의 말대로다. 확실히 나는 사이카와를 지켜서 결과적으로 시드를 생존시킨다는 선택을 했다. 그건 원래라면 세계를 적으로 돌릴 수도 있는 선택지였다. 《조율자》로서, 또 《무녀》로서 세계를 올바르게 이끌 역할을 짊어진 미아에게는 예상 밖의 결말이었을 것이다.

“미래는 변할 때도 있어. 하지만 결국 미래의 종착지만큼은 변하지 않아.”

미아가 빨간불로 정차한 버스의 차창으로 비치는 경치를 바라보았다. 차내의 전방에서는 라이플을 든 범인이 운전사에게 “버스 세우지 마!” 하고 크게 고함을 지르고 있었다.

“《명탐정》은 확실히 미래를 뒤집었어. 그렇지만 그날 그녀는 죽어버렸지."

그건 분명 미아가 아직 나에게 말하지 않았던 진실일 것이다.

조금 전에도 말하려고 했던 미아가 막지 못했다는 시에스타의 도박이다.

"본디 선대 《무녀》가 《성전》에 쓴 《SPES》와 《명탐정》의 싸움은…… 후자의 패배로 끝을 맺었어."

"시에스타가 시드와 헬에게 패배한다고?"

"그래. 그렇게 선배는 죽고 시드는 살아남은 헬을 그릇으로 삼아. 그런 최악의 미래가 《성전》에 적혀 있었어."

그 《성전》이 쓰인 건 아마도 10년 정도 전이야, 하고 미아는 말했다.

"그렇지만 4년 전에 선배는 너와 만났어. 그리고 너희 두 사람은 《성전》에 적혀 있던 미래를 조금씩 바꿔나가기 시작했어."

……나는 아무것도 하지 못했다. 그렇지만 그때 그 녀석은 분명 운명마저도 왜곡시키려고 했었다.

"이거라면 선배의 죽음이라는 결말을 피할 수 있을지도 모른다고 생각하면서 나는 약 1년 반 전에 다시 한번 《SPES》에 얽힌 미래를 보았어. 그리고 그 결말은——."

"——시에스타와 헬이 동귀어진하고 시드가 그릇을 잃는다는 결말인가."

내가 말하자 미아는 내 손을 꼬옥 쥐었다.

그건 약 1년 반 전에 우리에게 실제로 일어났던 일이었다. 결국 아무리 미래를 다소 바꾸더라도 최종적인 결말은…… 시에스타의 죽음이라는 배드엔딩만큼은 무슨 수를 써도 바뀌지 않았다.

“물론 나는 포기하고 싶지 않았어. 내 손으로 가족을 망가트려 버렸지만…… 부모를 구하지는 못했지만. 그래도 내 은인인 선배가 희생되는 결말만큼은 막고 싶었어. ……하지만 선배 본인은 분명 그때 이미 각오를 했었다고 생각해.”

……그래, 시에스타는 그런 녀석이다. 자신이 어떠한 미래를 걷게 되는지 알고 있어도 마지막에 탐정으로서 도의를 다했다. 자신을 희생시켜서라도 거악을 봉인하고 나츠나기(동료)를 구할 것이라고. 의뢰인의 바람을 이뤄 줄 것이라고.

“게다가 나와는 다르게 《SPES》와 직접 교전하던 선배는 시드가 《성전》을 원한다는 것을 알아챘고, 동시에 《괴도》의 배신에도 대비했어. 그리고 선배는 그 상황을 반대로 이용하자고 나에게 제안했었지.”

“……일부러 시드 측이 《성전》을 훔치도록 한 건가. 거기에 적혀 있는 미래가 틀렸다는 것을 알고.”

그건 함정이라고도 할 수 있는 시에스타의 비책이었다. 본디 《성전》에 적혀 있는 결말은 시에스타가 패배하고 살아남은 헬을 시드가 그릇으로 이용한다는 것이었다. 이미 그런 미래는 찾아오지 않으리라고 깨달은 시에스타는 일부러 그 《성전》을 시드의 수중에 넘긴 것이다.

그리고 시드는 그런 거짓된 미래를 보고 안심해서 시에스타의 도박을 눈치채지 못했다. 그렇기에 예정이 어긋난 시드는 지금에 와서 어디까지나 보험이었던 사이카와 유이를 그릇으로 삼으려 시도하고 있었다.

"네 말대로 미래는 변할 수 있어. 하지만 마지막 결말만큼은 변하지 않아."

미아는 감정이 결여된 목소리로 그런 결론을 재차 입에 담았다.

"확실히 미래가 변함으로써 구한 목숨이 있고 이룰 수 있었던 바람이 있었어…… 그렇지만 잃은 목숨도 있어. 하지만 나는…… 이게 이기적인 생각이라는 건 알고 있지만 그래도 소중한 사람이 살아 있는 미래 쪽이 좋았어."

그건 분명 무녀의 떨쳐낼 수 없는 후회일 것이다. 지옥에서 구해 준 은인을 자신은 구해 주지 못했다. 미아는 어디까지나 시에스타가 살 수 있는 미래를 추구하려고 했지만…… 마지막에는 시에스타가 지닌 탐정으로서의 결의가 미아의 의지를 웃돌았다. 그렇게 해서 찾아온 건 미아에게 있어선 변하지 않은 최악의 결말이었다.

그래서 미아는 행동하지 않는다. 미래를 바꾸려 하지 않는다. 그저―― 관측할 뿐이었다. 1년 전에 시에스타와 헬의 전투를 런던에서 가장 높은 시계탑 위에서 바라보고 있었던 것처럼. 미아 위트록은 세계가 종말을 맞이하는 그날까지 그저 한결같이 자신의 눈에 비친 미래를 수기로 적는다는 역할을 다할 뿐이다. 그런 미아에게 내가 해줄 수 있는 말이 있다고 한다면――.

"하지만 우리는 시에스타의 의지도 뛰어넘을 생각이야."

미아의 눈이 커졌다.

그건 내가 발언한 내용 때문일까, 아니면 내가 당당히 일어서 보였기 때문일까.

"――아까부터 누구야?! 누가 떠드는 거냐!"

버스재킹범이 이쪽으로 라이플을 조준했다. 하지만 총구는 헤매듯이 흔들렸다. 그것도 당연했다. **내 모습은 상대에게 보이지 않았으니까.**

"버스재킹 중에 태평하게 수다 떨지 말라고? 그 반대야."

나는 그렇게 말하며 미아의 손을 잡고 몸을 낮게 숙였다.

"한창 중요한 이야기를 하는데 버스재킹을 하지 말라고."

아무래도 이 세상에도 한 명 정도는 엑스트라가 있었던 모양이다. 범인(엑스트라)의 거리는 대략 10미터로 예기치 못한 트러블에 말려들지 않으면 몇 초 안에 끝날 싸움이었다.

"잠깐, 뭐 하는 거야?!"

"걱정하지 마, 네 모습도 상대에게는 보이지 않으니까."

그게 카멜레온의 씨앗을 먹어 손에 넣은 힘이었다. 그래서 나는 처음부터 미아의 손을 쥐고 있었다.

"나는 그 녀석을 되살리고 이렇게 말해 줄 거야. 분하지? 하고."

언제까지고 네 손바닥 위에 있어 줄 것 같아? 너는 멋진 척 혼자 죽었을지도 모르지만 나는 그 결말을 뒤집을 거다. 그렇게 미래를 바꿔 보일 것이다.

"……진심이야?"

"진심이 아니었다면 이런 이국의 땅까지 오지도 않았어."

그때 범인이 소리가 들린 곳을 찾아서 발포했다. 차내에 승객의 비명이 울려 퍼졌다.

나와 미아는 빈 좌석에 몸을 감추며 총탄을 피했다.

"그러니까 부탁할게. 시에스타가 되살아나는 미래를 함께 찾아 줘."

"……정말로 그런 미래(루트)가 존재한다고 생각해?"

"없으면 만들 거야. 이번에는 내가 세계를 연루시키면서 말이지."

나는 재차 미아의 손을 잡고 뛰었다. 버스재킹범과의 거리는 얼마 남지 않았다.

"그렇게 빨리는, 못 달려……!"

하지만 평소에 방에 틀어박혀 사는 미아는 숨을 헐떡이며 다리를 휘청거렸다.

……그렇군. 미아는 아직 깨닫지 못한 건가.

"미아, 네 발밑을 자세히 봐 봐."

내가 그렇게 말한 순간, 시야 가장자리에 검게 빛나는 권총이 비쳤다. 아무래도 버스재킹범은 승객들 사이에 한 사람 더 숨어 있었던 모양이다. 그러고 보니 처음에 군복 차림의 남자가 '우리' 라고 말했던가. 참 나, '예기치 못한 트러블에 말려들지 않으면……' 같은 말은 나에겐 플래그에 지나지 않았던 듯했다.

"키미히코!"

미아가 무심결에 내 이름을 불렀다.

"미아, 그쪽은 맡길게."

나는 미아의 손을 놓고 좌석에 서 있던 또 다른 범인에게 태클을 먹였다.

복부에 보이지 않는 충격을 받은 남자가 외마디 비명을 지르며 무기를 떨어트렸다.

하지만 그 대신 나와 접촉이 끊어진 미아의 투명화가 풀렸다.

"——! 이 계집이 어디서 나타난 거냐!"

그러자 버스의 전방에 있던 군복 남자가 돌연히 눈앞에 나타난 소녀를 보고 경악했다. 그리고 그 동요가 한순간의 빈틈을 만들었다.

"미아! 네가 설령 미래를 바꾸길 원치 않아도 이미 늦었어! 그렇잖아?! 그 신발을 지금 네가 신고 있는 의미를 생각해 봐!"

내가 말한 순간, 미아의 연보랏빛 눈이 커졌다.

그래, 눈치채라고. 그건 분명 《명탐정》의…… 줄곧 탑에 틀어박힌 손이 많이 가는 후배에게 주는 선물이다. 지금 와서는 전해지지 않는 시에스타의 마음은 그래도 확실한 형태가 갖추어 미아가 커다란 한 발짝을 내디디게 했다.

"——이 망할 것이이이이이!"

버스재킹범이 미아를 향해 총을 난사했다.

하지만 늦었다. 남자의 총탄은 아무도 없는 허공을 가를 뿐이었다.

왜냐고?

그 대답이 알고 싶다면 위를 봐라.

"이야아아아아아아아아아아아아!"

아니, 그것도 이미 늦었나.

지금—— 높이 높이 날아오른 소녀의 발끝이 군복 남자의 머리를 걷어찼다.

그래, 나는 4년 전부터 알고 있었다.

그 명탐정의 신발은, 하늘도 날 수 있다.

◆머나먼 미래를 향한 복선

"지쳤어…… 앞으로 평생 외출 같은 건 안 할 거야……."

미아가 '추우욱' 하는 효과음이 들릴 정도로 어깨를 늘어트리며 밤길을 걸었다.

그 뒤로 미아의 활약 덕분에 버스재킹범을 제압하는 데 성공한 우리는 시계탑으로 돌아가고 있었다. 슬슬 테러 소동도 가라앉았으면 좋겠는데.

"어째서 너와 함께 있으면 이렇게 기상천외한 일만 일어나는 건데."

그때 옆에서 걷던 미아가 비난이 담긴 시선으로 나를 보았다.
"응? 내 덕분에 어쨌다고?"
"……너도 참 성격이 좋아. 물론 비꼬는 거야."
미아가 몇 번째인지 알 수 없는 한숨을 내쉬었다.
"우연히 같은 비행기를 타면서 운이 다한 거지."
지금 생각해보면 미아 위트록의 수난은 그때부터 시작되었을 것이다.
"……그래. 너희 때문에 나는 좁은 카트 안에서 몇 시간이나 있었단 말이야."
오, 추리가 거기까지 맞았던 건가. 그거 고생이었겠군.
"애초에 너희는 어째서 그 비행기를 탄 거야. 내가 일부러 다음 비행기로 늦췄더니……."
그렇군, 올리비아에게 부탁해서 같은 비행기를 피한 거겠지. 하지만 직전에 발동한 내 연루 체질 때문에 미래가 변하고 말았다.
"아니, 뭐, 높은 나무에서 내려오지 못하는 고양이를 구하다가 비행기를 하나 놓친 것뿐인데."
"고작 그런 이유로?!"
"그런 이유냐니. 고양이를 무시하면 시에스타에게 혼난다고."
의뢰로 집 나간 고양이를 찾을 때, 무사히 발견한 고양이가 너무 귀여워서 자신도 기르겠다고 고집부렸던 시기가 있었다고.
"명탐정의 조교 때문이라는 거야?"

"……완전히 틀린 말은 아니지만 표현은 조심해 줘."

다만 내가 이렇게 자라 버린 건 애초에 이 성가신 체질 때문이다. 시에스타와 만나기 전에 보낸 나날들에도 분명 영향을 받았을 것이다.

"하지만 그렇다면——."

불현듯 내가 입고 있던 재킷 소매가 작은 힘으로 살짝 잡아 당겨졌다.

"적어도 내가 이렇게 된 건 너 때문이니까."

내 반 발짝 뒤에서 미아가 작은 목소리로 중얼거렸다.

달밤 아래. 가로등에 비친 인도에서 돌아본 나와 그녀의 시선이 마주쳤다.

"몇 번이든 말할 거야. 내가 방에서 나오게 된 건 너 때문이야. 정신없이 트러블에 말려들게 된 것도 너 때문이야. 그리고…… 아주 조금이지만 미래를 바꿔 보고 싶어진 것도 너 때문이야. 전부, 전부 너 때문이야."

그러니까, 하고.

미아 위트록은 치뜬 눈으로 나를 올려다보며 말했다.

"책임, 져야 해?"

그 곤란한 듯한, 그러면서도 어딘가 기대하는 것처럼도 보이는 그 표정은 오늘 본 미아의 모습 중에서 가장 인간미가 있었으며 아름다워 보이기까지 했다.

"그래. 책임 정도는 언제라도 몇 번이든 질게."

이걸로 우리는 공범이다.

태어났을 때부터 신에게 버림받은 나와 신에게 원치 않은 축복을 받아 온 무녀(미아).

그런 우리가 지금 손을 잡았다.

무너트려야 할 적은—— 구태여 거창하게 말하자면 신이 정한 미래다. 부족함이 없는 상대였다.

우리는 처음으로 서로에게 웃음을 지어 보이며 악수를 했다.

"뭐, 결혼 약속을 한 여자가 몇 명인가 있으니까 좀 기다려 줘야 할 것 같지만."

"……그런 의미로 한 말도 아니고 거짓말인 거 뻔히 보이거든. 아무튼 그런 의미로 한 말이 아니거든. 그런 의미로 한 말이 아니라고!"

유쾌한 대화를 나누는 사이에 이윽고 우리는 시계탑에 돌아왔다. 전용 엘리베이터를 타고 미아의 방으로 이어지는 문을 열자—— 그곳에는.

"아, 키미즈카. 어서 와."

방 안에는 뜻밖의 인물이 있었다.

"흐음, 또 귀여운 여자애를 달고 다니네. 뭐야, 그 애도 신부 후보야?"

"그 애도는 뭐야, 그 애도는."

미아를 힐끗 본 다음에 나를 빤히 바라보는 탐정과 농담을 주고받았다.

"그쪽도 무사히 해결한 모양인데, 나츠나기."

나츠나기는 홀로 테이블에 앉아서 홍차를 마시고 있었다.

"응. 그 애 덕분에."

몇 시간 전에 교회의 묘지에서 일단 개별 행동을 취했던 탐정 ── 나츠나기 나기사. 아무래도 메두사 사건은 나츠나기의 내면에 있는 또 다른 동료의 힘을 빌려서 무사히 해결한 모양이었다.

"무녀님, 어서 돌아오십시오."

그리고 방 안에 있던 또 한 사람의 인물.

클래식한 메이드복을 입은 올리비아가 미아에게 공손히 인사했다.

"평소와는 조금 달랐던 일상은 어떠셨는지요?"

"……올리비아 미워."

미아가 올리비아의 가슴에 얼굴을 푹 파묻었다. 그것만으로도 두 사람의 관계를 알 수 있었다.

"키미즈카 님께도 여러 가지로 수고를 끼쳐드렸습니다."

"그러게나 말이야."

싱글거리며 영업용 스마일을 지은 올리비아가 품 안에서 꺼낸 지갑을 나에게 건넸다. 안을 확인해보니 마스터키도 들어 있었다. 참 나, 지난 며칠간의 일을 보면 무녀보다도 종자 쪽이 브레인 같은 역할을 했던 것 같다.

"이걸로 모두 모이셨네요."

올리비아는 미소를 지으며 나와 미아에게도 홍차를 끓여 주며 자리를 권했다.

"부디 저는 개의치 마시고 본론에 들어가 주시길."

그리고 한 발짝 물러난 곳에 조용히 섰다.

본론—— 그건 나와 나츠나기가 《무녀》을 찾아온 이유다. 시에스타가 되살아나는 미래의 관측을 부탁하고자 우리는 미아를 만나러 왔다. 실제로는 미아의 능력이 세계에 중대한 영향을 끼치는 일에만 발휘된다는 것을 알았지만, 그래도 세계의 수호자이며 《조율자》인 시에스타의 생사는 그 대상에 들어갈 터였다.

"다시 한번 물을게."

그때 가장 먼저 입을 연 건 《무녀》 본인이었다.

"너희는 정말로 《명탐정》을 되찾을 생각인 거지?"

상석에 앉은 미아는 나란히 앉은 나와 나츠나기를 올곧은 시선으로 보았다.

정말로 우리에게 그럴 각오가 있는 건지.

신도 두려워하지 않는 기적을 일으키기 위해 수라의 길을 걸을 생각인 건지.

"만약 미아가 관측한 미래에 정말로 그런 루트가 존재하지 않는다면 포기하겠어."

——그렇지만. 그렇다 하더라도.

"무한히 이어지는 지옥 앞에 단 하나라도 그런 길이 있다면, 그 길을 막는 장애물은 전부 이 손으로 치워 버리겠어. 그게 우리의 숙원이야."

너무 폼을 잡았나, 하고 스스로 말해 놓고 생각했다.

하지만 나는 원래가 속 빈 강정이니까.

이 정도로 거창하게 허세라도 부리지 않으면 분명 승부의 무대에도 서지 못할 것이다.

그렇게 생각한 나는 이야기 속의 주인공이라도 된 것처럼 이 세상의 정의를 향해 선언했다.

"바라기만 하는 게 아니야. 오늘, 지금부터, 행동할 거야."

그러자 나츠나기가 처음 만난 《무녀》에게 주눅 든 기색도 없이 말했다.

"어떠한 대가를 치르더라도?"

"그래, 유감스럽게도 이미 돌아오지 못할 곳까지 와 버렸으니까."

이번에는 내가 대신 대답했다.

그래, 대가라면 이미 치렀다——나는 그날 《씨앗》을 먹었다.

나츠나기에게도, 다른 녀석들에게도 새삼 말할 생각은 없지만 나는 오감이든 수명이든 체내에 자리 잡은 식물에게 바칠 각오였다. 분명 내 바람은 그 정도로 걸지 않으면 이루지 못한다는 것을 알고 있었다.

그런 결의를 은연중에 내비친 나를 보고 《무녀》 미아 위트록은.

"설령 흡혈귀가 있는 이 세계에서도 죽은 인간을 원래대로 되살리는 건 말도 안 되는 일이야. 그러므로 죽은 인간의 미래를 관측하는 건 불가능하고 그런 행위에도 의미는 없어. ——그렇지만."

미아는 그렇게 어딘가 덧없어 보이는 아름다움을 미소에 담으며 이렇게 말했다.

"키미즈카 키미히코—— 네가 정말로 세계의 특이점이 되기를 바란다고 한다면, 어쩌면."

◆명탐정의 편지

"불합리해."

밤의 베이커가를 홀로 걸으며 나는 한숨을 내쉬었다.

시계탑에서 이루어졌던 《무녀》 미아 위트록과의 대화. 그 뒤에 미아는 '《조율자》들끼리 중요한 이야기가 있어.' 라며 새로운 《명탐정》 후보인 나츠나기를 그 자리에 남기고 나를 내쫓았다.

결국 미아는 시에스타가 되살아나는 미래가 있는지 그 자리에서 명확하게 대답하지 않았다. 하지만 적어도 교섭이 결렬된 건 아닐 터였다.

"나중에 나츠나기가 돌아오면 물어봐야겠군."

분명 그런 대화가 지금 이루어지고 있을 것이다. 그렇게 자신을 납득시키면서 나는 홀로 귀로에 올랐다. 다만 돌아가는 곳은 호텔이 아니었다.

나는 이번 여행의 첫 번째 목적을 이루러 가고 있었다.

"——그립네."

1년 전에도 걸었던 거리다. 그렇지만 그때는 옆에 한 사람이 더 있었다.

쇼윈도에 걸린 옷을 보았다. 슈퍼에 저녁밥을 사러 갔다. 마음에 든 카페에서 홍차를 마셨다. 어디를 보아도 이 거리에는 그녀석의 흔적이 남아 있었다.

그렇게 익숙한 풍경을 나아가니 길모퉁이에 오래된 다목적 빌딩이 보였다. 저 건물의 방 하나가 나와 시에스타의 사무소이자 주거지였다. 엘리베이터가 없는 건물의 계단을 3층까지 올라서…… 잠시 망설이다가 열쇠를 넣고 문손잡이를 돌렸다.

"다녀왔어."

아무도 없다는 건 알고 있다.

그래도 과거의 습관으로 텅 빈 방에 귀가 인사를 했다.

커튼을 열자 달빛이 방을 비췄다. 다이닝 테이블도, 소파도, 가구의 배치도 전혀 변하지 않았다. 1년 전에 나츠나기를 구하러 《SPES》의 아지트로 향하기 직전 그대로였다. 나는 그날 그 장소에서 시에스타를 잃고 나서 도망치듯이 일본으로 돌아갔었다.

"깔끔하네."

좀 더 더러워졌으리라고 생각했던 방은 먼지 하나 떨어져 있지 않았다. 피자 상자도 없고 과자 봉지도 떨어져 있지 않았다. 세트인 홍차 찻잔은 식기 선반에 정리되어 있었다. 1년 전에 시에스타가 출발 전에 깨끗하게 청소해 놓은 거겠지. 이제 이곳으로 돌아올 일은 없다는 것을 알고.

나는 이어서 침실로 향했다. 침실은 시에스타의 방이기도 했는데 안에는 침대와 작은 서재가 있었다. 그리고 서재의 책상에는 자물쇠가 걸린 작은 서랍이 있다.

"그래, 이거야."

나는 1년하고도 조금 전에 이 서랍을 둘러싸고 시에스타와 나눴던 대화를 떠올렸다.

당시에 볼일이 있어서 내가 시에스타의 서재로 발을 들이자 시에스타는 당황한 기색으로 무언가를 책상 서랍에 숨기고 있었다. 게다가 시에스타는 곧바로 서랍에 자물쇠를 잠그며 이런 식으로 나에게 서랍 안 내용물을 추리시켰다――.

'그렇게 내용물이 알고 싶다면 가끔은 네가 추리를 해 보는 게 어때? 할 수 있다면 말이지만.'

'그렇게까지 해서 숨기고 싶어하는 건 그거지? 3대 욕구가 다른 사람보다 강한 편이시라는 시에스타답게 꽤 하드한 포르노 잡지를…….'

'너는 바보야?'

'또 불합리하게 무슨.'

'내가 너도 아니고.'

'일격 필살의 되받아치기는 관두라고.'

'네 컴퓨터에 있던 비밀 폴더도 아니고.'

'대체 어디까지 알고 있는 거야?!'

'폴더명을 어려워 보이는 영어 논문 제목으로 바꾸는 건 그만두는 편이 좋아. 의도가 뻔하잖아.'

'그래, 그만두자고. 그런 것보다 우선 이 이야기를 지금 당장 관두자고.'

'다른 사람은 몰라도 나에게는 통하지 않으니까. 재미있을 것 같아서 열어 봤단 말이야.'

'좀 더 시에스타가 관심을 가지지 않을 폴더명으로 해야 했나…… 최신 인스타각 장소 100선 같은 것으로.'

'그러니까 내가 하고 싶은 말은.'

'응?'

'……기습하듯이 나에게 그런 리얼한 걸 보이지 말아 줘.'

——시에스타는 빠른 어조로 그렇게 말하며 드물게 붉게 물든 얼굴을 홱 돌렸었다.

"……딱히 상관없는 에피소드까지 떠오르고 말았군."

나는 정신을 차리고 오렌지색 형광등을 켠 뒤에 《시에스타》에게 물려받은 마스터키를 꺼냈다. 이 마스터키는 시에스타의 《일곱 도구》 중 하나로—— 이 열쇠를 쓰면 어떠한 자물쇠라도 단번에 열 수 있다고 한다. 처음 만났을 때 이걸로 우리 집에도 침입했었던 일이 떠올랐다.

"시에스타, 부탁할게."

그렇게 빌며 나는 열쇠를 집어넣었다. 이 안에는 《SPES》와 싸우기 위한 힌트가 시에스타의 유산이라는 형태로 남겨져 있을 가능성이 컸다. 다만 과거의 시에스타도 아마 《SPES》에 관한 모든 것을 알진 못했을 것이다.

아마도 시에스타가 믿고 있었을 미아의 미래 예지도 본인이 말한 것처럼 완벽한 것은 아니었다. 그렇기에 시에스타는 그 도박에 걸어 본 것이다. 시에스타는 내가 그런 결말을 깨닫지 않도록 그 3년간 중요한 내용은 숨기려 했겠지만…… 시에스타가 준 과제도 극복한 지금이라면 그녀도 분명 협력해 줄 터였다. 그렇게 생각하며 열쇠를 돌려서 서랍을 열자――.

"편지?"

그곳에 들어 있던 건 한 통의 편지였다.

봉랍이 되어 있는 편지를 페이퍼 나이프로 열고 안에서 편지지를 꺼냈다.

그건 '조수에게'로 시작되는 나에게 보낸 편지였다.

『너는 바보야?』

"……불합리하다고."

어째서인지 본문의 첫 번째 줄부터 매도를 받고 있었다. 대체 내가 뭘 했다는 건지……. 정신을 차리고 두 번째 줄로 시선을 옮겼다.

『여자애의 비밀을 밝혀내려고 하는 건 솔직히 좀 깬다고 생각해. 이 편지를 읽고 있는 지금도 대체 무슨 수를 쓴 건지. 상상하는 것만으로도 무서워져.』

"바보냐. 정상적인 절차대로 얻었다고."

네가 메이드에게 시켜서 나에게 열쇠를 건넸거든?

『그렇다고는 해도 네가 이걸 찾아냈다는 건 그렇게까지 해서라도 '그 정보'를 얻고 싶었기 때문이겠지.』

나왔다. 그래, 그 말대로다.

나는 네가 남겼을 것으로 예상되는《SPES》의 정보 그리고 시드를 무찌를 방법을 알고 싶은 거야.

나는 기대하면서 다음 줄을 보았다.

『나는 둘 중 고르라면 몽블랑보다 딸기 쇼트케이크를 좋아해.』

"겁나 아무래도 좋거든?!"

무심결에 편지를 집어 던질 뻔했다. 바보야? 이제 와서 그런 정보를 알고자 런던에 온 게 아니라고. ……아니, 그보다 시에스타 너, 내가 그 두 가지를 사 가면 둘 다 먹었잖아. 내 몫까지.

『농담은 여기까지 하고.』

"나는 너와 시공을 넘어서 만담을 하러 온 것도 아니라고."

『《SPES》와 그 보스인 시드에 대한 내 고찰을 여기에 남겨둘까 해.』

겨우 본론으로 들어갔다.

그리고 편지는 다음 장으로 넘어갔다.

『지금 이 편지를 읽고 있을 무렵의 너는《SPES》에 대해서 어느 정도 지식이 있는 상태라고 추측돼. 따라서 세부 사항은 생략하겠어. 손이 아프니까.』

……마지막 부분의 변명이 초딩 같은 건 둘째 치고, 확실히 시에스타의 추측은 들어맞았다. 시드와 만난 기억을 되찾고 조율자의 존재 같은 것도 알고 있는 지금은 어느 정도 이야기를 따라갈 수 있을 것이다.

『우선 전제로써 시드는 모든 《SPES》를 낳은 부모—— 시드를 무찌르면 《인조인간》이 더 태어나지도 않게 되니 《SPES》는 괴멸하리라 생각돼. 그러므로 반드시 시드를 토벌해야 해.』

그래, 지금의 우리와 같은 방침이었다.

그렇기에 우리는 시드의 정보를 찾아서 이곳에 왔다.

『그렇지만 현재 시드는 수면 위로 나올 낌새가 없어. 아마도 시드 본인은 눈에 띄는 행동을…… 싸움을 바라진 않는다고 추측돼. 어디까지나 생존본능을 충족시키는 것이 바람이지 테러 행위를 하는 건 시드의 수하들뿐이야.』

그 추측은 지금까지 알게 된 정보를 바탕으로 생각해 보면 실로 납득이 되는 것이었다. 시드는 스스로 움직이지 않고 헬과 같은 간부에게 눈에 띄는 행동을 일으키게 하고 있었다. 그건 전적으로 그릇 후보인 시에스타를 전장으로 끌어내기 위해서였다.

그렇게 시에스타를 싸움 속에서 성장시켜서…… 혹은 마찬가지로 그릇 후보인 헬과의 경쟁을 통해 시에스타의 체내에 싹튼 《씨앗》의 생존본능을 높이게 했다. 그게 《원초의 씨앗(시드)》과 싱크로하는 조건이었기 때문이다.

『시드는 지구환경에 적응하지 못하여 나와 헬을 필두로 한 인간의 그릇을 찾고 있어. 그렇다면 시드가 구체적으로 어떠한 사정 때문에 지구에 적응하지 못하는 것인지—— 그 자세한 이유가 판명되면 그게 시드를 쓰러트릴 약점이 될 수도 있어.』

……그렇군, 확실히 그 말대로였다. 대체 이 행성의 무엇이 시드를 괴롭게 하는 조건이 된 것인지. 나아가서는 그게 시드 토벌의 열쇠가 된다.

『예를 들면 물, 혹은 질소와 산소 같은 공기 중의 성분. 지구에는 풍부하게 있지만 시드가 원래 있던 행성, 혹은 우주 공간에 존재하지 않는 것이 약점이라고 생각할 수는 없을까?』

그렇게 시에스타의 고찰은 세 번째 장으로 이어졌다.

『《흡혈귀》는 어떠한 실마리를 찾은 모양이었지만 정보 교환의 자리에서 나는 흡혈귀에게 요구받은 대가를 치르지 못해서 결국 듣지 못했어. 너도 그 남자는 조심해.』

역시 스칼렛과도 얽혀있었던 건가. 그 나르시스트 흡혈귀가 요구한 대가—— 설마 시에스타 본인을 내놓으라고 한 건 아니겠지. 만약 그랬다면 다음에 만났을 때 쳐 ㅇ여 버릴까.

『그리고 한 가지 더 중요한 점이 있어. 시드는 쉽게 수면 위로 나오지 않는다고는 했지만…… 실은 나는 약 4년 전에 그 섬에서 한 번이지만 시드와 싸운 적이 있어.』

4년 전—— 그렇지만 이 편지가 적힌 게 약 1년 전임을 고려하면 그건 지금 시점에서 5년 전의 이야기일 것이다. 시에스타가 《SPES》의 시설에 있었던 건 6년 전이었을 테니 그렇다는 건 거기서부터 1년 뒤에 시에스타는 한 번이지만 시드에게 싸움을 걸었던 건가.

『그렇지만 그건 실제로는 싸움이라고도 할 수 없었어. 시드의 강함은 압도적이어서 순수한 전투력으로 말하자면 아마도 《흡혈귀》나 《암살자》와 필적하거나 그 이상으로 여겨져. 그리고 완패한 나는 도망치듯이 그 자리를 뒤로했어.』

시드의 강함은 《조율자》와 동격 이상—— 그런 상대에게 당시 아직 어렸던 시에스타가 싸움을 걸어 봤자 상대가 될 리가 없었다. 그런 시에스타를 시드가 놓아준 건 전적으로 그릇 후보였기 때문이겠지. 시에스타라는 그릇이 성장하길 기대한 것이다.

『그리고 그로부터 시간이 조금 지난 뒤에 나는 미래를 본다는 미아 위트록이란 소녀와 만났어. 《조율자》가 된 미아는 나를 선배라며 따라 줬고…… 내 몸을 걱정한 미아는 그날, 특례로 《SPES》에 대해서 기술되어있는 《성전》을 보여줬어.』

거기서 시에스타가 본 것은…… 그건 분명 버스 안에서 미아가 이야기한 내용대로일 것이다. 본디 《성전》에는 시에스타가 《SPES》에게 패배하고 헬이 시드의 그릇이 된다는 미래가 적혀 있었다.

『그러한 경험을 통해서 나는 깨달았어. 미래를 뒤집는 건…… 시드를 쓰러트리는 건 상당히 공을 들인 준비가 필요하다는 것을. 그러려면 《SPES》의 정보를 좀 더 모아야만 한다고 말이야. 그래서 나는 그날, 하늘 위에서 너에게 말을 건 거야.』

그건 4년 전—— 지상에서 1만 미터 떨어진 하늘 위에서 있었던 일이다.

나에게 총을 옮기게 한 시에스타는 처음부터 나를 조수로 삼을 생각이었다.

이유는 분명 단 하나, 내 이 체질이다.

내가 있으면 사건은…… 《SPES》는 그쪽에서 알아서 찾아온다.

『뭐, 그때는 깜빡 낮잠을 자 버려서 계획을 제대로 설명하지 못했지만.』

이보셔…… 그때 내가 얼마나 당황했는지 알아? 느닷없이 하이재킹에 말려들었다 싶었더니 《인조인간》과 싸우게 되었다고.

『하지만 너는 나를 따라와 줬고…… 아니, 생각 이상으로 일을 잘해 줬어. 그리고 무엇보다도.』

편지가 네 번째 장으로 넘어갔다.

『이야기를 나누면 재미있었어.』

"바보냐."

무심코 목소리를 내어 태클을 걸었다.

『그리고 깨닫고 보니 너를 3년이나 끌고 다니고 말았어. 미안해.』

그건 시에스타가 나츠나기의 몸을 통해 밖으로 나왔을 때도 들었던 사죄였다.

……참 나, 그러니까 사과하지 말래도.

『그리고 아마 지금도 폐를 끼치고 있을 거야. 이 편지가 필요하다는 건 내가 시드 토벌에 실패했다는 의미니까. 너에게도…… 아마도 지금 네 주변에 있는 동료들에게도 많은 폐를 끼쳤다고 생각해. 《명탐정》으로서 그리고 《조율자》로서 마지막까지 정의를 관철하지 못했던 건 무엇보다도 부끄럽게 생각할 일이고, 동시에 남겨진 너희에게 진심으로 사죄하고 싶어.』

전부 네 장의 편지.

편지의 끝은 이렇게 마무리를 짓고 있었다.

『마지막으로 너희가 앞으로 해야 할 행동을 구체적으로 알려주고 싶지만 아무리 나라고는 해도 1년 뒤의 미래를 정확하게 예측하지는 못해. 특히 그런 체질을 가진 너를 둘러싼 환경은 매일같이 변화해서 《무녀》라 하더라도 예상할 수 없는 행동을 할 가능성이 크니까. 그렇지만, 그렇기에 나는 너에게 조금이나마 기대를 하면서 여기에 편지를 남기려고 해. 너희가 나조차 떠올리지 못할 미래를 선택하기를 기대하면서.』

편지는 거기서 끝났다. 어디까지나 시에스타다운 끝맺음이었다. 내 행동은 예상할 수 없다고 내버려 두면서도, 우리가 엉뚱한 미래를 선택하리란 것을 어렴풋하게나마 깨달았던 것처럼도 느껴졌다.

"그런데 미안한걸. 설마 자신이 되살아난다는 루트는 그중에서도 예상 못 한 일일 테니까."

나는 작게 웃으며 시에스타의 침대에 누웠다. 그러고 보니 술에 취한 그 녀석과 함께 밤을 보낸 적도 한 번 있었지. 그 뒤에는 한바탕 싸움을 벌였던가…… 참 나.

"시에스타, 빨리 일어나라고."

그리고 다시 싸우고, 어색해지고, 둘 중 한 명이 멋쩍다는 듯이 사과하고, 피자를 먹고, 케이크도 먹고, 홍차를 마시고, 뚱딴지같은 이야기를 나누자. 그런 생각을 하면서. 지금이라면 그런 꿈을 꿀 수 있을 것 같다고 생각하면서.

나는 그대로 침대에서 조용히 눈을 감았다.

◆ 달이 비치는 밤에 너는 맹세한다

문득 달콤한 냄새가 났다.

그건 안심감이 느껴지는 장미꽃 향수 같은 냄새였다.

"아, 일어났네."

그리고 암흑이었던 세계에서 눈을 뜨자 바로 옆에는 한 소녀의 얼굴이 있었다.

"……뭐 하냐, 나츠나기."

잠시만 눈을 감을 생각이었는데 어느 사이엔가 잠들어 버린 모양이었다.

"갓난아기처럼 새근새근 잘 자길래 보고 있었어."

"당연하다는 것처럼 남자가 잠든 침대에 눕지 말라고."

"두근거렸어?"

"시에스타의 침대에서 나츠나기와 동침하고 있다는 이 상황에 다른 의미로 땀이 멎질 않는다고."

꿈속 같은 데서 시에스타에게 말없이 얻어맞을 것 같았다.

"그래서 나츠나기는 왜 여기 있는 거야."

미아와의 이야기는 끝난 것일까.

"아니, 그보다 여기까지 어떻게 왔는데. 택시 탔냐? 너무 밤늦게 혼자 돌아다니는 건 위험하다고."

"……흐음, 걱정해 주는구나."

어둑어둑한 방이지만 나츠나기가 나를 보고 미소 짓는 것을 알 수 있었다. 알았으니까 실실거리지 마.

"그래서 찾던 건 있었어?"

"그래, 시에스타가 편지로 힌트를 남겨 뒀어. 내일부터는 방침을 조금 바꿔서 움직이게 될 것 같아."

다만 아직 명확한 방침이 세워진 건 아니었다. 나츠나기에게도 조언을 듣고 싶었다. ……하지만 지금은.

"그래서 나츠나기 쪽은 어땠는데."

나는 침대 위에서 팔을 괴며 옆에 누워있는 나츠나기에게 물었다. 내가 여기서 편지를 읽고 있는 사이에 나츠나기는 《무녀》와 시에스타를 되살릴 가능성을 이야기했을 것이다.

"응―― 괜찮았어."

내 말에 나츠나기가 진지한 표정으로 고개를 끄덕였다.

"그 미래는…… 가능성은 확실히 존재한다고 《무녀》가 말했어."

"정말로?! ……그럼 왜 아까 나를 혼자 돌려보낸 거지?"

어쩌면 그런 루트는 존재하지 않는다는 것을 전하기가 미안해서 나만 내보낸 건 아닌가 하고 마음 한구석으로는 걱정했는데.

"아…… 그게 말이지. 미래를 보기 위해선 제대로 복장을 갖추고 준비를 해야 한대. 그래서 키미즈카가 옷 갈아입는 모습을 보는 게 부끄러웠던 거 아닐까?"

그 소녀같은 이유는 뭐냐……. 뭐, 생각하던 최악의 패턴이 아니라면 뭐든 상관없다만.

"그렇지만 그 미래를 실현하기 위해 구체적으로 무엇을 해야 하는 건지는 시간을 들여서 생각해 봐야 하는 모양이야."

"그래? 아니, 그래도 가능성이 있다는 것을 안 것만으로도 충분한 수확이야."

그게 하루아침에 이룰 수 있는 소원이라고는 처음부터 생각하지 않았다. 미아와 또 진득하게 이야기를 나눠야 할 부분도 있겠지. 어쨌든.

"시에스타를 되찾을 방법은 있는 건가. 있는 거였어……."

그 해가 뜨는 아침에 나는 외쳤다.

탐정을 되살리겠다고 큰소리로 맹세했다.

그때는 분명 기세에 휩쓸렸던 부분도 있었을 테고, 그런 신도 두려워하지 않는 기적을 일으킬 구체적인 방법은 무엇 하나 떠오르지 않았었다.

그렇지만 정말로 시에스타를 되찾을 방법이 있는 건가.

나는 언젠가 한 번 더 그 녀석과 만날 수 있는 건가——.

"저기, 키미즈카는 말이야."

불현듯 나츠나기가 가벼운 어조로 말했다.

"시에스타를 되살리고 싶은 거야?"

"그래, 당연하지."

"그럼 역시 시에스타를 좋아한 거야?"

"인과관계가 잘 이해가 안 된다만……."

대체 뭐가 '그럼'이냐고, 참 나…….

"딱히 그 녀석과는 연인 사이도 아니었고 친구조차도 아니었어. 평범한 비즈니스 파트너일 뿐이었지."

"그렇구나, 키미즈카의 짝사랑이었다고?"

"얌마, 멋대로 억측하지 마."

"뭐 어때, 수학여행 날 밤 같잖아. 연애 얘기하지 않을래? 해버리지 않을래?"

"그만해, 대체 왜 그렇게 신난 거냐고. 아니, 그보다 남녀끼리 해도 되는 이야기야? ……잠깐, 그래, 알았어. 알았으니까 손가락으로 찌르지 마!"

오늘은 이상하게 끈질긴걸. ……아니, 그렇다기보다.

"나츠나기 너, 설마 취한 건 아니겠지?"

처음에는 향수 냄새라고 생각했는데 설마 술 때문인가? 확실히 영국에서는 18세 이상이면 음주를 할 수 있긴 한데.

"글쎄~? 여자애는 비밀이 많은 법이야."

아, 그러셔. 그런데 네 행동이 지금은 괜찮지만 나중에 흑역사가 되지는 않냐? 내일 아침에 머리를 부여잡게 되지 않아? 참고로 난 그랬다.

"그래서? 그래서? 키미즈카는 실제로 시에스타를 어떻게 생각했는데? 응? 나밖에 듣는 사람 없잖아."

그러나 나츠나기는 여전히 성가시게 굴었다.

이렇게 되면 간단히 놓아줄 것 같지는 않았다. ……참 나, 어쩔 수 없군.

"평범한 비즈니스 파트너일 뿐이라고 한 건 정정하지."

나는 나츠나기의 시선을 피하는 것처럼 천장을 보며 말했다.

"실제로는?"

"……조금은 특별한 비즈니스 파트너."

"휘유~!"

"너 역시 바보 취급하는 거지?!"

나는 몸을 뒤집으며 나츠나기의 이마에 강렬한 일격을 먹였다.

"아얏! 키미즈카의 꿀밤은 진짜로 아프단 말이야!"

나츠나기가 울음 섞인 목소리로 성을 냈다.

어때, 이걸로 술 좀 깼냐?

"아픈 걸 좋아하는 거 아니었냐."

"사랑이 없는 아픔은 싫단 말이야!"

"완벽한 마조히스트의 견해로군……."

부탁이니까 장래에 구제 불능 기둥서방이나 폭력을 휘두르는 남자에게는 넘어가지 말아 줬으면 한다.

“……하아. 뭐, 그래도 그 말을 들었으니 됐나.”

나츠나기는 겨우 냉정해졌는지 혼잣말을 중얼거리며 자리에서 벌떡 일어났다.

“나츠나기?”

이어서 나츠나기는 침대 위에 앉아서 옆에 있는 나를 바라보며.

“맡겨 줘.”

달빛을 받으며 힘차게 선언했다.

“내가 반드시 무슨 수를 써서라도 시에스타를 되찾아 보일 테니까.”

탐정대행의 이름을 걸고.

나츠나기는 그렇게 말하며 나에게 웃어 보였다.

그 말은 내 모든 운명을 맡겨도 괜찮다는 생각이 들 정도로 믿음직했고.

그 웃음은 이대로 세계의 종언까지 지켜보고 싶을 정도로 아름다웠다.

【어떤 소녀의 회상】

그 화재 사건으로부터 벌써 몇 개월이 지났을까.

"——여기 어디더라."

아무것도 없는 새하얀 방에서 나는 혼잣말을 했다.

부모가 죽고 내가 교조였던 종교단체도 해산되었다. 그로부터 기댈 곳이 없게 된 나는 고아를 보호한다는 어떠한 조직에 의해 이 시설로 오게 되었다. 목소리가 울리는 것으로 보아 이곳 역시 지하실인 걸까.

"살해당하려나."

어쩐지 그런 생각이 들었다. 예를 들면 그들은 고아를 보호한다는 그럴싸한 소리를 하면서도 실은 특수한 능력을 지닌 나를 감시하는 감시자이고, 한차례 관찰이 끝나면 처분할 생각이라거나. 혹은 이곳도 다른 종교단체의 시설이거나, 어떠한 범죄 조직에 납치당해 감금되었을 가능성도 있었다.

——하지만 지금에 와서는 그것도 아무래도 좋았다. 내가 가진 이 힘은 가족의 목숨조차도 구하지 못한다. 오히려 나 때문에 많은 사람의 인생이 망가졌다. 그렇다면 그 응보를 받는 건 당연한 일이었다.

만약 나에게, 예컨대 확실한 사명감이 있었다면. 혹은 강함이…… 용기가 있었다면 결과는 달라졌을까. 그렇다면 분명 신이 이 능력을 줄 인간을 잘못 고른 것이다.

"——침입자다! 그쪽으로 갔어!"

불현듯 멀리서 그런 초조한 목소리가 들려왔다. 나를 이곳으로 데려온 어른 중 누군가가 소리치고 있는 걸까.

"——미안하지만 그 애는 당신들에게 맡겨 둘 수 없어."

그때 또 한 사람, 여자애의 목소리가 발소리와 함께 이 방으로 다가왔다. 이어서 총성이 들렸다. 아무래도 그 소녀가 이 시설에 침입한 사람인 듯했다. 그렇다면 그 소녀야말로 내 목숨을 빼앗으러 온 사신인 걸까. ……차라리 그랬으면 좋겠다고 생각했다. 그도 그럴 게.

"이제 내가 할 수 있는 건 아무것도 없으니까."

내 능력은 사람의 미래를…… 사람의 가능성을 빼앗을 뿐이다. 망가트릴 뿐이다.

그렇다면——.

"그렇다면 이번에는 그 능력을 세계를 지키는 데 써 보지 않겠어?"

그때 내가 생각하던 결론과는 정반대의 제안이 맑은 목소리와 함께 귓속에 울렸다. 그리고 하얀 방의 벽을 단 한 발의 총탄으로 파괴하고 들어온 소녀는 나를 향해 손을 내밀며 이렇게 말했다.

"미아 위트록—— 나와 함께 세계의 적과 싸워 줘."

그게 나와 선배의 만남이었다.

*

"이렇게 바쁘다는 소리는 못 들었어……."

나는 겨우 하루 치 직무를 끝내고 방의 소파에 늘어졌다.

지금 와서는 먼 옛날 일처럼 느껴지는 그 날—— 나는《명탐정》의 손에 의해 반쯤 감금 상태였던 수수께끼의 시설에서 나와 지금은 영국에서 가장 높은 시계탑의 방에서 살고 있었다.

"앞으로 몇 권이나 더 써야 하는 거야……."

거의 무의식이나 다름없는 상태로 몇 시간이나 움직였던 오른손에서 건초염 같은 욱신욱신한 통증과 열이 느껴졌다.

내가 이곳에서 하는 일은 미래 예지 능력을 써서 세계의 위기를 예언하고 그걸《성전》이라는 책으로 정리하는 일이었다. 역대의《무녀》라는 요직에 있던 이들이 오랜 옛날부터 물려받아 온 일이라는 듯, 나도 서툴지만 지금 이렇게 그 직무를 다하려 하고 있었다.

『고생이 많나 보네.』

그런 다독여주는 건지 화를 북돋는 건지 판단이 잘되지 않는 말이 근처에 던져둔 휴대전화로부터 들려왔다. 나에게 이 일을 알선한 그 사람의 정시 연락이었다.

"맞아, 선배 덕분에 말도 못 할 정도로 고생 중이야."

『오? 선배를 향한 그 비아냥이 가득 담긴 말은 뭐야?』

수화기 너머의 상대는 그렇게 놀리듯이 나에게 말했다. 《조율자》로서의 경력은 나보다 반년 오래되었을 뿐이지만 '내가 선배니까.' 하고 득의양양하게 가슴을 펴는 그 모습에 져서 나는 그녀를 선배라고 불렀다.

『그래서 어때? 새로운 생활에는 익숙해졌어?』

"……반년 가까이 지내면서 겨우 익숙해진 참이야."

나는 휴대전화를 들고 베란다로 나가며 그렇게 대답했다.

『역시 불만이 많아?』

"그렇게 들렸어?"

뭐, 실제로 이 일은 생각 이상으로 힘들고 때로는 내팽개치고 싶을 정도로 지치지만.

『그래도 나는 네가 이 일을 받아들여 줘서 무척 도움이 됐어.』

내 대답에 선배는 뜻밖에도 그런 솔직한 말을 전했다.

『네가 특례로 나에게 알려줬던 《SPES》에 얽힌 세계의 위기. 나는 그 《성전》에 적힌 단편적인 사실을 추리해서 피해를 최소한으로 억누를 수가 있어. 그러니까.』

너는 틀림없이 이 세계를 지키는 직무를 다하고 있다며 선배는 나를 배려하듯이 상냥한 목소리로 말했다. 《성전》에 따르면 그녀 본인이 누구보다도 가혹한 운명을 짊어지고 있음에도 불구하고.

“……그래?”

나는 선배의 솔직한 말에 몸이 근질거렸지만…… 그래도.

“응. 나도 지금 생활이 옛날의 십만 배는 더 좋아.”

몇천 마일이나 떨어진 상대에게 고집을 부릴 필요도 없겠지.

“이 일이라면 내 능력이 제대로 활용돼. 사람들을 위해 쓰여. 언젠가는 세계도 구할 수 있을지도 몰라. 그러니까.”

나는 크게 심호흡을 하며 지상 백 미터의 전망을…… 지하실에 갇혀있을 무렵에는 결코 볼 수 없었던 저녁놀이 녹아드는 거리를 눈에 새기며 말했다.

“나에게 이 경치를 줘서 고마워.”

조금 쑥스러웠지만 역시 얼굴이 보이지 않는 지금이라면 말할 수 있으리라고 생각해서 나는 화면을 향해 말했다.

『그 웃음은 반칙 수준이니까 섣불리 남자들에게 보여주지 않는 편이 좋아.』

“……이, 이 카메라 어떻게 꺼?”

*

그런 바쁘면서도 충실한, 평화로운 나날이 줄곧 이어지리라고 생각했었다.

하지만 그렇게 《무녀》로서의 생활을 2년 반 정도 더 이어나가던 어느 날.

"그러니까 몇 번이나 말했다시피 나는 반대야."

나는 통화 상대에게 살짝 노기를 담으며 그렇게 전했다.

"《성전》을 일부러 적에게 도둑맞겠다는 것까지는 좋아. 하지만 아무리 시드를 속일 기회라고 해도 그것 때문에 스스로 희생할 생각이야? ——시에스타."

그건 어느 날 선배가 제안한 시드라는 《세계의 적》을 제압하기 위해서 생각해 낸 함정이었다. 최근에 선배는 끈질기게 그 계획에 협력해 줬으면 한다고 나에게 부탁하고 있었다. 그 사람과 만나서 미래가 좋은 쪽으로 방향을 전환하기 시작했는데도.

『딱히 자기희생을 전제로 하는 건 아니야. 어디까지나 그저 보험일 뿐이고 최종 수단이지.』

그러자 선배는 살짝 웃으면서 내 힐문을 부정했다.

"……정말로 죽을 생각은 없다는 거야?"

『나는 탐정이니까. 미아가 본 미래에 대비해서 다양한 가능성을 상정하고 움직이는 것뿐이야.』

선배는 나를 설득하듯이 부드럽게 말했다.

"하지만 이 작전을 그 사람에게 말하긴 했어?"

『그 사람? 누구를 말하는 거야?』

……이 명탐정은 진심으로 하는 소리인 걸까.

"언제나 말했었잖아. 함께 여행하고 있다는 남자애 이야기."

『아~ 조수? 그런데 내가 조수 이야기를 미아에게 그렇게 많이 했던가?』

"했어. 통화할 때마다 매번. 오늘은 조수와 무슨 이야기를 했느니, 어디를 갔느니, 무엇을 함께 먹었느니, 뭐 하고 놀았느니, 내가 물어보지도 않은 것까지 모조리."

매번 나는 대체 무슨 보고를 듣고 있는 건가 싶었는데 설마 본인에게 자각이 없었을 줄이야…….

『……그랬던가?』

바로 목소리가 작아지는 선배가 조금 귀엽게 느껴지면 지는 것일까.

『뭐, 하지만 조수는 관계없으니까.』

그러나 선배는 작은 헛기침을 한 번 한 뒤에 그에게 작전을 알리지 않겠다고 정했다.

"관계가 없다면 어째서 그 조수에게 말하지 않는 건데?"

『…………』

선배는 그 말에 대답하지 않았다. 그렇지만 본인이 말하지 않더라도 의도는 충분히 전해졌다. 만약 솔직하게 말하면 그 조수가 막으리라는 것을 알고 있기 때문이다. 자신의 결단이 타인에게는 받아들여지지 않으리라는 것을 선배 본인이 누구보다도 잘 알고 있었다.

『하지만 나는《명탐정》이니까.』

선배는 그 부분만큼은 양보하지 않았다. 양보할 수 없었다. 《조율자》로서《세계의 적》과 싸운다는 DNA가 그 몸에 새겨져 있는 이상은 설령 내가 아무리 설득하더라도 생각을 굽히지 않을 것이다. 그리고 나도── 사실은 그런 건 선배에게서 이 상담을 처음 받았을 때부터 알고 있었다.

"그럼 약속해 줘."

그래서 나는 선배에게 말했다.

"마지막까지 발버둥 치겠다고. 포기하지 않겠다고."

목소리가 떨렸을지도 모른다. 당연하지만 선배가 죽지 않았으면 했다. 하지만…… 나는 도저히 《조율자》인 선배의 각오를 무시할 수 없었다. 그러니까 적어도, 설령 계획을 실행하더라도 마지막까지 사는 것을 포기하지 않았으면 한다는 이기적인 부탁을 했다.

『——응, 약속할게.』

그러자 선배는 가벼워 보이면서도 힘차게 고개를 끄덕였다.

『몰랐어? 나는 의외로 완전무결한 해피엔딩을 좋아해.』

기억해 둬, 하고.

그렇게 말하며 선배는 즐겁다는 듯이 미소 지었다.

*

"거짓말쟁이."

그로부터 또다시 반년이 지났다.

나는 소파에 엎드린 채 지금은 없는 은인인 소녀에게 원망의 말을 퍼부었다.

"해피엔딩을 좋아하는 거 아니었어?"

정시 연락은 이제 오지 않는다. 그걸 알고 있음에도 정신을 차리고 보면 나는 스마트폰을 손에 들고 있었다.

"미아 님, 시간이 되었습니다."

그때 노크 소리와 함께 내 종자인 올리비아가 말을 걸었다.

"……알았어. 지금 시간을 확인한 참이야."

설령 친밀한 누군가를 잃더라도, 지구가 내일 멸망하더라도, 나는 이 직무를 완수해야 한다. 나에게 이 일을 준 선배도 분명 그걸 바랄 터였다. 올리비아의 도움을 받아서 정복으로 갈아입으며 나는 마음속으로 자문자답했다.

나는 그저 있는 그대로의 미래를 보며 《성전》에 조용히 적어나간다. 그것만이 나에게 맡겨진 일상이자 완수해야 할 의무였다.

"다녀올게."

나는 옷을 다 입고 직무를 다하기 위해 탑의 난간으로 향했다.

저녁놀을 받으며 우선 눈을 감고 잡념을 지웠다.

그래, 잡념—— 그건 있을 리 없는 미래의 가능성이다.

확실히 나는 실패했다. 소중한 은인을 구하지 못했다. 미래를 바꾸지 못했다. 하지만 그런 금기를 범하는 것이 허락된 단 한 명의 인물이 만약 이 세계에 있다고 한다면—— 그건.

"《특이점》."

세계마저도 연루시키는 그라면 혹시 미래의 그 이후를 바꿀 수 있는 걸까.

【제4장】

◆그건 잊은 것을 되찾는 여로

어느 정도 성과를 얻고 런던을 뜬 나와 나츠나기는 지금 《SPES》 토벌의 힌트를 찾아서 다음 목적지로 향하고 있었다.

"윽, 기분 나빠……."

그 여행길에서 나츠나기가 손으로 입을 막으며 그렇게 중얼거렸다.

하지만 그건 결코 나에게 하는 험담이 아니라(아마도) 뱃멀미 때문이다.

흔들리는 물결 위. 소형선의 뱃전을 필사적으로 붙잡고 있는 나츠나기는 이미 그로기 상태였다. 나는 그런 나츠나기의 등을 쓰다듬어 주었다.

"괜찮아? 토할래? 못 본 것으로 할 테니까 신경 안 써도 되는데."

"여기서 토하면 히로인으로서의 호감도가 끝장날 것 같으니 참을래……."

"너 지금 무진장 재미있는 거 아냐."

나츠나기와는 전에도 배를 탄 적이 있었는데 그때는 대형 여객선이어서 괜찮았던 거겠지.

"섬도 보이기 시작했으니 조금만 더 참아."

나와 나츠나기가 지금 향하고 있는 곳은 《SPES》가 옛날에 아지트로 이용하며 잠복하고 있던 그 섬이었다. 그곳으로 향하는 이유는 단 하나로, 시드라는 적의 정체를 더 자세히 조사하기 위해서였다. 1년 전에는 생각지도 못했던 시드와의 조우로 만족스럽게 조사도 할 수 없었지만 지금이라면 시드에 관한 유익한 정보를 얻을 수 있을지도 모른다.

그렇게 생각한 우리는 영국에서 이 섬으로 향하기로 했고, 지금 이렇게 해상을 나아가고 있었다. 그리고 그런 우리를 이런 벽촌까지 데려와 준 사람이 있었다.

"앞으로 15분 정도면 도착 예정이니 두 분 모두 준비해 주시기 바랍니다."

그렇게 말하며 조타실에서 나온 건 무녀의 종자인 올리비아였다. 런던에서 출발하는 비행기의 예약만이 아니라 배로 여기까지 데려다주었다.

"설마 배까지 몰 수 있는 줄은 몰랐는데."

"예, 본 실력을 내면 전투기 조종도 가능합니다."

항공 승무원은 관두고 파일럿으로 전직하는 편이 나을 것 같다만.

"그나저나 미안해요, 이렇게까지 도움을 받다니."

그때 나츠나기가 여전히 창백한 얼굴로 올리비아에게 감사를 전했다.

"아닙니다. 주인님을 돌보느라 남을 돕는 거엔 익숙하거든요."

올리비아는 조용히 미소 짓고는 조타실로 돌아가려고 했다.
하지만 가던 도중에 멈춰 서더니 등을 돌린 채 우리에게 이렇게 말했다.

"그리고 여러분이라면 미아 님께서 바라시는 미래를 만들어 주시리라 믿고 있으니까요."

그로부터 우리는 올리비아와 일단 헤어져서 섬에 상륙했다.
나로서는 1년 만의 광경으로── 사람이 사는 기척도 느껴지지 않는 황폐한 외딴 섬이었다.
그렇지만 우리는 섬 안쪽에 세워져 있을 터인 연구소를 향해 걸어나갔다.
"걷기 힘든데……."
1년 전에는 샤르가 매끄럽게 운전하는 오토바이에 탔었던 것이 떠올랐다.
"나츠나기, 어때? 슬슬 면허 딸 생각은 없어?"
"아니, 나에게 기대는 건 이상하거든? 굳이 말하자면 운전은 키미즈카의 역할이거든?"
내 질문에 뱃멀미에서 회복한 나츠나기가 어이없다는 듯이 나를 바라보았다.
"으음, 차에 관심이 없는 남자…… 장래성이 안 보여……."
"왜 나츠나기가 내 장래를 걱정하는 건데."
일단 나는 장래에 유능한 여성이 운전하는 차의 조수석에 타고 싶다.

조수답게 말이지.

"그보다 새삼스러운 이야기이지만 말이야."

나츠나기가 옆에서 걸으며 화제를 바꿨다.

"이 섬에 《SPES》와 관련된 새로운 정보가 남아 있을까? 그 왜, 샤르가 이미 조사해 봤을 거 아니야."

그건 확실히…… 아니, 본인에게 물어볼 것도 없이 샤르라면 이곳을 찾은 적이 있을 것이다. 실제로 내가 1년간 허송세월하는 사이에도 샤르는 시에스타의 유산을 찾거나 《SPES》 토벌을 준비하고 있었다.

"하지만 샤르는 머리 쓰는 일에는 안 맞으니까."

"지금 본인이 이 자리에 있었다면 확실하게 처리됐을 거야."

……뭐, 나와 샤르는 그런 역할 분담을 했었으니까.

"그리고 우리가 아니면 깨닫지 못할 것도 있을지도 모른다고 생각해서 말이야."

그 말대로 이 섬은 내가 1년 전에 시에스타를 잃은 운명의 장소임과 동시에 나츠나기가 한때 어린 시절을 보냈던 《SPES》의 실험 시설이 있는 땅이었다. 그런 점에서 보면, 각자 당시의 기억을 잃고 있던 우리라면 무언가 새로운 사실을 깨달을 가능성이 있다.

"그렇구나……."

내 말에 나츠나기는 손가락으로 턱을 짚으며 뭔가를 골똘히 생각했다. 그리고.

"그렇다면 연구소에 가기 전에 들르고 싶은 곳이 있는데."
나츠나기가 오랜만에 찾는 어떤 장소를 입에 담았다.

◆시작의 세 사람

"전에 이야기했던 곳이 여기야?"
"응, 6년 전과 변한 게 없네…… 아, 그래도 천장은 조금 낮아진 것 같아."
나츠나기가 방을 둘러보고는 이곳저곳을 탐색하며 말했다.
지금 우리가 있는 곳은 6년 전의 나츠나기에게는 친숙한 종이상자로 만든 작은 비밀기지였다.
"여기서 우리 세 사람은 《인조인간》을 쓰러트릴 작전을 짰었어."
나츠나기가 창가에 놓인 인형을 손에 들며 말했다.
나츠나기가 말한 세 사람이란 나츠나기, 시에스타 그리고 알리시아를 가리킨다. 그건 최근에 거울 속의 헬과 나눈 대화 중에서 나츠나기 본인이 이야기했던 내용이었다. 나츠나기의 말대로 《SPES》에 대한 반역은 이 장소에서…… 그 세 사람이 시작했었다.
"특히 처음부터 이 시설을 의심하고 있던 아짱은 혼자서 여러 가지 조사를 했었어."
그렇게 말한 나츠나기가 선반에 있던 두꺼운 파일을 꺼냈다.

파일에 껴있던 종이에는 이 시설에서 자랐다고 추정되는 아이들의 개인정보가 기재되어 있었다. 나츠나기가 팔락팔락 종이를 넘기는 가운데 금발이 아름다운 소녀의 사진이 잠시 보였다. 저런 어린아이도 시드의 그릇이 되기 위한 실험을 받았던 것일까.

"하지만 6년 전에 아짱은…… 알리시아는 죽었어. 그리고 1년 전에는 시에스타가. 적어도 지금은 이제 나밖에 남지 않았어."

나츠나기가 입술을 살짝 깨물었다.

잊고 있던 과거, 완수하지 못했던 사명.

나츠나기 나기사가 작은 어깨에 짊어진 무게는 같은 각오를 다진 나도 쉽사리 헤아릴 수 있는 것이 아니었다.

"미안해, 시간을 잡아먹어서."

손에 들고 있던 파일을 선반으로 돌려놓은 나츠나기가 자신의 양 뺨을 찰싹 두드리며 기운을 냈다. 새롭게 각오를 다지기 위해서 다른 두 사람의 추억이 가득한 이 장소에 오고 싶었던 것이겠지.

"아니, 문제없어."

나는 그렇게 대답하면서 종이상자로 만들어진 옷장을 열었다.

여기에도 뭔가 힌트가 남아있을까 했는데…… 안에는 알리시아가 옛날에 만든 것으로 보이는 소총 등이 몇 자루 남아 있을 뿐이었다.

"그러고 보니 시에스타의 머스킷 총도 원래 모델은 알리시아가 만든 거였지?"

"응, 아짱은 정말로 마법처럼 뭐든지 만드는 애였거든."
나츠나기가 옛날 일을 떠올리며 미소를 지었다.
이야기를 듣는 것만으로도 직접 만나 보고 싶다는 생각이 들 정도로 고결하고 용감한 소녀였다.
"아, 폭탄이 있어. 일단 챙겨 둘까."
"……네 친구 말인데, 위험물 기능사 자격증은 땄었냐?"

◆손가락 걸고 약속, 어기면

그로부터 우리는 얼마 안 있어 《SPES》의 실험시설에 도착했다. 그들의 거점이었던 이 장소라면 시드에 관한 정보가 남아 있을 가능성은 있을 것 같은데…….
"우선은 걸어볼까."
병원 같은 건물 안을 나츠나기와 둘이서 탐색했다. 햇빛이 그다지 들어오지 않는 실내는 어둑어둑했고 인기척도 전혀 없었다. 이대로 목적 없이 헤매는 것도 의미가 없으니 그 장소로 향하려고 생각했을 때였다.
"나츠나기?"
문득 나츠나기가 내 소매를 손가락으로 쥐고 있는 것을 깨달았다.
"……미안."
나츠나기의 표정은 어두웠고 몸도 살짝 떨고 있는 것처럼 보였다.

……그랬다. 이 실험시설이 나츠나기에게 있어서 어떠한 존재고, 이곳에서 어떠한 경험을 하였는지를 생각하면 이렇게 되는 것도 어쩔 수 없는 일이었다.

"걱정하지 마."

나는 멈춰 서서 나츠나기에게 말했다.

"여기에는 이제 너에게 상처 주는 적은 없으니까."

1년 전에도 이미 이곳에는 《SPES》 녀석들이 거의 없었다. 그리고 나츠나기 스스로도 말했던 것처럼 샤르도 이곳을 조사하러 찾아 왔을 것이다. 지금은 그렇게까지 경계해야 할 정도로 위험한 장소가 아니었다.

"……응, 나도 알아. 머리로는 알고 있어."

그러나 나츠나기는 다리를 움직이지 못했다.

나츠나기도 이곳이 지금은 안전하다는 것을 이해하고는 있었다. 하지만 옛날에 받았던 고통과 공포는 나츠나기의 몸에 새겨져 있었다. 그렇기에 나츠나기는 자신도 모르는 사이에 또 다른 인격인 헬을 만들어냈고, 그런 헬이 나츠나기의 괴로움과 기억을 대신했었다.

——그렇다면.

"자."

나는 나츠나기에게서 등을 돌리며 양손을 뒤로 내밀었다.

"어어? ……어부바?"

나츠나기가 당황한 듯한 목소리를 냈다.

이거 참, 새삼 입 밖에 내면 부끄러워지니까 참아 달라고.

"그 뭐냐. 지금으로선 오토바이 뒤에 태워주지는 못하지만 내가 탈 것이 되어줄 수는 있으니까."

그렇게 말한 나는 나츠나기에게 등에 업히도록 손짓했다.

"……풉."

"얌마, 왜 뿜는 건데."

멋진 척하려다가 뒷부분에서 전혀 멋지지 않은 소리를 해 버린 것을 깨달았나. 깨닫지 말라고. 깨달았어도 남의 실수를 보고 웃지 마.

"후후, 아니야. 딱 키미즈카다운 말이 나왔다 싶어서. 칭찬은 아니지만."

"왜 칭찬이 아닌 거냐고."

됐으니까 빨리 등에 업히라고. 이러고 있는 것만 해도 부끄러우니까.

"무겁니 어쩌니 하면 두 번 죽일 거니까."

"그 정도는 배려한다고."

"그럼 됐나. ……고마워."

그렇게 나츠나기는 작은 목소리로 중얼거리면서 내 등으로 뛰어올랐다.

"호오. 너도 의외로 단련을 했나 봐?"

귀 바로 뒤에서 그런 목소리가 들려왔다.

"——헬인가."

평소의 나츠나기보다도 조금 낮게 들리는 목소리. 그리고 그 말투로 보아 아무래도 내 등에는 지금 나츠나기의 내면에 있는 또 한 사람의 인물이 업혀 있는 모양이었다.

"왜 네가 여기 있는 거야. 마음대로 나올 수 있어?"

"이번에는 특례야. 너도 알다시피 주인님에게 이 장소는 조금 버겁거든."

……나츠나기가 두려워하는 감정을 알아챈 헬이 밖으로 나왔다는 건가. 옛날부터 나츠나기 대신 고통과 괴로움을 짊어져 준 것처럼.

"모처럼 내가 좋게좋게 진정시켰다고 생각했는데."

"아니, 평범하게 생각해서 어부바는 아니지. 구닥다리야. 주인님이 상냥하니까 배려하는 마음에 네 제안을 받아들인 것뿐이야."

지금 막 충격적인 사실이 밝혀졌다. 거짓말이지? 혹시 나츠나기는 언제나 나를 배려하고 있었던 건가? 즐거운 커뮤니케이션을 취하고 있다고 생각한 건 나뿐이었어? 어쩌면 여자의 정신 연령은 겉모습 이상으로 높을지도 모른다…… 샬럿 아리사카 앤더슨을 제외하고…….

"아니, 잠깐만. 그렇다면 헬은 왜 아직도 내 등에 업혀 있는 건데."

어부바는 구닥다리 같은 거 아니었냐고.

"뭘, 굳이 내려가는 게 귀찮았을 뿐이야. ……뭐, 그래도."

그렇게 헬은 쓴웃음을 지으면서 말했다.

"한 번쯤은 너의 파트너 같은 행동을 해보는 것도 괜찮겠다 싶어서."

그러고 보니 예전에 헬이 나를 파트너로 삼으려고 했었던 게 떠올랐다. 설마 그 《성전》의 기술도 이런 모습을 상정해서 적혀 있던 건 아니었겠지만.

"참, 어제도 나츠나기를 도와줬었지?"

메두사 사건을 해결한 건 헬의 활약이 있었기 때문이라는 이야기를 들었다. 나는 등 너머로 파트너를 도와준 것에 감사를 전했다.

"정말이지, 명탐정이 둘이나 있는데 나에게 기대고 말이야."

헬이 귓가에서 어쩔 수 없다는 것처럼 옅게 웃어 보였다.

"나에게는 그 두 사람 같은 절대적인 정의감도, 흔들림 없는 격정도 없었지만 아무래도 악마에게는 악마다운 활약 장소가 있었던 모양이야."

그 자조는 결코 진심으로 자신을 폄하하는 건 아니었다. 왜냐하면 한때는 자신을 괴물이라고 업신여기던 헬은 나츠나기와 거울을 사이에 두고 나눈 대화로 구원받았기 때문이다. 사랑이란 감정에 얽매여 있는 헬은 결코 괴물이나 악마가 아니라고 했다. 사소한 감정에 휘둘리는 것이야말로 인간이라는 증명이라고 했었다.

"뭐, 그리 몇 번이나 쓸 방법은 아니라고 생각하지만. 애초에 나 같은 게 없어도 주인님은 이미 충분히 강해."

헬은 그렇게 말하며 어제 있었던 일을 정리했다.

"네가 나츠나기의 몸 밖으로 나올 수 있다면 시에스타는 어떤데. 나오려고 하면 언제라도 나올 수 있는 거야?"

나는 헬을 업은 채 걸으면서 물었다.

"애당초 나와 그 명탐정은 태생이 다르니까. 그래서 정확하게 판단하기는 어렵지만."

그렇게 운을 떼면서 헬은 이야기했다.

"그래도 역시 그 명탐정이 또다시 이 몸 밖으로 나오리라고는 생각하기 어려워. 명탐정은 아마도 내 족쇄를 어느 정도는 풀어줘도 된다고 판단했기에 반대로 안심해서 깊은 잠에 들었을 거야. 게다가……."

그때 헬이 작게 숨을 내쉬는 게 내 귓가에도 전해졌다.

"헬?"

"……아무것도 아니야. 역시 네 머릿속에는 명탐정에 관한 일만 들었다 싶어서."

이어서 헬은 그렇게 비꼬듯이 나에게 속삭였다. 대단히 불합리하다.

"뭐야, 질투냐?"

"지옥에나 가시지."

"왜 다른 탐정들보다 신랄한 거냐고……."

바보니 두 번 죽느니 하는 게 귀엽게 보일 수준의 매도였다.

"나는 그저 주인님 곁에 있어 줄 인간으로서 너를 파트너로 삼으려고 했을 뿐이야. 사실 개인적으로는 너에게 털끝만큼도 관심이 없어."

"그냥 하는 소리지? 나를 걸고 시에스타와 싸운 거 아니었냐고."

"왜 네가 공주님 포지션인 거야."

헬은 어이없다는 듯이 한숨을 쉬었다. 다양한 감정을 드러내게 된 것 같았다.

"오히려 지금 나는 너 때문에 맹렬하게 속이 끓고 있어."

이어서 헬은 그렇게 이번에는 차갑게 내뱉었다.

"그 명탐정을 사랑하는 건 네 마음이지만."

"사랑한 적 없어."

"——그렇지만."

헬은 내 말을 자르는 것처럼 재차 강한 어조로 말했다.

"내 주인님을 울리면 용서 안 할 테니까."

그건 나츠나기에 대한 헬의 흔들림 없는 마음이었다. 설령 자신의 손을 더럽히더라도 주인인 나츠나기의 목숨만은 지키려고 한 그녀의 절대로 변치 않는 맹세였다.

"그래, 알았어."

나는 망설임 없이 고개를 끄덕였다.

그건 물론 나츠나기 나기사를 위해서였다.

그리고 혹은 무수하게 펼쳐진 가능성—— 그중 어떤 미래(루트)에서는 정말로 파트너가 되었을지도 모르는 헬을 위한 것이기도 했다.

"그럼 약속해."

그렇게 말한 헬은 내 귓가에 입을 쓱 가져다 대며.

"어기면—— 두 번 죽일 테니까."

뇌가 저리는 듯한 목소리로 나에게 두 사람분의 약속을 받아 냈다.

"……어, 라? 나……."

그리고 다음 순간 익숙한 목소리가 돌아왔다.

"나츠나기, 괜찮아? 이제 곧 목적지야."

나는 등 너머로 나츠나기에 말을 붙였다.

"어…… 아, 응. ……그렇구나."

그러자 그 한순간에 기억이 결여된 이유를 짐작한 것이겠지. 그래도 나츠나기가 내쉰 숨은 어딘가 안심한 듯한 감정이 섞여 있는 것처럼 들렸다.

"아, 미안해. 계속 업어 주고 있었지?"

"신경 쓰지 마. 생각보다 가슴은 닿고 있지만."

"배려한다는 말은 어쨌어!"

내려달라며 큰 목소리로 연호하는 나츠나기를 업은 채 걸어간 나는 곧 지하로 향하는 엘리베이터에 올라탔다.

"이거 움직이는 거야?"

"모르지. 1년 전에는 움직였었는데……."

1년 전에 나와 샤르는 이 엘리베이터를 타고 지하로 내려가서 《SPES》의 보스인 시드와 만났었다.

"음?"

그러나 이변은 엘리베이터의 문이 닫힌 순간 시작되었다. 마치 미로 같은 모양의 오렌지색 빛이 한순간 기계 상자 안을 내달리더니—— 이윽고 벽에 행선지의 층수가 적힌 버튼이 입체영상처럼 떠올랐다.

"……선택지는 둘인가."

표시된 층은 B1과 B2 둘이었다. 어째서 이번에는 이런 시스템이 작동한 건지는 알 수 없었지만…… 그래도 먼젓번에서 새롭게 추가된 행선지는 B2 같았다.

나는 우선 무난한 선택지를 취하려고 지하 1층으로 향하는 버튼을 눌렀다. 그러자 엘리베이터가 덜컹, 하는 둔탁한 소리를 내며 밑으로 내려가기 시작했다.

"저기, 전력이 들어온다는 건 누군가가 있을 가능성도 있다는 거 아니야?"

그때 등에 업힌 나츠나기가 불안하다는 듯이 귓가에 대고 말했다.

확실히 나츠나기의 말대로 그러한 사태를 대비해야 할지도 모른다. 하지만 지금은 최소한의 무기밖에 가지고 있지 않았다. 나츠나기도 머스킷 총은 배에 두고 내렸다. 갑자기 긴장감이 높아졌다.

"나츠나기, 걸을 수 있겠어?"

"응, 만일을 대비해서 도망칠 준비도 해야겠지?"

"그래 그리고 역시 좀 무거워지기 시작했거든."

"나 어쩌면 키미즈카를 싫어할지도 모르겠어."

그런 대화를 하는 사이에 엘리베이터가 지하 1층에 도착했다.

이곳이 실험시설의 중심부——6년 전의 나츠나기도, 1년 전의 나도 이곳에서 시드와 만났었다. 그리고 지금은 더 이상 《SPES》가 없을 터인 이 장소에서 우리를 기다리고 있던 것은.

"……! 어째서 네가 여기 있는 거야."

방 안에 몇 개나 놓인 배양조 같은 탱크 중 하나에—— 낯익은 백발의 탐정이 잠들어 있었다.

◆그녀는 언제나 곁에 있다

"시에스타!"

나도 모르게 그곳으로 달려갔다.

방에 설치된 대부분의 원기둥 형태의 배양조는 밖에서 안이 보이지 않았다. 하지만 그중에 하얀 연기가 충만한 탱크가 하나 있었고, 그 안에 친숙한 얼굴이 엿보였다. 은백색 머리카락, 눈을 감고 있어서 잘 보이는 기다란 속눈썹. 그리고 다른 누군가로 착각할 리가 없는 아름다움. 틀림없다. 그녀의 이름은——.

"보면 안 돼!"

"아파, 아프다고! 손가락이 눈을! 찌르고 있다고!"

나츠나기가 등 뒤에서 안구를 찌부러트리려는 것처럼 힘을 주어 눈을 가렸다.

"뭔 짓이야!"

"시에스타가 아무것도 안 입고 있잖아! 보는 거 금지!"

……그렇군. 하얀 연기 탓에 한눈에 알아볼 수는 없었지만 알몸이었나…….

"그런데 왜 이런 곳에 있는 거지?"

나는 그 탱크로부터 거리를 조금 벌리며 생각했다.

시에스타는 1년 전에 죽었지만 신체는 냉동 보존되어서 남아 있었다. 그런 시에스타의 몸에 인공지능을 탑재해서 다시 태어난 것이 메이드 차림의 《시에스타》였다. 하지만 그 《시에스타》도 먼젓번 전투로 인공 심장에 손상을 입어서 병원으로 이송되었다.

"지금은 수리 중이었던 게……."

그렇게 의문스럽게 생각했을 때였다.

『그러니까 이곳이 그 병원입니다, 키미히코.』

그런 제삼자의 목소리가 들려왔다.

무심결에 나츠나기를 바라보았지만 나츠나기도 눈이 동그래져서 주위를 둘러보고 있었다.

그럼 설마, 하고. 또다시 탱크 안에 잠들어 있는 그 소녀에게로 시선을 옮기자——.

『어디 보고 계시는 건가요. 이쪽이에요, 이쪽.』
그 목소리는 내 재킷의 가슴주머니에서 들려 왔다. 그 주머니 안에는 내 스마트폰이 들어 있었다. 머뭇거리며 꺼내 보니.
『키미히코는 바보인가요?』
입을 떼자마자 나를 매도하는 메이드복을 입은 소녀의 모습이 비치고 있었다.
"……뭐 하는 거야, 《시에스타》."
그 은백색 머리카락의 소녀는 화면 속에서 우아하게 홍차를 마시고 있었다. 마치 그 기계 단말 속에서 살고 있다는 것처럼 행동했다.
『그렇게 놀랄 일인가요? 저라는 존재는 어디까지나 인공지능이라서 이렇게 디지털 디바이스로 이식되는 게 가능하답니다.』
"내 휴대전화는 어느 틈에 해킹한 건데……."
『그런 적 없습니다. 블루투스로 데이터를 보내고 있는 것뿐이에요.』
"이사를 참 간편하게 하는구만!"
본체가 있는 이 방에 들어옴으로써 접속이 가능해졌다는 건가…….
"와아, 그럼 이 시설에 있는 컴퓨터로 메일 같은 걸 보내면 《시에스타》도 볼 수 있는 거야?"
『예, 가능합니다. 나중에 키미히코의 싫은 점 53위는? 같은 화제로 이야기꽃을 피워보죠.』
"남을 괴롭히는 주제로 토크쇼를 개최하려고 들지 마. 싫은

점을 오십 개나 떠올리지 말라고!"

……참 나, 설마 이런 곳에 와서까지 태클 거는 역할을 맡게 될 줄이야.

"그나저나 아까부터 마시고 있는 그 홍차는 어디서 가져온 건데."

『과금 기능입니다. 월말에 키미히코의 핸드폰 요금과 함께 자동 납부되니 걱정 없습니다.』

"대체 뭐 하는 시스템이냐고…… 하아. 뭐, 괜찮아 보이니 다행이네."

『예, 덕분에요.』

내 손 안에서 《시에스타》가 미소를 지었다. 시에스타의 육체는 아직 치료 중인 듯했지만 적어도 인공지능인 《시에스타》는 무사한 모양이었다.

"그런데 《시에스타》, 여기가 병원이라고 했지?"

그때 나츠나기도 손으로 내 어깨를 짚으며 스마트폰을 빼꼼히 들여다보았다.

『예. 저희를 치료해 주는 주치의가 지금은 이곳을 거처로 삼고 있어서요.』

이 《SPES》의 전 아지트를 거처로? 또 뒤숭숭한 이야기가 나오는군.

『이 시설, 혹은 병원은 저 같은 이레귤러적인 존재를 치료하는 데 적당해서 말이죠. 《인조인간》의 개발이 이루어지고 있었을 정도니까요.』

……그렇군, 《시에스타》를 수리하기에 최적의 장소라는 건가. 다만 아무래도 지금 그 주치의라는 인물은 자리를 비운 모양이었다.

『그나저나 그 열쇠는 도움이 되었나요?』

그때 《시에스타》가 갑자기 마스터키에 대해서 물었다. 지난 며칠 간의 여행은 그 열쇠를 건네받으면서 시작되었다.

“그래, 덕분에 힌트는 얻었어. 과제는 아직 남았지만.”

나는 그렇게 말하면서 열쇠를 흔들어 보였다.

『그거 다행이네요. 그럼 그 열쇠는 거기 있는 트레이에 반납해 주시길.』

“무진장 무미건조한 반응이군……. 뭐, 이제 쓸 기회도 없겠지만.”

지금은 시에스타가 멋대로 집에 침입할 일도 없으니 돌려줘도 딱히 문제는 없을 것이다.

『그럼 이제 와서 묻습니다만 두 분은 왜 이곳에 오신 거죠?』

화면 속에서 《시에스타》가 고개를 갸웃거렸다. 그러고 보니 그 설명을 아직 하지 않았던가.

“시드를 쓰러트릴 정보를 찾아 키미즈카와 둘이서 세계 여행 중……이라고 할까.”

나츠나기가 하는 수 없이, 라는 것처럼 과장된 몸짓으로 어깨를 으쓱이며 대답했다. 여기까지 오는 동안 그런대로 즐거워 보였던 건 내 착각이냐.

『흐음, 키미히코와 단둘이서 말이죠.』

그러자 《시에스타》가 입꼬리를 살짝 들어 올리며 화면 너머로 나츠나기를 바라보았다.

"……아무튼 이 방에는 달리 아무것도 없어 보이니까 다음 장소를 살펴봐야겠어."

그런 반응에 나츠나기는 고개를 홱 돌리면서 방을 둘러보았다.

역시 백발 메이드의 놀림은 무시하는 게 상책이다. 누구에게 가르침을 받은 건지 끝도 없이 놀려대니까 말이지.

"그래, 한층 더 내려가 보자. 《시에스타》도 따라와 줬으면 하는데."

지하로 향하는 엘리베이터에 탔을 때의 이전에는 없었던 그 변화. 어쩌면 우리가 알고 싶은 대답은 그 앞에 잠들어 있을지도 모른다. 그런 직감과 함께 나는 조용히 주먹을 쥐었다.

『예, 그건 상관없습니다만 그보다도 이전보다 키미히코와 나기사의 물리적 거리가 가까운 건 역시 함께 여행하면서 뭔가 있었기 때문인가요?』

"지금은 그런 내용으로 끝맺으려고 하지 않아도 되니까! 키미즈카 쪽을 봐 봐! 뭔가 엘리베이터를 바라보며 결의에 찬 표정을 짓고 있잖아! 각 잡고 있잖아!"

"나츠나기, 너야말로 나를 물고 늘어지며 끝맺으려고 하지 마."

◆그렇게 세계의 적은 태어났다

“이곳이 《SPES》의 중심부인가…….”

나는 몇 미터 앞에 있는 거대한 기계 시스템을 바라보며 무심결에 한숨을 내쉬었다.

여러 개의 커다란 모니터가 벽에 늘어서 있고, 그 앞에는 컴퓨터 키보드와 제트기의 콕핏 같은 조작판이 놓여 있었다. 그 뒤로 다시 엘리베이터를 타고 도착한 지하 2층의 이 장소도 이 시설의 요소(要所)인 듯했다.

『설마 이런 게 있을 줄은 몰랐어요. 《SPES》의 데이터베이스인 걸까요.』

그러자 여전히 내 스마트폰 안에 있는 《시에스타》도 흥미롭다는 듯이 이 수수께끼의 기계를 바라보았다. 아직은 어디까지나 가능성에 지나지 않았지만 이곳에 우리가 알아야 하는 시드에 관한 정보가 담겨 있을지도 모른다.

“그런데 이거 어떻게 작동시키는 거야? 전원이 어디 있는지도 모르겠는데.”

나츠나기가 그렇게 말하며 내 옆에서 고개를 갸웃거렸다. 확실히 이 시스템을 기동시키는 게 최우선이었다.

“——생체인증.”

내가 말하자 나츠나기의 눈이 살짝 커졌다.

“아까 엘리베이터에서 일어났던 변화도 어쩌면 그런 인증 시스템이 작동한 게 아닐까 싶어서.”

그 엘리베이터는 1년 전에도 탔었는데 그때와 다른 게 무엇인가 생각했더니…… 지금 내 체내에는 카멜레온의 씨앗이 깃들어 있다는 점이었다. 그렇기에 아까 엘리베이터에서 있었던 일은 시스템이 나를 《SPES》의 간부인 카멜레온으로 오인식해 일어난 변화가 아닌가 하는 가설이 머릿속에 떠올랐다.

"그러니까 이것도 생체인증으로 접속할 수 있을 가능성이 클 거야."

그렇게 말한 나는 홀로 머신 앞으로 걸어갔다.

지금부터 나는── 시스템을 속인다.

"…………."

그러나 눈앞의 기계는 반응하지 않았다. 그렇군. 이어서 시험 삼아 키보드를 쳐보다가 마지막에는 타앙! 하고 세차게 두드렸다. 정적 속에 메마른 키 소리만이 울려 퍼졌다.

"……아무런 일도 안 일어나는군."

그리고 10초 정도 기다려 봤지만 기계는 꿈쩍도 하지 않았다.

『뭐, 키미히코가 폼 잡기 시작하면 대개 실패로 끝나니까 이제 와서 놀라지도 않지만요.』

"왜 나만 활약할 기회가 전혀 찾아오질 않는 거냐고!"

『지금부터 나는── 시스템을 속인다.』

"흉내 내지 마! 남의 생각을 읽지 마! 가장 부끄러운 부분을 들추지 마!"

내가 그렇게 속사포처럼 화면 속에서 속을 뒤집는 백발 메이드를 성토하고 있으니.

"키미즈카, 잠깐 비켜 줄래?"

나츠나기가 오른손으로 손짓하며 나를 내쫓고는 대신 기계 앞에 섰다.

그러자 그 순간——.

"……! 작동한 건가……?"

거대한 키보드 같은 조작판에 한순간 아까도 본 오렌지색 빛이 흘렀고 이어서 상부의 디스플레이에 무수한 문자열이 흐르기 시작했다. 아무래도 생체인증에 성공한 것처럼 보이는데…… 어째서 나츠나기가? 나츠나기도 나와 마찬가지로 《씨앗》을 물려받았을 뿐일 테고…… 아, 그런가. 나츠나기는 나와는 달랐다. 다른 《SPES》의 간부와도 달랐다.

"헬(나)은 시드가 신뢰하던 유일무이한 간부니까."

신뢰—— 시드가 헬을 자신의 그릇으로 삼으려고 꾀한 이상, 그 두 글자가 시드와 헬의 관계를 표현하는 적절한 말이라고 생각되지는 않았다. 하지만 그럼에도 나츠나기는 그 말을 썼다. 그건 분명 헬이 시드에게 사랑받기를 원한 것을 알고 있었기 때문일 것이다.

"이걸로 기동은 한 모양인데. 《시에스타》, 나머지는 맡겨도 될까?"

『예, 첫 관문을 돌파했으니 데이터베이스에 침입할 수 있을 것 같습니다.』

나츠나기로부터 바톤을 넘겨받은 《시에스타》는 일단 내 스마트폰에서 모습을 감추더니 다음 순간에는 눈앞의 디스플레이로 거처를 옮겼다.

『시드가 가진 《씨앗》 일람, 그릇 후보가 된 아이들의 실험 데이터, 그 밖에 《SPES》에 관한 여러 가지 정보에 액세스할 수 있을 것 같은데…… 궁금하신 게 무엇인가요?』

《시에스타》가 그렇게 여러 화면을 왕래하면서 뭔가 파일을 끄집어냈다. 마치 물리적으로 해킹하고 있는 것처럼 보였다.

"현재 가장 중요한 목적은 시드의 약점을 찾는 거야."

나는 이 섬에 오기 전에 런던에서 읽은 시에스타의 편지를 떠올렸다.

시에스타는 시드가 지구환경에 적응하지 못하는 구체적인 이유를 찾고 있었다. 그건 나아가서는 시드 토벌의 열쇠가 될 수 있었으므로 지금 우리가 최우선으로 알아야 하는 정보였다.

『시드의 개체 데이터에 액세스해 보겠습니다.』

그렇게 말한 《시에스타》가 일단 디스플레이에서 모습을 감추자 곧 검은 화면 위에 기하학적인 문양이 3D 모델로 떠올랐다.

"——원초의 씨앗인가."

저 《씨앗》이야말로 시드의 본체이자 모든 《인조인간》의 부모였다.

다만 이 회전하는 3D 모델을 봐서는 《원초의 씨앗》은 내가 먹은 카멜레온의 씨앗 등과는 조금 다르게 씨앗 본체의 주위에 외각 같은 것이 있다는 것을 알 수 있었다. 이 껍데기는 대체 무엇으로부터 몸을 지키고 있는 것일까.

"시드는 이 씨앗 형태로 인간의 신체에 파고들어서 그릇으로 빼앗을 생각인 거구나."

눈을 가늘게 좁힌 나츠나기가 화면을 올려다보며 중얼거렸다.

"그리고 지금까지 몇 번이나 실패해서…… 그래서 이런 실험 시설까지 만든 거야. 자신의 씨앗을 견딜 수 있는 강고한 그릇을 키우기 위해서."

그렇게 말한 나츠나기는 과거의 자신과 희생된 친구가 떠올랐는지 입술을 힘주어 깨물었다.

나츠나기의 말대로 《원초의 씨앗》은 그리 간단히 인간의 신체와 융합하지 못한다. 예를 들어 박쥐가 일반적인 《씨앗》에도 완벽하게 적합하지 못해서 부작용으로 시력을 빼앗긴 것처럼 《원초의 씨앗》은 아마도 그 몇 배나 되는 대가를…… 영양소를 그릇이 되는 육체에 요구할 것이다. 그렇기에 시드는 그런 자신에게 지지 않는, 시들지 않는 인체의 그릇을 추구해 왔다.

『아마도 그 과정에서 시드는 더욱 강력한 존재로 자라났을 겁니다.』

불현듯 《시에스타》의 목소리가 머신 안에서 들려왔다.

『시드는 씨앗의 모습으로 생물의 신체에 심어진 사이에 그 구조를 세포 단위로 이해하게 되었고…… 이윽고 그처럼 사람의 모습으로도 변태할 수 있게 되었다고 생각됩니다. 특별한 기관을 지닌 클론을 만들어 낼 수 있는 것도 그런 연유에서겠죠.』

……그렇군, 시드는 이 행성에 날아온 이래로 진화를 이어가고 있었다. 아마도 생존본능에 따라서.

"그렇지만 시드에게도 약점이 있을 거야."

그렇지 않다면 시드는 이런 거창한 일을 벌이면서까지 인간의 그릇을 원하지는 않을 터였다. 지구환경에 적응하지 못하는 어떠한 원인이야말로 그의 약점이다.

『예, 하지만 지금으로서는 그러한 데이터는 보이지 않습니다.』

어느 사이엔가 내 휴대전화 안으로 돌아온 《시에스타》가 고개를 가로저었다.

뭐, 그렇게 간단히 일이 풀리지는 않는 법인가. 그렇다면.

"《시에스타》, 시드와 클론들의 행동 이력 같은 건 알아볼 수 있어?"

찾는 정보가 직접적으로 없더라도 막대한 데이터베이스만 있다면 간접적으로 알게 되는 사실도 있을 터였다. 《성전》을 써서 자신의 부하에게 명령을 내렸던 시드라면 어느 정도는 그러한 극비 데이터가 남아있더라도 이상한 일은 아니었다.

『가능한 것 같기는 합니다만…… 키미히코가 그런 말을 하는 건 좀 무섭네요. 약간 스토커 같다고 할까요.』

"누가 적을 스토킹하냐고. 동급생 여자애의 집에 있는 쓰레기통을 뒤지는 거라면 몰라도."

"몰라도, 가 아니거든. 키미즈카라면 그럴 수도 있다는 게 좀 무서운데……."

나츠나기가 어깨를 감싸 안으며 휙 물러났다. 이상한데, 저렇게까지 무서워할 줄이야.

"……아, 근데 잠깐만. 스토킹하고 쓰레기까지 뒤적인다는 건 그러고 싶어질 정도로 마음에 들었다는 거야? 주체할 수 없는 사랑을 보내고 있다는 거지? ……그렇다면 그리 나쁜 것도 아닌가?"

"나쁘거든. 농담에 정색하지 말라고."

그런 바보 같은 대화를 나누는 사이에도 《시에스타》의 데이터 해석은 진행되고 있었는지 모니터에는 시드를 포함한 《SPES》 구성원의 행동 이력이 세세하게 표시되고 있었다.

"——헬이야."

그런 정보 속에서 나츠나기가 또 다른 자신의 이름을 찾아냈다.

"누구보다도 바쁘게 일했었나."

화면을 가득 채운 몇 년에 걸친 헬의 행동 이력을 보고 무심결에 나도 중얼거렸다.

헬은 《SPES》의 간부로서, 시드의 오른팔로서, 누구보다도 충실하게 일했었다. 언젠가 시드의 그릇으로서 소비될 운명이었다는 것도 모른 채로.

"그런데 헬을 제외한 간부는 그다지 요란한 행동을 벌이지는 않은 모양이야."

데이터를 보면서 무언가를 깨달은 것처럼 나츠나기가 의아하다는 듯이 입에 담았다.

"케르베로스와 카멜레온 말이야? 뭐, 확실히 그 녀석들은 신중파랄까 음지에 숨어서 활약하는 이미지였는데……. ……아니, 잠깐만."

그때 불현듯 전류가 흐르는 듯한 직감이 번뜩임처럼 머릿속을 내달렸다.

"그런 건가."

나는 모니터를 보며《인조인간》의 행동 패턴을 확인했다.

"《시에스타》, 시드와 클론의 행동 이력을…… 시각, 장소, 그날 날씨를 포함해서 다시 한번 알아봐 줘."

『알겠습니다. 과금액 정도는 일하도록 하죠.』

그렇게 말한《시에스타》는 또다시 데이터베이스로 침입해서 정보에 액세스했다.

"키미즈카, 설마……."

나츠나기의 붉은 눈이 커졌다. 아무래도 나츠나기도 같은 추측에 이른 모양이었다.

"그래, 시드의 약점이 될 수도 있는 것을 찾아냈을지도 몰라."

물론 가설은 어디까지나 가설이다. 충분한 샘플과 확실한 증거가 없으면 그건 그저 망상으로 끝나 버릴 것이다. 그래도 희망은 보였다. 데이터를 정리하고 추론을 거듭하여 그걸 실증할 수만 있다면 분명——.

『키미히코, 죄송합니다. 데이터 추출은 계속해 봐야겠지만 어쩌면 여유부릴 시간은 없을지도 모릅니다.』

그때《시에스타》의 목소리가 스마트폰에서 들려왔다. 그리고 다음 순간, 모르는 번호로부터 전화가 걸려 왔다.

"……이런 타이밍에 걸려 온 전화니 받을 수밖에 없겠어."

심각해진 나츠나기의 제안에 나는 통화 버튼을 눌렀다.

"여보세요?"

그리고 수화기에서 들려온 건.

『키미히코? 잘 들어.』

얼마 전에도 들었던 소녀의 목소리가 조바심을 억누르는 것처럼 이렇게 말했다.

『지금 당장 일본으로 출발해── 지금으로부터 24시간 이내에 시드가 일본을 습격할 거야.』

그건 《무녀》 미아 위트록이 예언한 세계의 위기였다.

【어떤 남자의 이야기】

"……이, 이제 지쳤어요……."

가는 목소리와 함께 소녀가 힘없이 그 자리에 주저앉았다.

평소에도 격렬하게 노래와 춤을 추는 만큼 평범한 사람보다 체력은 있겠지만…… 그래도 이렇게까지 약한 소리를 한다는 건 정말로 체력의 한계를 맞이한 것이겠지. 그렇다면 어쩔 수 없군.

"앞으로 한 시간 뒤에 휴식하지."

"당신은 악마예요?!"

브릿지 염색이 들어간 머리카락을 마구 흩트리며 소녀――사이카와 유이가 성난 개처럼 울부짖었다.

"휴식! 휴식! 지금 당장 휴식해요! 집주인 권한을 발동하겠어요!"

그렇게 말한 사이카와 유이는 도장 바닥에 누우며 작은 몸으로 있는 힘껏 몸부림쳤다. 한사코 그 자리에서 움직이지 않을 생각인듯했다.

"그럼 5분 기다리지."

그로부터 카세 후우비의 맨션을 뒤로한 우리는 다시 날을 잡아서 사이카와 저택에 있는 무도장으로 장소를 옮겼다. 그리고 시작된 《왼쪽 눈》을 각성시키기 위한 훈련은 오늘로써 벌써 사흘째에 돌입해 있었다. 그러나 수행의 성과는 아직 충분하다고 말하기는 어려워서 이대로 시드와 맞서는 건 절대로 무리였다.

"잘 들어. 그 《왼쪽 눈》은 일반적인 인간보다도 시각적으로 얻을 수 있는 정보량이 압도적으로 많아. 그걸 활용해서 상대의 동작을……."

"휴식 중에는 이론 공부도 금지예요! 박쥐 씨도 쉬세요!"

나이도 차지 않은 소녀에게 혼나는 것도 꽤 희귀한 경험이었다. 나는 신선함을 느끼면서 오른쪽 귀의 《촉수》를 몸속으로 집어넣었다. 최소한 내 《촉수》의 공격을 완벽하게 피할 수 있을 정도까지는 《왼쪽 눈》을 단련할 필요가 있는데 말이지.

"저는 틀림없이 그걸 뽑아내기 위한 훈련이라고 생각했는데 말이죠."

그러자 사이카와 유이가 그 자리에서 일어나며 의문을 입에 담았다.

"그 왜, 제 몸에도 《씨앗》이 잠들어 있잖아요. 그러니 예를 들어 왼쪽 눈에서 이렇게, 촉수 같은 게 불쑥 자라나는가 해서요."

약간 그로테스크한데 말이죠, 하고 사이카와 유이는 질색한 기색으로 중얼거렸다.

"하하, 이런 걸 뽑아낼 필요는 없다. 아니, 오히려 뽑아내면 안 돼."

나는 자조하면서 이 《촉수》의 정체를 이야기했다.

"촉수로 보이는 이건 발아한 씨앗에서 뻗어 나온 싹 같은 거다. 강도와 신축성도 자유자재고 몇 번이나 절단되어도 다시 자라나서 무기로서는 확실히 유용하지."

"그렇다면……."

"하지만."

나는 사파이어의 소녀가 연 입을 가로막았다.

"싹이 자라났다는 건 요컨대 영양분으로써 《씨앗》에게 육체를 통째로 빼앗겼다는 증거이기도 해."

그 말대로 이 《씨앗》은 인간에게 경이적인 신체 능력과 회복 능력, 혹은 초능력 같은 힘을 주는 대신 부작용으로써 막대한 양분을 인체에 요구했다. 무언가를 얻으면 무언가를 잃는 양날의 검── 그게 시드의 씨앗이었다.

"그래서 박쥐 씨의 눈은……."

그래, 그 말대로다. 나는 이 박쥐의 귀를 손에 넣은 대가로 시력을 《씨앗》에 빼앗겼다. 《SPES》 구성원 중에는 나처럼 반인조인간이 되어 수명 대부분이 영양분으로 사용되어 말라비틀어지는 것처럼 죽어간 녀석도 있었다. ……아니, 평범하게 죽음을 맞이한다면 그나마 낫나. 만약 《씨앗》이 영양분을 모조리 먹어 치워도 육체가 죽음을 맞이하지 않는다면…….

"하지만 아가씨의 경우에는 그런 걱정은 없겠지."

딱히 위로하는 말이 아니라 엄연한 사실을 나와 마찬가지로 《씨앗》이 몸에 깃든 소녀에게 말했다.

"아가씨는 다행인지 불행인지 시드가 그릇의 후보로 찾아낸 존재다. 부작용을 일으키지 않도록 적절한 조치를 받은 뒤에 그 《왼쪽 눈》이란 이름의 《씨앗》이 심어졌지. 이제 와서 그게 발아하리라고 생각하기는 어려워."

실제로 어릴 적에 앓았다는 눈의 질병도 《씨앗》을 얻음으로써 경이적인 회복능력으로 완치되었다. 지금에 와서 사이카와 유이에게 부작용이 일어날 가능성은 한없이 낮을 것이다.

"……그렇군요, 그래서 시에스타 씨와 헬 씨도 《씨앗》이 깃들어 있음에도 《촉수》를 뽑아내지 못했던 건가요."

"그래, 바꿔 말하면 그게 그릇 후보의 조건이었다고도 할 수 있지. 《씨앗》의 폭주를 잘 억누르고 부작용을 일으키지 않는 게 말이야."

요컨대 《씨앗》이 발아했을 때가 어떠한 부작용이 일어나거나 이미 일어났다는 신호가 된다.

"키미즈카 씨는 괜찮을까요?"

사이카와 유이가 작은 목소리로 지금은 이 자리에 없는 남자를 걱정했다.

"그 남자에게는 그런 리스크가 신경 쓰이지 않을 정도로 이루고 싶은 소원이 있었던 거겠지."

그렇다면 이제 와서 타인이 참견할 여지는 없다. 그리고 그 녀석 본인도 설령 그게 수라의 길이더라도 걸음을 멈춰서는 안 된다. 그런 미래를 스스로 선택한 이상은.

"지금은 다른 사람의 일보다도 우선 자신을 걱정하는 편이 좋을 텐데."

부작용은 걱정 없다고 했지만 그건 요컨대 그릇으로써 시드에게 신체가 계속 노려진다는 의미이기도 했다. 시드를 쓰러트리지 않는 한은 사이카와 유이의 안전이 보장되는 일은 영원히 없다.

"후후, 박쥐 씨는 의외로 과보호하시네요."

내 말에 사파이어의 소녀가 어째서인지 웃음을 지어 보였다.

"아, 하지만 아무리 제가 소중하다고 해서 아이돌을 좋아하시게 되면 안 돼요. 키미즈카 씨도 아니고 말이죠."

뭔 소리냐. 동료들끼리 하는 농담 따먹기에 나까지 끌어들이지 마라.

"하! 아까부터 그 남자 이야기만 하는군."

그러나 어느샌가 나도 그렇게 농담으로 되받아치고 있었다.

"……정곡을 찌르지 마세요. 저는 생각 없는 것처럼 농담하고 장난치는 게 전문이란 말이에요."

그렇군. 커뮤니케이션을 취한다는 건 어려운걸. 몇 년간 별장에서 지내는 사이에 커뮤니케이션을 취하는 법을 완전히 잊고 말았다. ……아니, 나는 태어났을 때부터 이랬던가. 하하.

"그런데 어째서 저는 과보호하시는 건가요?"

사이카와 유이가 아까와는 일변한 태도로 나에게 그런 질문을 했다. 굳이 말하자면 나도 그 화제는 언급하지 않았으면 하는데 말이지.

"어딘가 닮은 거겠지."

하지만 딱히 피할 정도의 화제도 아니었다.

나는 눈을 감고 그 녀석의 옛 모습을 떠올리며 그렇게 중얼거렸다.

"그래요? 하지만 저는 일본인인데요."

내가 누구의 이야기를 하는 건지 깨달은 거겠지.

사이카와 유이는 자신의 외모가 그 녀석── 내 여동생과 닮지 않았을 거라는 생각에 의문을 표했다.

"그래. 외모만 보자면, 그렇지, 아가씨의 동료인 에이전트 소녀가 가장 가까울 거야. 금발에 에메랄드색 눈이 맞지?"

"아, 예, 샤르 씨 말이죠? ……그렇구나, 여동생분도 당신과 같은 머리 색과 눈 색이었나 보네요."

그 말대로 그런 시궁창 같은 집에서 살면서도 당시에 아직 어렸던 그 녀석만큼은 선명한 금발을 태양 빛처럼 빛내며 보석 같은 반짝이는 눈으로 웃었다. 웃어 주었다. ──벌써 20년 이상이나 지난 이야기였다.

"그럼 저는 박쥐 씨의 여동생분과 내면이 닮았다는 건가요?"

"뭐, 그런 거야."

나는 다시금 옛날 기억을 되짚으며 말했다.

"되바라진 점이라든지."

"그렇다면 전혀 안 닮았네요!"

"무슨 말이야, 판박이라고."

그렇게 진심으로 고개를 갸웃거리는 부분도 말이지.

"되바라지고 응석꾸러기인 데다가, 내가 그 웃는 얼굴에 약하다는 것도 파악하고 있었지. 그렇지만 심성은 올곧고 상냥하며 이타적인 강한 소녀였다."

그런 여동생이었기에 나는——.

"자, 휴식은 이걸로 끝이다."

목까지 치밀어 오른 말을 삼키며 나는 다음 훈련을 재촉했다.

그만 이야기가 길어져 버렸는데 머지않아 시드와 한판 붙는다는 것을 생각하면 사파이어의 소녀에게 전수해야 하는 건 산더미처럼 많았다. 그렇게 생각하며 일어섰을 때였다.

"박쥐 씨."

사이카와 유이가 내 이름을 불렀다.

"한 번만 더 그 사람 이야기를 해도 될까요?"

"……왜 그러지?"

이어서 사이카와 유이는 우리에게 일어날 앞으로의 운명을 좌우하는 한마디를 입에 담았다.

"키미즈카 씨의 메시지인데요—— 곧 저희 곁으로 시드가 올 거래요."

【제5장】

◇또 한 사람의 스토리텔러

——일본, 모처. 어떤 폐공장에서.

"박쥐 씨, 괜찮으세요?!"

빗소리가 공장 지붕을 두드리는 가운데 사파이어의 소녀——사이카와 유이가 내 이름을 불렀다. 그렇게 목소리 높여 소리치지 않아도 들리는데 그만큼 조바심을 낼 정도로 내 상처가 심하게 보이는 듯했다.

"……하, 이 정도는 아무렇지도 않아."

뭐, 빛을 거의 잃은 내 눈에는 보이지 않지만.

나는 도망친 폐공장의 녹슨 기둥에 기대어 웃었다. 우리는 지금 사이카와 저택을 벗어나서 벌써 반나절 이상이나 적들에게서 도망치고 있었다.

적의 급습이었다. 생각 이상으로 시드는 새로운 그릇을 급하게 찾는 모양이었다. 다만 그렇다고는 해도 아직 시드 본인은 모습을 드러내지 않았다. 요컨대《SPES》의 잔당 따위에게 이 꼴이 되었다는 말이다. 한동안 별장에서 지내는 사이에 실력이 떨어진 듯했다.

"아무렇지도 않은 사람은 피를 그렇게 많이 흘리지 않아요!"

내 말에 어째서인지 사파이어의 소녀가 화를 내며 출혈이 특히 심한 부위를 손수건으로 지혈하려 했다.

"과보호하는 건 어느 쪽인 건지."

스무 살이나 차이 나는 소녀의 간호를 받는 게 멋쩍어진 나는 그렇게 농담을 했다.

"이 정도는 과보호도 아니에요. 만약 키미즈카 씨였다면 끌어안고 머리를 쓰다듬어 줘야지 울지 않았을 거라고요."

그 남자는 평소에 어떻게 하고 사는 거지.

"뭐, 실제로 오른쪽 귀가 당한 건 확실히 성가시긴 하군."

시드의 씨앗이 정착된 부위는 내 오른쪽 귀였다. 그 귀가 당했으니 박쥐의 청력을 활용하지 못한다. 이래선 적의 습격도 깨달을 수 없다.

"하지만 이것도 그 녀석을 놓친 내 태만함에서 비롯된 것인가. 인생이란 인과응보가 확실하군."

우리를 쫓고 있는 《SPES》의 잔당이란 이전에 사파이어의 소녀를 석궁의 화살로 습격하려고 했던 남자였다. 담배를 피울 여유가 있었다면 그때 뒤를 쫓아야 했다.

"그 사람도 《인조인간》인가요? 도망칠 때 촉수 같은 게 보였는데요."

"그 녀석은 나와 마찬가지로 억지로 《씨앗》을 정착시킨 반인조인간이야. 독을 다루는 능력을 지니고 있느니 뭐니 하는 소리를 아직 조직에 있었을 무렵에 들은 적이 있어."

아무래도 내 오른쪽 귀를 스친 화살에도 독이 발라져 있었던 모양이다. 참으로 잔당다운 교활한 수법이었다. 코드네임이 해파리 남자였는지 좀 더 멋진 이름이었는지는 까먹었지만 그래봤자 이 이야기에서는 조연이다. 그렇다면 그때 그 녀석을 쫓지 않고 맛있는 한 개비를 태운 내 선택은 틀리지 않았다는 말이다. 하하.

"키미즈카 씨, 빨리 와 주지 않으시려나……."

사파이어의 소녀가 나를 치료하며 작은 목소리로 중얼거렸다. 그래, 그 남자에게서 온 연락으로 우리는 한발 앞서서 적의 습격을 알 수 있었다.

"본인이 없으니 대단히 솔직하신데."

"……저를 놀리는 건 금지예요. 근사한 아저씨라면 그런 부분은 눈치채 주세요."

그렇게 빠르게 말하며 상처 부위를 손수건으로 단단히 묶는다. 역시 알기 쉽군.

"그 남자의 말이 사실이라고 생각하나? 그걸 믿을 수 있겠어?"

나는 그다음에 사파이어의 소녀에게 추가로 도착한 메시지에 적힌 시드에 관한 어떤 가설의 진위와 함께…… 키미즈카 키미히코에 대한 신뢰성을 새삼 물어보았다.

"예, 저는 언제나 키미즈카 씨를 믿고 있거든요."

그러자 사이카와 유이는 그렇게 즉답을 했다.

"믿었기에 저는 권총이 아니라 마이크를 쥔 거예요."

"……그랬었지."

복수를 위해 사는 것이 아니라 동료와 함께 걸어가기를 각오했기에 이 소녀는 그렇게 단언할 수 있는 것이리라. 원망하지 않고, 의심하지 않고, 용서하고, 믿고, 망설임을 버렸기에 웃음을 지을 수 있었다. 사람들은 그걸 허울 좋은 말이라고 비웃겠지만 사이카와 유이는 그걸 마이크 하나로 깔아뭉갰다. 그런 강함이 있었다. 그리고 그것들은 틀림없이 내가 옛날부터 하나도 지니지 못했던 것이다.

"사이카와! 괜찮아?!"

그 순간 공장의 무거운 문이 열렸다.

"키미즈카 씨!"

그 타이밍은 그야말로 믿는 이에게 구원이 있다고 하는 것만 같았다. 사파이어의 소녀는 나를 치료하던 손을 멈추지는 않았지만 나타난 구세주를 향해 탄성을 질렀다.

"정말이지…… 계속 기다렸단 말이에요! 지난 사흘간 이야기도 못 했던 만큼 이제부터 철저하게 어리광을 부릴 거예요. 싸웠던 건…… 불문에 부쳐 드리죠."

"하하, 미안해."

"……? 키미즈카 씨가 순순히 사과를…… 이런 일도 다 있네요."

사파이어의 소녀가 당혹스러워하면서도 동료의 귀환에 가슴을 쓸어내렸다.

그 정도로 저 남자를 신뢰하고 있을 줄이야. 여기서는 질투라도 한번 해 봐야 하는 것일까.

"어라, 그러고 보니 나기사 언니는요?"

"조금 뒤처졌지만 나중에 올 거야."

사이카와 유이의 말에 키미즈카 키미히코의 목소리가 그렇게 대답하며 우리 곁으로 다가왔다. 눈이 보이지 않고 자랑하던 오른쪽 귀도 한동안 쓰지 못하게 되니 거리감을 재는 것도 어려웠다.

"미안한데 상처에 묶은 손수건이 풀린 모양이야."

나는 사파이어의 소녀에게 은연중에 다시 묶어달라고 부탁했다.

"예? 앗, 정말이지, 박쥐 씨도 역시 손이 많이 가네요."

말은 그렇지만 어째서인지 들뜬 목소리로 사이카와 유이가 내 곁으로 다가왔다.

안됐지만 이 소녀는 너에겐 안 줄 거다, 하고 나는 맞은편에 선 남자에게 은연중에 전했다.

"박쥐, 지금까지 사이카와를 잘 지켜줬어."

"하하, 뭘, 널 위해서 한 것도 아니야."

마치 한 명의 여자를 건 농담 섞인 말싸움 같았다. 참 나, 왜 내가 이런 짓을 해야 하는 거냐고 생각하면서도 나는 그런 연기를 했다.

"애초에 우리는 만났을 때부터 적이었을 텐데. 너에게 유리한 짓을 내가 할 리가 없잖아."

그렇다, 나와 이 남자가 한패가 되는 일은 없다. 처음부터 그런 관계였다.

"하지만 박쥐 씨는 이미 《SPES》와 손을 끊었잖아요. 그렇다면……."

사이카와 유이가 그렇게 의문을 표했다. 그 의문에 나는.

"하! 애초에 《SPES》에 들어간 것도 목적이 있었기 때문이야."

처음부터 《SPES》에 충성심 같은 건 없었다고 새삼 고백했다.

"나에게는 옛날에 나이 차이가 많이 나는 여동생이 있었다. 하지만 태어난 집이 최악이어서 말이지, 여섯 살이 되던 날에 입을 줄이기 위해 어떤 고아원으로 보내졌어. 뭐, 빈민가에서 사는 인간들의 세계에서는 곧잘 있는 이야기야."

나는 그런 과거를 이야기하며 손을 더듬어 담배에 불을 붙였다.

"하지만 나도 당시에는 어려서 말이지. 언젠가 이 쓰레기통 같은 세계를 벗어나서 여동생을 맞이하러 가 주겠다고 진심으로 생각했었다. 학교에도 가지 않고 일했고 열세 살이 되었을 무렵에는 효율적으로 돈을 벌기 위해 뒷세계의 일에도 손을 대기 시작했지. 그렇게 운반책 같은 일을 하는 사이에——《SPES》의 존재를 알게 되었다."

나는 고개를 들고 하늘 높이 연기를 뿜어냈다.

"이윽고 그 녀석들이 내 여동생이 있는 고아원의 운영에도 얽혀있다는 것을 알아채고 수상한 기운을 느낀 나는 《SPES》에 잠입했다."

"그게 박쥐 씨가 《SPES》에 들어간 목적인가요……."

"그래. 하지만 조사를 하면 할수록 여동생의 몸에 위기가 닥쳐오고 있다는 것을 알 수 있어서 말이지. 이젠 한시도 지체할 수 없다고 깨달은 나는 금단의 방법을 쓰기로 했다."

"시드의 씨앗을 훔친 건가."

이번에는 키미즈카 키미히코의 목소리가 나에게 그런 물음을 던졌다.

"그래, 백 킬로미터 너머의 목소리가 들리는 《귀》만 있다면 언젠가 여동생과 만날 수 있으리라고 생각했다. 실제로 능력을 써서 정보를 훔쳐내 고아원의 장소도 알아냈지만…… 여동생은 이미 그곳에는 없었다. 그래도 명령에 따라 전 세계를 돌아다니다 보면 분명 언젠가 재회할 수 있으리라고 믿었다. 그렇게 10년 이상의 세월이 흐른 끝에——."

여동생은 죽었다.

"아니, 죽어 있었다고 하는 편이 적절한가. 10년 이상이나 걸려서 정보를 모았지만 결국 여동생이 이미 예전에 실험으로 죽었다는 사실만을 알게 되었다. 그리고 그와 동시에 내 목적도 들켜서 나는 10년 만에 처분을 받게 되었지."

그 전말이 4년 전의 하이재킹 사건이었다.

그리고 나는 《SPES》와 본격적으로 다른 길을 걷게 되었다.

"하지만 나는 그래도 포기하지는 않았다. 여동생과 다시 한번 만날 때까지는 결코 죽을 수 없다고 마음속으로 맹세했었지. 왜냐하면 《SPES》로서 전 세계를 돌아다니면서 한 가지 소문을 들었기 때문이야."

"——흡혈귀."
그 존재를 직접 본 사이카와 유이가 작게 중얼거렸다.
"그래, 맞아. 죽은 인간을 되살리는 능력을 지닌 존재—— 흡혈귀. 만약 그게 사실이라면 나는 여동생과 다시 한번 만날 수 있어."
"하지만 그 능력은……."
"그래. 그 녀석의 사자소생 능력은 내가 기대하던 것이 아니었지."
스칼렛이 만들어낸 《불사자》는 생전의 가장 강한 본능을 제외한 모든 것을 상실한 좀비에 지나지 않았다. 그래서는 내 바람을 진정으로 이루었다고는 할 수 없었다.
"그렇게 내 목적은 마침내 무너졌다. 내 바람은 영원히 이루어지지 않겠지."
"그래서 대신 우리에게 협력하기로 했다는 건가?"
키미즈카의 목소리가 그런 것을 물었다.
자신의 바람이 이루어지지 않는다면 적어도 다른 누군가의 힘이 되어 주기로 한 것이냐고.
"하하, 이봐. 내가 그렇게 기특한 소리를 할 인간처럼 보이나?"
설마 이 정도로 시시한 농담을 하는 녀석일 줄은 몰랐다. 나는 피우고 있던 담배를 콘크리트 바닥에 껐다.
"이건 내 잔재 같은 것이야. 걸레처럼 쥐어짜서 마지막에 단 하나 남은 의사라고도 할 수 없는 의지와 같은 무언가. 구태여 거기에 이름을 붙인다면, 지금의 나를 움직이게 하는 건 시시한 복수심이라는 이름이 붙은 내면의 충동——."

나는 그렇게 내뱉으면서 조금 회복된 몸을 채찍질하며 일어섰다.

"박쥐 씨——?"

"뒤에 숨어 있어."

나는 의아한 목소리를 내는 사이카와 유이를 등 뒤로 숨겼다.

"내가 마지막에 하지 못한 단 한 가지, 그것은."

그렇게 나는 아까부터 줄곧 키미즈카 키미히코인 척을 하는 남자에게 총구를 겨누며 이렇게 말했다.

"너를 내 손으로 죽여 버리는 것이다—— 시드."

◇ **악역**

내가 망설임 없이 발사한 총탄은 그대로 시드의 이마를 관통했다.

——하지만.

"그렇군, 깨닫고 있었나."

시드는 거기에는 이렇다 할 반응을 보이지 않고 담담히 말했다. 아무래도 이마에 구멍을 뚫는 정도로는 적의 움직임은 멈추지 않을 것 같았다.

그래도 상대의 목소리와 말투가 조금 전과는 전혀 다르다는 것을 알 수 있었다. 나의 빛을 잃은 눈에는 보이지 않지만 아마도 키미즈카 키미히코의 모습으로 변해 있던 외모도 지금쯤 원래 모습으로 돌아가 있을 것이다. 베이스는 백발의 청년 같은 모습이었던가.

"그럴 수가……."

사이카와 유이가 내 곁에서 멍하니 중얼거렸다.

눈이 좋기에 속을 때도 있을 것이다. 우리 앞에 선 이 남자야말로 《인조인간》의 부모이자 최대의 적—— 시드다. 자유자재인 변태 능력으로 모습을 바꿔서 동료를 구하러 온 척하며 사이카와 유이라는 그릇을 빼앗으려 했다.

"어떻게 알았지?"

시드가 내 총구에 겨누어진 채 조용히 물었다.

"그래, 한참 떨어진 백 킬로미터 너머의 소리도 듣는 귀가 당했으니까 말이지. 원래라면 지금의 나는 네 정체를 간파하지 못했을 거야."

하지만 안됐군, 시드. 너만은 특별하다.

"온몸의 세포가, 전신에 흐르는 이 피가, 원수의 심장 소리만큼은 놓치지 않겠다는 것처럼 계속 시끄럽게 울부짖고 있다. 설령 네가 지옥 끝까지 도망치더라도 이 술렁임이 멈추는 일은 없어."

나는 그렇게 말하며 또다시 적의 기척에 의지해 발포했다.

"왜 내가 도망쳐야 하지?"

하지만 명중한 느낌은 없었고 돌아온 건 감정이 담기지 않은 차가운 목소리였다. 그리고——.

"위험해요……!"

하복부에 가벼운 충격이 느껴졌다. 하지만 이건 적의 공격이 아니었고…… 사파이어의 소녀인가. 나는 그대로 사이카와 유이에게 몸을 맡긴 채 밀려 넘어졌다.

"……다 큰 어른을 덮쳐 버렸어요."

"아니, 좋은 판단이야. 살았어."

나는 사이카와 유이의 머리를 난폭하게 쓰다듬으면서 일어섰다.

"그렇군, 그 소녀도 내 씨앗을 다루기 시작했나."

휘잉, 휘잉, 하고 무언가가 허공을 가르는 소리가 들려 왔다. 아마도 시드가 《촉수》를 휘두르고 있는 것이겠지. 그리고 그 공격을 한발 앞서 파악한 사파이어의 소녀가 임기응변을 발휘해서 나는 치명상을 피할 수 있었다.

"당신 때문이 아니라 박쥐 씨의 훈련 덕분이에요."

사이카와 유이가 내 옆에 서며 시드에게 말했다.

"지금의 제 왼쪽 눈이라면 당신의 움직임은 손바닥 보듯이 알 수 있어요……!"

그게 사이카와 유이가 지닌 《왼쪽 눈》의 새로운 사용법이다. 인간은 일반적으로 몸을 움직이려고 할 때 그 부위 이외의 근육도 앞서서 사용한다. 하지만 그 예비 동작이라고 할 수 있는 전조를 사파이어의 왼쪽 눈은 몇 초 빠르게 포착할 수가 있다. 하려고만 하면 상대의 근육 섬유 한 가닥 한 가닥을 투시하는 것도 가능한 사이카와 유이이기에 쓸 수 있는 방법이었다. 물론 아직 훈련 시간은 충분하다고 할 수 없어서 완벽한 각성에는 이르지 못했지만.

“이 힘만 있으면 어떠한 공격이라도 피할 수 있어요. 설령 당신이 인조인간이더라도, 외계인이더라도 저희는 절대로 지지 않아요.”

사이카와 유이는 구태여 그런 완강한(허세) 말로 나와 함께 싸울 의지를 보였다.

그런 든든한 아군에게 나는.

“아니, 지금 당장 도망쳐.”

적전 도주가 최선책이라는 것을 단적으로 전했다.

“내가 시간을 벌지. 그 정도는 할 수 있을 거야. 그러니까 아가씨는…….”

“——싫어요!”

내가 그렇게 말하리라는 것도 분명 알고 있었겠지. 그 《왼쪽 눈》을 쓰지 않더라도.

“뭐예요? 설마 ‘여기는 나에게 맡기고 먼저 가.’ 같은 건가요? 요즘에는 그런 건 먹히지 않는다고요.”

사이카와 유이가 노도와 같이 내뱉었다.

“애초에 박쥐 씨에게 그런 말은 어울리지 않아요. 그런 폼 잡는 말은 근거 없는 자신감이 넘치고 조금 안쓰럽지만 그런 자각이 없는 주인공 기질의 고3 남자가 하는 게 정석이라고요. 그걸 박쥐 씨처럼 예전에는 적이었지만 지금은 같은 편이 되어준 하드보일드하고 근사한 아저씨 포지션의 사람이 말하면 안 되죠. 왜냐면, 왜냐하면…….”

“엎드려!”

아무래도 이번만큼은 그 《왼쪽 눈》보다 내 직감이 앞선 모양이었다. 사이카와 유이를 감싼 내 등에 박힌 《촉수》가 그 사실을 가르쳐 줬다.

“왜냐하면, 이곳을 마지막 장소로 정한 것만 같잖아요.”

사이카와 유이는 울고 있는 듯했다.

신기한 기분이었다. 목숨을 구한 인간은 다들 기뻐하는 법이라고 생각했는데.

“모든 사람에게는 역할이 있다.”

나는 의식이 날아갈 듯한 격통을 견디면서 애써 냉정하게 말했다.

“예컨대 나츠나기 나기사가 선대 명탐정의 유지를 이어서 세계의 적을 쓰러트리는 것처럼. 예컨대 사이카와 유이가 부모의 마음을 짊어지고 계속 노래 부르는 것처럼. 예컨대 나에게도 이렇게 홀로 전장에 남는다는 사명이 있어.”

“저를 지키기 위해서…… 그런…… 그런 건…….”

“……하하, 착각하지 마. 아가씨를 지키기 위해서가 아니야.”

이어서 몸을 일으킨 나는 사이카와 유이에게 등을 돌린 채 말했다.

“내가 이곳에 남는 이유는 단 하나뿐. 저 녀석을 죽여 버리기 위해서야."

그래, 누군가를 구하기 위해 희생되는 게 아니다.

내 역할은 이 자리에서, 이 손으로, 원수의 숨통을 끊어 버리는 것이다.

"——그렇군, 너도 불량 품종인가."

다음 순간 눈이 보이지 않는 나도 분명하게 알 수 있을 정도의 독기와 같은 무언가가 시드 쪽에서 솟아 나왔다. 아무래도 무수한 《촉수》가 나를 노리고 있는 모양이었다.

"그럼 부모로서 솎아내 줘야겠지." 그리고 예리하고 뾰족한 촉수 끝이 채찍처럼 나에게 날아들었다. ——하지만.

"제거되어야 하는 대상은 그쪽이야—— 시드."

체액이 뿜어져 나오는 소리가 들려왔다. 예리한 칼날이 《촉수》를 단칼에 베어 버린 거겠지.

"샤르 씨……!"

동료의 합류에 사이카와 유이가 안도한 기색을 보였다.

"미안해, 이쪽도 적의 습격을 받아서 늦어졌어."

금발 소녀는 그렇게 말하며 부착된 시드의 체액을 털어내듯이 검을 흔들었다.

"그 대신 잔당은 전부 처리하고 왔어."

그렇군, 아무래도 내 귀를 무용지물로 만든 그 남자도 처리하고 온 모양이었다. 그리고 이 타이밍에 저 소녀가 도착함으로써 내 바람은 이루어진다.

"부탁해도 되나?"

"……그게 이 자리에서의 내 역할이라는 거지?"

그래, 감이 좋아서 다행이군. 지긋지긋한 그 여형사도 꽤 실력 좋은 에이전트를 만들어낸 모양이다.

"……! 샤르 씨, 어째서?!"

동료에게 안아 올려진 사이카와 유이가 당혹스럽게 목소리를 높였다.

"유이, 미안해. 나중에 몇 대라도 때려도 되니까."

그렇게 말한 조력자 소녀는 사이카와 유이를 안고 나에게서 등을 돌렸다.

"당신이 무사히 사명을 다하길 빌게."

그리고 실로 에이전트다운 말을 남기고 그 자리를 뒤로했다.

그렇게 내 귀에는 아직 어린 소녀의 울음소리만이 남게 되었다.

"이게 네가 바란 전개인가?"

무언가가 타들어 가는 듯한 소리가 들렸다. 하지만 그건 반대로 시드의 《촉수》가 재생할 때의 소리였다.

"그렇다면 실책이군. 저 그릇의 소녀를 죽음의 직전에서 벗어나게 하면 그만큼 체내에 싹튼 씨앗의 생존본능이 커져서 그릇으로서의 적합률이 상승한다."

그래, 그렇겠지. 일전에 사이카와 유이가 돔 라이브에서 습격당한 사건도 단순한 위협이었다. 그렇게 생명의 위기에 빠트림으로써 생존본능을 높여서 그릇의 강도를 더하고 있었다. 그러나 지금은 그런 이야기는 털끝만큼도 상관없었다.

"하하, 몇 번이나 같은 말을 해야 하지? 내가 이 자리에 남은 이유는 단 하나—— 내 손으로 네놈을 죽이기 위해서다."

이어서 나는 오른쪽 귀에서 자라난 촉수 끝을 시드에게 겨누었다.

"그렇군. 그 《씨앗》은 아직 완전히 죽지 않았던 건가."

그래, 설령 아무리 빈사 상태가 되더라도 나에게는 아직 이게 있었다. 자식이 부모를 죽인다는 것도 꽤 유쾌한 전개라고 생각하지 않나?

……하하, 좋은데. 마지막 순간에 와서 재미있어졌다. 그렇다면 종막 정도는 이야기 속의 주인공처럼 정의의 사도로 행동해보는 것도 하나의 여흥일까.

"자연의 섭리에 따라 죽어라."

시드가 내지른 수많은 예리한 《촉수》가 나에게 육박했다.

그렇게 마지막 싸움을 앞에 둔 내가 입에 담은 한마디는.

"하하! 죽는 건 네놈이다!"

그나저나.

아무래도 한 번 정착한 악역은 그렇게 쉽게는 털어낼 수 없는 모양이다.

◇그것이 최후에 남은 생존본능

서로의 《촉수》가 맞부딪치며 그 끝이 상대의 왼쪽 가슴을, 목을, 머리를 노렸다. 체액이 흩날리며 피 냄새가 났다. 내 《촉수》는 시드와 같은 종류의 것이어서 그 점만으로 말한다면 전황이 크게 불리한 건 아니었다. 하지만 시드는 모든 《인조인간》의 부모(오리지널)였기에 카멜레온 같은 클론이 지닌 특수한 기관과 능력도 전부 가지고 있었다.

그런 압도적인 괴물을 앞에 두고, 20년간 일편단심으로 갈고 닦은 이 박쥐의 귀가 있다고는 해도 전(前) 인간에 불과한 나는 대체 몇 분…… 아니, 몇십 초나 서 있었을까.

"소용없다, 그리 오래 버틸 수는 없겠지."

감정이 결여된 시드의 목소리가 멀리서 들려왔다.

그러나 그건 물리적인 거리가 멀어졌기 때문이 아니라 아마도 내 의식이 흐려진 게 원인일 것이다. 무릎을 꿇고 있던 나는 팔로 지탱하며 일어서려다가 지금은 더 이상 오른팔이 없다는 것을 떠올렸다.

"……하하, 힘든가."

내 오른팔은 시드의 《촉수》에 의한 참격을 받아서 어깻죽지부터 절단되어 있었다. 피가 질척이며 쏟아지는 미적지근한 감촉을 느끼면서도 나는 가까스로 그 자리에서 일어섰다.

"……그래도 오른쪽 귀는 빼앗았다."

나는 《촉수》로 잘라낸 시드의 한쪽 귀를 내던졌다. 물론 그게 곧 재생하리라는 건 알고 있었다. 하지만 우선은 가장 성가시다고 해도 좋을 나와 같은 능력을 빼앗을 필요가 있었다.

"왜 그렇게까지 해서 싸우는 거지?"

그러자 시드가 담담히 나에게 물었다. 눈은 보이지 않고 배에 구멍이 뚫리고 지금 이렇게 한쪽 팔도 절단된 내가 그럼에도 여전히 일어서는 이유가 진심으로 이해되지 않는다는 것처럼.

……아니, 애초에 시드에게 마음이라는 게 존재할 리가 없었다. 이 녀석은 그저 우주에서 날아온 식물의 《씨앗》에 지나지 않는다. 대화해 봤자 남는 건 아무것도 없다.

"이 복수심이야말로 지금 나를 살게 하는 생존본능이니까."

그래도 여전히 내 입에서는 그런 말이 흘러나왔다. 그리고 지금 나는 스스로 그 의미를 새삼 반추했다. 복수—— 설욕, 앙갚음. 과연 그런 것들에 의미는 있는 걸까.

——있다고 생각했다.

그렇게 생각했기에 그때 나는 사파이어의 소녀에게 그 이야기를 꺼냈다. 부모를 살해한 적에게 복수의 총탄을 뿌려 주라고. 그렇게 부모의 한을 풀어 주라고.

하지만 그 소녀는 복수를 선택하지 않았다. 대신 그 소녀가 선택한 건 권총이 아니라 마이크였다. 뭘, 이제 와서 그걸 부정할 생각은 없다. 그럴 권리도 없다.

그저 문제는 그렇다면 나는 어떻게 하는가였다.

그래. 고작 그것뿐인 이야기였다.

"뭐가 웃기지?"
불현듯 시드가 그렇게 물었다.
그렇군, 나는 웃고 있었나.
격통으로 의식이 몽롱해진 탓인지 스스로 깨닫지 못했다.
"아니, 뭘. 어딘가에서 들은 말이 떠올라서 말이지."
복수는 아무것도 낳지 않는다. 복수 같은 건 누구도 바라지 않는다.
증오는 또 다른 증오를 낳을 뿐이다.
나는 그런 소리를 지껄이는 위선자를 이 손으로 때려눕히고 싶었다.
죽은 자는 복수를 바라지 않는다고?
네가 뭔데. 왜 네가 죽은 자를 대변하는 거냐.
죽은 자가 아무 말도 하지 않는다면 너도 마찬가지로 아무 말도 하지 말아라.
나는 그 누구의 말도 따르지 않고 지금 이 숙원을 이룬다.
"그렇군, 최후를 맞이할 때까지 계속하는가."
시드는 또다시 내 오른쪽 귀에서 자라난 《촉수》를 보았는지 살짝 실망한 기색을 내비치면서 중얼거렸다.
아무래도 나는 상대가 바라는 대답을 제공하지 못한 모양이었다. 하지만 처음부터 내가 바라던 건 대화가 아니라 살육전이었다. 그리고 그것도 이제 머지않아 끝을 맞이한다.
"그래, 그래도 서두르지 말라고. 최후를 맞이하는 건 너도 함께니까—— 시드."

가슴팍에 들어 있는 휴대전화의 진동으로 준비가 갖춰진 것을 안 나는 숨겨 뒀던 기폭 스위치를 작동시켰다. 그러자 시드의 발밑에 묻혀 있던 폭탄이 그대로 기폭하며 눈 깜짝할 사이에 적을 불길로 휘감았다.

나는 딱히 이 폐공장으로 패주해 온 건 아니었다. 사전에 정보를 파악해서 처음부터 시드를 몰아넣기 위해 함정을 쳐 둔 것이다.

"——폭살인가. 확실히 내가 인간이었다면 나쁘지 않은 방법이었겠지."

그러나 타오르는 불길 속에서 시드의 낮은 목소리가 들려왔다. 그리고——.

"……크, 하……."

불길 속에서 뻗어 나온 불타오르는 《촉수》가 내 가슴을 꿰뚫었다. 기관지가 타들어 가며 호흡도 제대로 할 수 없었다. 이제는 이 몸에 몇 개의 구멍이 뚫렸는지도 알 수 없을 정도였다.

"……그래, 역시 나로는 너를 당해낼 수 없지."

자신의 것처럼 느껴지지 않는 쉰 목소리가 나왔다. 그래도 나는 가슴에 박힌 시드의 《촉수》를 왼손으로 움켜쥐며 말했다.

"확실히 나 혼자서는 너를 처리하지 못해. 이 불로 불태우지도 못해."

평범한 식물이 아닌 《원초의 씨앗》을 섭씨 2000도도 되지 않는 불로 불태우는 건 불가능했다.

그렇기에 우리는 어떤 책략을 짰다.

그건 처음이자 마지막인 협력—— 이 함정으로 거악을 쓰러트린다.

나는 오른쪽 귀의《촉수》를 뻗어서 불타오르는 불길째로 시드를 구속했다.

"박쥐, 너도 이대로 죽을 셈인가?"

"어차피 4년 전에 건진 목숨이니까."

그래도 지금부터 이렇게 숙원을 이룰 수 있으니 그 백발의 명탐정이 내 의뢰도 들어줬다고 볼 수 있는 걸까. 그렇다면 이 이상 아이러니한 이야기도 없을 것이리라 생각한 나는 숨죽여 웃었다.

"안됐군, 시드. 너를 죽이는 건 나도, 이 폭발로 생긴 불길도 아니야."

다음 순간 공장의 천장에 설치해 둔 시한폭탄이 기폭하며 금속제 지붕을 날려 버렸다. 그리고 피어오르는 검은 연기 속에서 무너져내린 지붕 위로 엿보인 것은.

"너를 불태우는 건—— 태양이다."

◆마이크와 권총

"이건 뭐야……."

사이카와에게 들은 폐공장에 도착한 나는 눈앞의 광경에 할 말을 잃었다. 거기에 있던 건물은 기둥 일부를 제외하고 전부 날아가서 잔해의 산으로 변해 있었다.

"폭파한 거야…… 공장째로……."

그리고 옆에 선 나츠나기도 피어오르는 검은 연기를 피해 손으로 눈을 가리면서 그렇게 목소리를 쥐어짰다.

그 《SPES》의 연구시설에서 시드의 약점이 태양이라는 가설을 세운 우리는 이 공장에 도착하기 전에 어떤 작전을 짰었다. 그건 시드를 특정 위치까지 유인해서 박쥐가 적의 발을 묶고 있는 동안에 나와 나츠나기가 공장 지붕을 폭탄으로 날림으로써 태양 빛을 받게 한다는 계획이었다.

하지만 박쥐는 그 작전을 확실하게 성공시키기 위해…… 우리의 가설을 입증하기 위해 혼자서 단독으로 폭탄을 이용해 공장째로 날려 버렸다. 그리고 지금 이 광경을 보아하니 전투는 이미 끝이 났다. 그 승자는――.

"박쥐……?"

아직도 넘실거리는 불길과 연기 속에서 너덜너덜해진 양복 차림의 남자가 등을 돌린 채 서 있었다. 그러나 자세히 보니 남자의 오른팔은 어깻죽지부터 사라져 있었다.

"……!"

나는 순간적으로 그곳을 향해 달려가려고 발을 내디뎠다.

"저자는 이미 박쥐가 아니야." 하지만 그 순간 제삼자인 소녀의 목소리가 끼어들었다. 이어서 눈앞에서 블론드 헤어가 나부꼈고 머리 색과 같은 황금색 레이피어가 육박해 온 《촉수》를 베어 넘겼다.

"샤르……?"

활살자재(活殺自在)의 에이전트 샬럿 아리사카 앤더슨이 검은 든 채 대상을 노려보았다.

"저자는 이미 《원초의 씨앗》에 몸을 빼앗겼어. 내 불찰이야…… 시드가 그릇으로 삼을 수 있는 건 유이뿐만이 아니라는 건 알고 있었는데도."

"……! 시드는 박쥐를 일시적인 그릇으로 쓴 건가……."

그 이유는 단순했다. 태양 빛으로부터 몸을 지키기 위해서다.

일전에 시드가 박쥐를 탈옥시켜서 곁에 두려고 획책했던 것도 그게 목적이었나. 박쥐는 시드의 비상식량이었던 것이다.

"박쥐……."

그리고 부자연스러운 각도로 목을 돌려서 돌아본 한때의 라이벌은 초점이 맞지 않는 보랏빛 눈으로 나를 보았다. 우리의 책략은…… 박쥐의 도박은 바로 직전에서 적의 수급을 얻지 못했다.

"……! 키미즈카도 나기사도 물러나!"

샤르가 그렇게 소리치는 것보다도 먼저 박쥐의…… 아니, 시드의 등 뒤에서 뻗어 나온 《촉수》가 세 갈래로 나뉘며 우리를 한 사람 한 사람씩 덮쳤다.

"두 번 다시 권총을 들지 않겠다고 말한 적은 없으니까요."

하지만 그때 한 발의 총성이 울렸다.

짧은 울부짖음과 함께 시드가 입에서 붉은 피를 토했다.

천천히 돌아본 시드의 앞에 있던 건—— 양손으로 마이크가 아닌 권총을 쥔 사이카와 유이였다.

"앙갚음이에요."

이어서 사이카와가 슬픈 미소를 지었다.

그건 분명 복수라는 두 글자로 표현할 수 있을 만한 단순한 감정은 아닐 것이다. 그날 밤에 맹세한 것처럼 사이카와는 더 이상 원한과 증오에 사로잡히지 않는다. 하지만 그래도. 함께 걸어가는 동료를 위해서, 우리를 둘러싼 이 이야기를 미래로 잇기 위해서, 사이카와 유이는 결의의 총탄을 쏘았다.

"——역시 회복할 시간을 두지 않으면 힘든가."

시드가 자신의 배에 뚫린 총구멍을 보고 나직하게 중얼거렸다. 박쥐를 그릇으로 삼기 전에 한순간이지만 태양 빛으로 대미지를 줄 수 있었던 것일까. 시드는 이어서 《촉수》를 용수철 삼아 단숨에 상공으로 날아오르더니 곧 카멜레온처럼 주변 공간에 녹아들며 그 자리에서 완전히 모습을 감췄다.

그렇게 남겨진 우리 네 사람은 천천히 걸어서 전장의 한곳에 모였다.

"다들 무사해?"

샤르가 대표로 우리 세 사람에게 물었다.

며칠만의 재회였지만 마치 몇 년 동안이나 줄곧 싸워온 것처럼 모두가 만신창이였다.

"그래, 살아는 있어."

――그렇지만.

"살아남는 게 목적이 아니었으니까."

우리의 숙원은 시드를 쓰러트리는 것이었다.

갑작스러운 적습이기는 했지만 반대로 시드의 허를 찔러 여기서 쓰러트릴 생각이었다. 하지만 또 마무리가 어설펐다. 바로 직전에서 최악의 적을 또다시 세상에 놓아주고 말았다.

"――그래도 살아 있어."

고개 숙인 내가 곧바로 고개를 들게 된 건 역시 그 목소리 때문이었다.

그건 나츠나기가 지니고 있다는 《언령》의 능력인 걸까.

아니, 분명 아닐 것이다. 이건 나츠나기가, 나츠나기만이 가진 특성이다.

"살아있기만 하면 몇 번이라도 다시 도전할 수 있어. 몇 번이라도 다시 싸울 수 있어."

몇 번이라도 다시 일어날 수 있어. 그렇게 말한 나츠나기는 어딘가 장난스럽게 보이는 웃음을 지었다.

그런 정석적이고, 만약 내가 입에 담으면 구리다는 소리를 들을 법한 말도 나츠나기 나기사에게는 한없이 잘 어울렸다. 잘 어울리고 만다. 그 목소리를, 그 말을 듣는 것만으로도―― 나츠나기 나기사의 외침을 접하는 것만으로도 우리는 이상하게도 앞을 보게 된다. 거기에는 붉은 눈도 언령도 상관없었다. 있는 건 나츠나기 나기사의 격정이라는 이름의 강렬한 의지였다.

"그런데 태양이 시드의 약점이라는 건 틀림없는 거지?"

그때 샤르가 새삼 이번 작전에 이르게 된 경위를 물었다.

"그래, 그게 《SPES》의 실험시설에서 정보를 모은 나와 나츠나기가 세운 가설이고…… 박쥐가 목숨을 걸고 입증한 사실이야."

우리는 그 장소에서 《시에스타》의 힘도 빌려서 시드를 필두로 한 《인조인간》들의 행동 이력을 조사했다. 그를 통해 판명된 건 녀석들이 눈에 띄는 움직임을 보이는 건 늘 밤 시간대나 날씨가 좋지 않을 때뿐이라는 것이었다.

실제로 다시 잘 생각해보면 1년 전의 런던에서 케르베로스는 심장을 모으기 위해 사람들을 야습했었고 나를 습격하러 온 것도 심야였다. 또한 며칠 후에 카세 후우비로 변한 시드가 나와 시에스타가 사는 집에 찾아온 날도 갑작스러운 큰비가 내렸던 것이 떠올랐다. 그리고 최근에는 1개월 정도 전의 크루즈선에서 카멜레온은 나츠나기를 유괴했음에도 해가 완전히 지고 난 뒤에야 우리 앞에 모습을 드러냈다.

그러한 사실을 통해 도출되는 가설은 시드와 클론들이 태양빛을 피하고 있다는 것이다. 아마도 그들은 태양의 햇살 아래에서는 생존할 수 없는 것이다. 이 지구상의 어디를 가더라도 태양에게서만은 도망칠 수 없다.

그렇기에 《SPES》라는 조직을 만들었고…… 어디까지나 인간의 신체가 베이스고 태양에 약하지 않은 박쥐나 헬을 표면에 내세워서 일을 시켰다. 그리고 자신은 언젠가 태양을 극복하기 위해 인간의 그릇을 키워 나갔던 것으로 생각된다.

하지만 그러한 정보는 어디까지나 가설이며 추론에 지나지 않았다.

박쥐가 방금 그걸 목숨을 걸고 입증해 줄 때까지는.

"푸른 하늘이 예뻐요."

그때 사이카와가 무언가를 생각하는 것처럼 하늘을 올려다보았다.

이른 아침부터 계속 내리던 비는 지금은 완전히 그쳐 있었다.

하지만 그건 작전을 성공시키기 위해 인공적으로 만들어낸 푸른 하늘이었다. 상대(시드)는 그리 쉽게 우리 앞에 모습을 드러내지 않는 신중한 적이다. 오늘도 원래는 두꺼운 비구름이 태양을 가리고 있었기에 아침 시간대임에도 불구하고 사이카와라는 그릇을 찾아서 습격해 온 거겠지. 하지만――.

"비구름은 천 발의 미사일탄이 날려 버렸으니까 말이지."

그건 인공강우를 응용한 기술로, 실제로 러시아 등의 나라에서는 실용화도 되어 있었다. 공군기를 이용해서 액체질소를 살포해 구름을 흩트려 놓고 요오드화은을 담은 미사일탄으로 비구름을 소멸시킨 것이다. 이 준비를 해 준 붉은 머리칼의 여형사에게는 나중에 감사를 전해야겠지.

"정말이지, 키미즈카 씨는 여전히 감수성이 부족하시네요."

사이카와가 냉담한 눈으로 나를 보며 크게 한숨을 내쉬었다.

여전히 불합리하군.

하지만 오랜만에 보게 된 그 표정에 나도 모르게 얼굴이 풀어진 것도 사실이었다.

"싸우는 이유가 한 가지 더 생겼어."

나는 콘크리트에 떨어진 담뱃재를 보며 말했다.

"박쥐 씨는 마지막까지 저를 지켜 주셨어요."

그리고 사이카와는 여전히 머나먼 하늘을 바라보며 말했다.

"도중에 모습이 보이지 않게 되었지만 적이 도망친 방향은 제 《왼쪽 눈》으로 파악하고 있어요."

그 발언의 의도를 이제 와서 물어볼 필요도 없었다. 깨닫고 보니 나츠나기도 샤르도 같은 방향을, 머나먼 여름의 하늘을 올려다보고 있었다.

그래, 알고 있어.

나에게 있어선 4년 전에 시작된 이 이야기에 매듭을 하나 지어 주겠다.

"오늘 우리의 손으로 시드를 쓰러트리자."

◆네가 죽지 않는다고 맹세한다면

해안 도로를 한 대의 세단이 달렸다.

"샤르 씨. 다음 코너를 왼쪽으로 꺾고 나서 계속 직진이에요."

"고마워. 속도 좀 올릴게."

샤르가 핸들을 쥐고 조수석에 앉은 사이카와가 안내역으로서 정확하게 지시를 내렸다. 구름이 또다시 태양을 가려서 비가 내리기 시작한 가운데 우리 네 사람은 시드가 사라진 방향으로 차를 몰고 있었다.

"정말로 우리끼리 하는 거지?"

그때 샤르가 백미러 너머로 시선을 보냈다.

"그래, 시드가 다음에 어떻게 움직일지, 무슨 짓을 저지를지 알 수 없으니까. 그렇다면 오히려 조금이라도 대미지를 준 지금이 적을 쓰러트릴 기회야."

후우비 씨도 없고 당연히 시에스타도 되살아나지 않은 지금 상황. 게다가 같은 편이 되어 줬던 박쥐도 당했다. 하지만 이쪽이 만전의 준비를 갖추려고 하면 시드도 새로운 수단을 강구할 터였고 모처럼 대미지를 준 것도 아무런 소용이 없게 되겠지.

"그러니 우리의 손으로 시드를 쓰러트리는 거야. 《SPES》를 섬멸하는 거야—— 오늘 전부 끝내는 거야."

시에스타가 남긴…… 그녀가 마지막 희망이라고 해 줬던 우리끼리 할 수밖에 없었다.

분명 오늘, 이날이 《SPES》와의 최종 결전이다.

"그걸로 괜찮은…… 거지?"

그러고 보니 내 마음대로 판단해서 이야기를 진행한 것을 깨닫고 새삼 세 사람에게 그런 물음을 던졌다.

"물론이에요."

조수석에 앉아 있던 사이카와가 뒷좌석을 돌아보며 말했다.

"전에도 말했다시피 저는 키미즈카 씨의 오른팔이랄까 왼쪽 눈이니까요! 분명 다음에 이 왼쪽 눈에 비치는 건 완전무결한 해피엔딩일 거예요!"

"……그래, 든든하네."

가장 연하이면서 가장 어른스러운 사이카와는 언제나 내 곁에 있어 줬다. 부모님과 《SPES》의 악연을 알고 갈등을 극복해서 과거보다도 미래를 선택한 사이카와. 밝은 미래로 만들기 위해서라도 이 싸움만큼은 결코 질 수 없었다.

"뭐 나도 처음부터 그럴 생각이었지만."

다음으로 샤르가 앞을 본 채 등 너머로 대답했다.

"그러기 위해 무기를 쌓아둔 차로 온 거고."

"그 준비성은 시에스타에게 물려받은 거냐."

샤르의 '처음부터 그럴 생각' 이란 '줄곧 내 편이었다' 는 의미는 분명 아닐 것이다. 하지만 나와 샤르는 그거면 된다. 결코 한마음이 되지 않고 설령 평행선인 채라고 해도…… 서로가 같은 방향을 보고 있다면 그것만으로 충분하다. 충분한 진보였다.

"나츠나기도 괜찮아?"

그리고 나는 마지막으로 같은 뒷좌석에 앉은 나츠나기에게 물었다.

"음…… 그러게."

……이 상황에서 예상 못한 반응이었다. 나츠나기는 쭉 기지개를 켜고 잠시 생각하는 기색을 보이더니.

"키미즈카가 죽지 않는다고 맹세해 준다면 괜찮을 것 같아."

어딘가 어른스러운 미소로 옆에 앉은 나를 보았다.
"알았어. 대신 내가 무사히 살아남는다면 뭔가 부탁을 하나 들어줘."
나는 농담처럼 구태여 그런 플래그를 세웠다. 이 정도로 노골적이면 반대로 생존 플래그로 넘어간다.
"키미즈카가 그런 말을 하면 무서운데…… 나에게 대체 무슨 요구를 하려고……?"
"19금 같은 어설픈 게 아니니까 80금 정도는 각오해둬."
"반대로 80세가 되지 않으면 허락되지 않는 플레이란 게 뭐야?!"
"손주들 사이에서 차를 마시며 툇마루에 앉아 장기를 둔다든가."
"확실히 그건 80세가 되어야 허락되는 유희(플레이)이기는 한데! ……어라, 그런데 그 말은 요컨대 할아버지 할머니가 되어도 함께 있자는 간접적인 프로포즈 같은……."
"나츠나기와 결혼이라……. …………. …………그건 좀."
"고심한 끝에 거절하다니 더 나쁘거든! 아니, 딱히 나도 결혼해 달라고 부탁한 적은 없지만!"
나츠나기가 빽빽 소리 지르며 내 어깨에 몇 번이나 주먹을 날렸다.
그러자 이번에는 사이카와가 백미러 너머로 싸늘한 시선을 보내고 있는 것을 깨달았다.

"뭔가요? 이 지금까지보다 더 숙련된 사랑싸움은? 런던에서 확실히 무슨 일이 있었던 거죠? 남녀 관계가 된 거죠?"

"정말로 우리가 필사적으로 일하는 동안에 뭐 하고 다닌 거야."

그리고 샤르도 마찬가지로 냉담한 시선을 보냈다.

……참 나, 사람 속도 모르고. 이쪽은 이쪽대로 고생했다고.

"그보다 남이 운전하고 있는데 뒤에서 애정 행각을 벌이고 있으니까 진심으로 속이 뒤집히는데."

"하아. 샤르 씨, 결국 저희는 키미즈카 씨의 공략 대상에도 들어가지 않는 단순한 서브 히로인이었던 모양이에요."

"아니, 애초에 나는 키미즈카의 히로인이 되고 싶었던 적이 없는데."

샤르가 정색한 표정으로 "그 부분만큼은 사수하게 해줘." 하고 강하게 부정했다.

"아, 샤르 씨는 그랬었죠. 나기사 언니와 샤르 씨는 고집스러운 부분이나, 그래도 밀어붙이는 것엔 약한 부분처럼 꽤 닮은 구석이 있지만, 키미즈카 씨를 싫어하는 게 샤르 씨고 키미즈카 씨를 사실은 정말로 좋아하는 게 나기사 언니라고 기억하면 이해하기 쉬워서 좋네요."

"유이, 너도 이따금 망설임도 없이 터무니없는 폭탄을 투하한단 말이지. 나 지금 무서워서 뒷좌석을 못 보겠어. 방금 발언을 듣고 어떤 분위기가 되었는지 상상하고 싶지도 않아."

"괜찮아요, 샤르 씨. 러브 코미디 시공이 되었을 때는 대개 주인공에게 난청 이벤트가 발생하는 법이라서 조금 전 제 발언도 들리지 않았을 거예요."

"키미즈카! 네 핸드폰에서 알람이 울리고 있잖아! 시끄러워!"

"아, 런던에서 시간을 맞춰 둔 채로 있었네. 미안. ……그러고 보니 사이카와, 아까 우리에게 무슨 말 하지 않았어?"

"아뇨, 전혀요!"

"대단한걸."

어째서인지 사이카와와 샤르가 의기투합하고 있는 것처럼 보이는데 알람 소리가 시끄러워서 잘 들리지 않았다. 두 사람은 대체 무슨 이야기를 했던 거지.

"그런데 이렇게 느슨한 분위기로 괜찮은 거야?"

문득 샤르가 한숨을 내쉬면서 말했다.

이제부터 최종 결전이 이루어지는데 완전히 평소와 같은 분위기였던 게 신경 쓰였던 거겠지.

"뭐 어때. 그때도 그랬잖아."

하지만 우리는 분명 이거면 된다. 왜냐하면 1년 전에도――시에스타는 마지막 싸움에 임하기 전에도 평소처럼 홍차를 맛있게 마시고 있었다.

"뭐, 네가 괜찮다면 상관없지만."

샤르는 잠시 쓴웃음 같은 표정을 짓더니.

"그렇지만 여기서부터는 장난칠 여유는 없어."

지금까지의 분위기를 바꾸는 듯한 긴장된 목소리를 냈다.

사이카와의 예측에 따르면 시드는 이 부근으로 날아갔을 터였다.

"저기 보세요!"

그때 한발 앞서 사이카와 본인이 목소리를 높이며 손가락으로 가리켰다. 바다에 걸친 커다란 다리. 그 다리 위에 연쇄 추돌 사고가 발생해 있었다. 그리고 피어오르는 검은 연기 너머, 다리의 한가운데에서 일렁이는 사람 그림자가 하나 보였다.

"박쥐……."

자욱한 연기 너머에 떠올라 있는 건 금발에 양복 차림의 남자였다. 하지만 그 내면은 시드인가…… 하고 한순간 그렇게 생각했다. 하지만 시드가 아무런 준비도 하지 않고 이곳에서 기다리고 있으리라고는 생각하기 어려웠다. 아마도 시드는 이미 박쥐라는 망가지기 직전의 일시적인 그릇을 버렸을 것이다.

"……! 어떻게 할래? 그리고 유이, 근처에 시드는?"

"지금은 제 《왼쪽 눈》으로도 시드의 모습은 보이지 않아요. 하지만 투명해졌을 가능성도 있으니 확실하게는……."

나츠나기의 질문에 사이카와가 험악한 표정으로 대답했다.

"내리자. 샤르, 차를 세워 줘."

어느 쪽이 되었든 지금 이런 상태의 박쥐를 무시할 수는 없었다. 우리는 박쥐가 서 있는 곳에서 10미터 정도 떨어진 위치에 차를 세우고 내려섰다. 괴물에게 겁을 집어먹고 도망친 건지 다리 위에는 우리 말고 다른 사람은 없었다.

"박쥐……."

나는 총을 장전하며 다가갔다.

오른팔은 어깻죽지부터 절단되었고 가슴과 배에는 시드의 《촉수》로 뚫린 듯한 자국도 있었다. 가까스로 두 다리로 서 있기는 했지만 역시 몸이 크게 휘청였고 고개를 숙이고 있어서 우리와 시선이 맞지 않았다.

"키미즈카 씨, 조심하세요! 박쥐 씨는 이미……!"

사이카와가 소리쳤고 그 예고 대로라고 해야 할지 박쥐의 오른쪽 귀에서 《촉수》가 자라났다.

"아아아아아아아아아아아아아아아아아아아아아아아아아!"

박쥐가 상체를 젖히며 포효했다.

그건 아마도 《씨앗》의 폭주—— 이전에 카멜레온이 여객선에서 싸울 때 보여 줬던 모습이었다.

만신창이인 데다가 한동안 시드에게 그릇으로써 육체가 이용되었고, 거기에다 시드의 피를 대량으로 끼얹고 말았다. 그에 따라 《씨앗》이 박쥐의 신체를 안쪽에서부터 먹어 치우고 있었다.

"지금 끝을 내주마."

나는 그런 박쥐를 보며 다가가기 위해 다리를 내디뎠다.

"키미즈카."

그러자 나츠나기가 어딘가 걱정스럽다는 것처럼 나를 바라보았다.

괜찮으니까 걱정하지 마.

그리고 이건 내가 해야 하는 일이다.

우연 같은 게 아니다.

하지만 운명이라는 단어도 나와 이 녀석 사이에는 어울리지 않는다.
그러므로 이건 분명 그저—— 인연일 뿐이다.
"너와 싸우는 건 이걸로 두 번째였지, 박쥐."
그렇게 나는 4년 만에 오랜 적을 향해 총구를 겨누었다.

◆ 알베르트 콜맨

분명 격전이 될 것이라고.
처음에 총을 겨누었을 때는 그렇게 생각했었다.
"박쥐, 너……."
하지만 이미 박쥐는 제대로 싸울 수 있는 상태가 아니었다. 한쪽 팔이 없기 때문인지 몸의 균형을 잡지 못해 몇 번이나 넘어졌고—— 귀에서 뻗은 《촉수》를 힘없이 휘둘러 보지만 샤르처럼 기민한 움직임을 취하지 못하는 나도 어렵지 않게 피할 수 있었다.
오히려 이쪽이 공격하는 게 망설여질 수준이어서 차라리 단숨에 숨통을 끊어 줘야 한다는 생각이 들 정도로 일방적인 싸움이었다. 이미 자아를 잃고 그저 힘없이 날뛸 뿐인 과거의 적은 일전에 본 스칼렛이 되살린 《불사자》 같기도 했다.
"아아아아아아아아아아아아아아아아아아아아아아아——!"
그러나 그런 망설임 뿐이었던 전장도 마침내 종국의 때를 맞

이했다.

눈을 까뒤집고 소리친 박쥐의 양쪽 귀에서 폭주한 것처럼 《촉수》가 자라났다. 시드의 《씨앗》에서 발아한 《촉수》가 크게 부풀어 오르며 뾰족한 끝으로 나를 노렸다. 아마도 남아있던 모든 힘을 집약한 거겠지. 그렇다면 이걸로 끝이다…… 나는 육박하는 《촉수》에 총탄을 박아 넣었다.

"……그, 악."

체액이 튀면서 《촉수》가 튕겨 나갔고 박쥐는 짧게 소리치며 그 자리에 무릎을 꿇었다. 이걸로 체내의 《씨앗》도 파괴한 걸까.

"용서해라, 박쥐."

이어서 나는 무너져 내린 박쥐의 머리에 총구를 겨누었다. 4년 만에 재회한 과거의 적.

말하자면 4년 전 그날에 박쥐가 일으킨 하이재킹 사건을 계기로 나는 비일상의 여행을 시작했다. 그러므로 시에스타와의 만남을 가령 운명이라고 한다면, 이 녀석과의 만남은 역시 인연이라고 이야기해야 할 것이다.

하지만 그것도 오늘로 끝이다.

내가 이 손으로 끝내고 만다.

앞으로 수백 그램의 힘을 이 방아쇠에 담는 것만으로——.

"……하하, 얄궂은 일이지."

"……!"

그때 박쥐가 천천히 고개를 들었다. 《씨앗》이 파괴됨으로써 자아가 돌아온 건지 이어서 시력을 잃은 눈으로 나를 올려다보며 옅게 미소 지어 보였다.

"박쥐! 지금 치료를……."

"이봐, 조금 전까지 서로 죽일 듯이 싸워놓고 이제 와서 무슨 말을 하는 거야."

어차피 살 수는 없을 거야, 하고 박쥐는 피투성이가 된 자신의 모습을 힐끗 보곤 빈정거리듯이 웃어 보였다. 시드의 그릇으로 이용된 대가인지 몸 곳곳에 금 같은 것이 생기기 시작했다.

"정말이지. 그 폐공장에서 멋지게 죽을 생각이었는데 이런 흉한 꼴을 보이게 될 줄이야."

그렇게 자조한 박쥐를 나는 다리의 난간으로 옮겨서 기대어 놓았다.

"지금은 더 말 안 해도 돼."

"하하, 이제 죽는다고. 마지막 정도는 마음대로 말하게 해 줘."

주저앉은 박쥐는 이럴 때도 실없는 소리를 하며 허무한 웃음을 보였다.

"그런데 머리가 잘 돌아가지 않는군. 해 둬야 하는 말이 있었던 것 같은데."

그렇게 말한 박쥐의 몸이 금이 생긴 부위부터 후드득 무너져 내렸다.

"그렇지, 적어도 죽기 전에 한 개비 피우고 싶었는데…… 안 되겠어."

박쥐는 떨리는 손으로 피투성이가 된 담배를 버렸다. 전투 중에 피에 젖어 버린 모양이었다. 이래선 불을 못 붙이겠지.

"이거라도 괜찮다면."

그러자 그때 불현듯 가느다란 손가락이 박쥐를 향해 담배를 내밀었다.

샬럿 아리사카 앤더슨—— 우리의 전투를 지켜본 샤르를 포함한 세 사람이 어느 사이엔가 곁에 다가와 있었다.

"뭐, 그 사람의 담배지만."

그렇군, 후우비 씨에게서 빼앗은 담배인 모양이다. 그래, 나도 금연 사기 좀 적당히 하라고 생각하고 있었으니까.

"그거 기분 좋아지는데. 하하, 대신 내가 피워 주지."

그렇게 박쥐가 입에 문 담배에 샤르가 라이터로 불을 붙였다.

"——맛있군."

박쥐가 크게 연기를 뿜어내며 음미하듯이 그렇게 중얼거렸다.

"당신에게 하고 싶은 말이 있었어."

이어서 박쥐의 곁으로 다가온 건 나츠나기였다.

"고마워, 내 심장의 본래 주인을 가르쳐 줘서."

그건 약 1개월 전에 나츠나기와 함께 박쥐가 수감되어 있던 교도소에 갔을 때의 일이다. 박쥐는 그 특수한 귀로 나츠나기에게 심장을 제공한 사람이 시에스타라는 사실을 간파했었다.

"그날부터 내 인생은 다시 움직이기 시작했어. 그 사실을 모르는 채였다면 나는 과거와도 마주할 수 없었을 거야. 아무것도 떠올리지 못한 채로 있었을 거야. 그러니까.”

고마워, 하고 나츠나기는 거듭 말했다.

“하하, 다른 사람에게 감사 인사를 들을만한 인생을 살지는 않았다고 생각하는데 말이지…… 그렇게 나쁜 기분은 아니군.”

박쥐는 공허한 눈으로 나츠나기 쪽을 바라보며.

“그 심장과 함께 사명을 다해라.”

흔들림 없는 한결같은 목소리로 나츠나기의 등을 밀어주었다.

나츠나기는 온화한 미소로 답하고는 나에게 자리를 양보했다.

“……그래, 이런 이야기를 한 덕분인지 해야 할 말이 떠올랐다.”

그러자 박쥐가 하나만 남은 왼손으로 내 어깨를 붙잡으며.

“너는 포기하지 마라.”

자신의 마음속에 있는 무언가를 맡기는 것처럼 나에게 말을 걸었다.

“나는 실패했다. 하지만 너는 아직 싸울 수 있어. 설령 무엇을 희생하더라도, 무엇을 대가로 바치더라도, 그래도 자신의 바람을 이루기 위해 걸음을 멈추지 마라. 생각하기를 포기하지 마라. 사람들은 그걸 금단의 과실이라며 헐뜯겠지. 수라의 길을 걷는 너를 비웃겠지. 그래도 네 마음속에 소용돌이치는 그 바람이 진짜라면, 무엇을 걸어서라도 이루고 싶은 바람이라면——매달려라. 매달려서 붙잡아라—— 키미즈카 키미히코.”

박쥐는 그렇게 말하며 처음으로 내 이름을 불렀다.

"——그래, 알았어."

내가 대답하자 박쥐는 씨익 웃어 보였다.

"자, 이야기꽃을 피우는 사이에 슬슬 수명이 다한 듯하군."

박쥐의 손가락에서 툭 하고 담배가 떨어졌다.

"몸이 추운 건지 뜨거운 건지도 모르겠다. 귀도 멀어지기 시작했어. 그렇군, 이게 죽음인가."

"……박쥐. 내가…… 우리가 반드시 시드를 무찌르겠어. 그러니까."

"안심하고 눈을 감으라는 거냐? 나 원, 적에게 이렇게까지 동정을 받다니. 일류 에이전트도 땅에 떨어졌군."

하하, 하고.

박쥐는 평소처럼 웃었다.

그런 박쥐 곁에 한 소녀가 무릎을 꿇었다.

"박쥐 씨……."

그리고 소녀는…… 사이카와 유이는 눈물이 가득한 눈으로 박쥐의 왼손을 쥐었다.

"하! 뭘 우는 거냐. 사파이어의 소녀."

"그렇지만 박쥐 씨는 저를 지키다가…… 그리고 저는 아직 박쥐 씨에게 배워야 할 게……!"

"몇 번이나 같은 말을 하게 하는 거냐."

박쥐는 엄격한 말로, 하지만 타이르듯이 사이카와에게 전했다.

"그때 나는 내 생각대로 행동했을 뿐이야."

그건 나도 모르는 박쥐와 사이카와만의 이야기였다. 하지만 분명 복수라는 공통된 명제를 짊어진 두 사람이기에, 설령 그 명제에 서로 다른 대답을 내놓았다고 하더라도 그런 그들이기에 이해한 것이 틀림없이 있었을 것이다.

"조언을 하나 더 해 주지. 적에게 권총을 겨누었을 때는 망설임 없이 머리를 쏴라. 그게 철칙이니까. 그렇지, 오늘 돌아가면 피자라도 먹으면서 좀비 영화를 많이 보도록 해."

그렇게 말한 박쥐는 울상을 지은 사이카와를 보며 입꼬리를 올렸다.

"기억할게요……!"

그러자 사이카와는 굵은 눈물을 뚝뚝 흘리면서도 박쥐에게 큰 목소리로 말했다.

"그래, 한순간의 망설임이나 빈틈이 위기를 초래할 때도……."

"그게 아니에요…… 저는 박쥐 씨를 계속 기억할 거예요!"

사이카와의 그 외침에 박쥐의 보이지 않을 터인 눈이 한순간 커졌다.

"박쥐 씨가 여동생분을 20년간 한시도 잊지 않았던 것처럼! 제가 줄곧 부모님의 모습을 눈꺼풀 안쪽에 새기고 있는 것처럼! 앞으로도 저는 박쥐 씨를 기억할 거예요! 제 왼쪽 눈이 줄곧 박쥐 씨의 모습을 기억할 거예요! 박쥐 씨가 지키고 싶었던 것을 제가…… 이 자리에 있는 네 사람이 언제까지고 기억할 거예요! 그러니까——."

사이카와는 눈물로 엉망진창이 된 얼굴로 마지막에는 웃으면서 말했다.

"그러니까 안심해 주세요—— 알베르트 씨."

그리고 사이카와는 진짜 이름인 듯한 그 이름으로 박쥐를 불렀다.

"——그렇군."

난간에 기댄 박쥐는 작은 그릇에서 흘러나오는 듯한 목소리로 중얼거리고는 태양을 향해 떨리는 손을 뻗었다.

"마음은 사라지지 않는 건가."

그렇다. 설령 그 몸이 사라지더라도 마음만은 사라지지 않는다.

누군가가 그걸 기억하고 있는 한은 그 유지는 결코 죽지 않는다.

"하하, 그건 몰랐는데."

마지막으로 알게 되어서 다행이라고.

박쥐는 마치 20년 전으로 거슬러 올라간 듯한 소년 같은 웃음을 지었다.

그렇게 박쥐는 태양 빛을 받으면서—— 그 빛 너머에서 누군가를 본 것처럼 마지막으로 이렇게 중얼거렸다.

"만나고 싶었어, 엘리."

【제6장】

◆ 최종 결전

박쥐와 이별을 나눈 우리는 다시 샤르가 운전하는 차를 타고 시드를 추적했다. 그 녀석이 도망갔으리라 생각되는 장소로 태양 빛이 닿지 않는 건물 등으로 수색 범위를 좁히며 사이카와의 《왼쪽 눈》을 써서 효율적으로 후보지를 찾았다.

이윽고 우리는 교외에 세워진, 지금은 폐허로 변한 어떤 대형 쇼핑몰에 도착했다. 해체 공사가 아직 진행되지 않은 그곳은 건물 전체가 대량의 덩굴로 뒤덮여 있었고 관내는 대낮임에도 불구하고 회중전등을 써야 할 정도로 어둑어둑했다. 그런 건물 안을 나아간 우리 네 사람은 이윽고 3층의 입체 주차장에서——목적한 상대와 해후했다.

"——키미즈카, 조심해."

"그래, 나츠나기는 사이카와를 부탁해."

시드의 그릇으로 노려지고 있는 사이카와를 나츠나기와 함께 뒤로 물러서게 했다.

"키미즈카 씨…… 나중에 좀비 영화를 함께 봐요."

"그래, 지금 스트리밍 사이트에 가입해 놔."

그런 농담을 사이카와와 나눈 나는 샤르와 서로 눈짓을 한 뒤에 둘이서 시드와 대면했다.

"——왔나."

수십 미터 앞, 빈 차투성이인 주차장의 가장 안쪽에 적이 있었다.

잿빛 같기도 하고 은빛 같기도 한 빛깔의 장발. 국적이나 성별마저도 초월한 듯한 무개성하고 무표정인 얼굴은 성스러워 보이기까지 해서 보는 이에게 두려움을 품게 했다.

인체 구조 그 자체를 모방할 수 있는 《원초의 씨앗》은 그 밖의 유기물도 어느 정도는 자유자재로 복제할 수 있는 거겠지. 얇은 갑옷 같은 것을 새롭게 두른 상대는 잠시뿐이었어도 태양 빛을 받은 후유증인지 목에 금이 가 있는 것이 보였다. 오른쪽 귀도 결여된 모양인데 갑옷으로 감추고 있는 부분도 대미지를 받은 것일까.

"어째서 너희는 그렇게까지 해서 싸우려고 드는 거지?"

허리춤으로 손을 뻗으려고 한 나를 시드의 암자색 눈이 꿰뚫어 보았다.

"지금 싸울 이유가 어디 있지? 잘 생각해 봐라. 내가 너희가 말한 것처럼 원수이기 때문인가? 과거의 악연, 동족의 죽음, 그 원한을 갚기 위한 국면으로써 지금 이 무대가 어울리기 때문이라고. 그러한 감정론으로 무기를 들 생각인가?"

이해하기 힘들군, 하고 시드는 감정이 전혀 담기지 않은 목소리로 이야기했다.

"그럼 당신에게는 싸울 생각이 없다는 거야?"

샤르가 경계를 풀지 않고 검집에 손을 댄 채 적의 의도를 살피는 것처럼 눈을 가늘게 좁혔다.

"처음부터 그럴 생각이었다. 무익한 싸움으로 쓸데없이 에너지를 소비하는 것만큼 무의미한 행동은 없다고 생각한다만?"

그건 시에스타의 편지에도 적혀 있던 내용이었다. 시드는 적극적으로 전투를 바라지 않았고 어디까지나 자신의 계획을 수행하기 위해 수하를 써서 사건을 일으켰었다.

"시드, 너는 대체 뭐지?"

나는 그런 추상적이면서도 분명 알아 둬야 할 터인 사실을 적에게 물었다.

"내가 아는 너는 우주에서 날아온 식물의 씨앗이라는 것과 태양 빛이 천적이라는 것 그리고 그걸 극복하기 위해서 인간의 그릇을 키우고 있다는 것── 고작 그것뿐이야. 너는 정말로 누구고, 대체 왜 인류를 침략하면서까지 생존본능에 얽매이는 거지?"

분명 새삼스럽게 느껴질 터인 그 질문에 시드는.

"이 지구에 불시착한 건 오십여 년 전의 일이다."

적의를 드러내는 일 없이 자신의 내력을 이야기하기 시작했다.

싸우지 않고 이 자리를 마무리 지으려고 하는 건 오히려 시드 쪽이라는 것처럼.

"절대영도에서 화씨 1만 도까지 견딜 수 있는 외각을 두른 채 《원초의 씨앗》으로서 우주 공간을 헤매고 있던 나는 어느 날—— 몇만 광년 떨어진 은하에서 발생한 초신성 폭발의 충격파를 맞고 제어가 크게 흐트러진 상태로 이 행성에 추락했다."

"운석 같은 건가……."

나는 며칠 전에 《SPES》의 연구소에서 본 《원초의 씨앗》의 모델링을 떠올렸다. 하지만 그건 돌멩이 정도의 크기밖에 되지 않았다. 우주에서 날아온 《세계의 위기》는 그렇게 남모르게 지구에 내려섰다.

"내가 낙하한 곳은 어둡고 추운 사막 같은 불모지였다. 그리고 머지않아 그 추위를 느낌으로써 깨달았다. 외각이 파손되었다는 것을."

아마도 추락의 충격에 의한 것이겠지, 하고 시드는 이어서 말했다.

"그래도 나는 바람에 흘러가며 계속 이동했다. 그러자 서서히 기온이 상승함과 동시에 주위가 밝아지는 것을 알 수 있었다. 그리고 이변은 그때 시작되었다."

"——태양."

옆에서 샤르가 작게 말했다.

"《씨앗》이 급속하게 말라 가는 것을 알 수 있었다. 하지만 분명 이 불모지만 빠져나가면 저 높이 떠오른 열기의 광원체로부터 벗어날 수 있으리라는 생각에 나는 얼마 남지 않은 외각의 조각을 방패 삼아 바람을 타고 계속해서 세계를 돌아다녔다."

"……그리고 깨달은 건가. 이 별에서 도망칠 수 있는 곳이 없다는 것을."

분명 그때 진정한 의미로 이자의 의식이 싹튼 것이다―― 생존본능이.

"……! 키미즈카, 저거."

그때 샤르가 험악한 목소리를 냈다. 황급히 적을 주시하자 아마도 박쥐가 목숨을 걸고 잘라냈을 오른쪽 귀가 마치 물속에서 거품이 이는 것처럼 부글거리며 부풀어 오르기 시작하고 있었다. 세포 분열을 되풀이하며 재생을 시작한 것일까.

"이윽고 천적의 이름이 태양이라는 것을 안 나는 서서히 이 별의 구조를 배웠다. 이 세계에는 낮과 밤이라는 개념이 존재한다는 것. 늑대에 박쥐 그리고 카멜레온 같은 다종다양한 생명체가 존재한다는 것. 그리고―― 인간은 그러한 생태계의 정점이자 이 별의 지배자라는 것을."

……그래, 그다음은 시에스타의 편지와 연구소에서 보고 들은 대로겠지.

시드는 동물이나 인간의 체내에 침입해서 그 육체 구조를 연구했다. 그리고 차례차례 샘플을 모으는 사이에 그 생물로 의태하는 방법을 손에 넣었다. 그 기술은 기관을 각성시키는 《씨앗》의 발명으로 이어졌고…… 묘목과 같은 요령으로 만들어낸 클론과 그 《씨앗》의 힘을 바라고 모여든 인간들을 이끌고 《SPES》를 조직했다.

시드는 태양을 극복하기 위해 인간의 신체를 그릇으로 삼으려

했지만, 《원초의 씨앗》이 인간의 양분을 먹어치워서 그릇은 금세 말라붙어 버렸다. 그래서 《씨앗》에 적합하는 인간의 그릇을 키우기 위해 고아원으로 위장한 실험시설을 만들어 나츠나기(헬)와 시에스타 그리고 알리시아 같은 아이들을 찾아내려고 했었다.

"그래, 이 행성에 내려와서 여기까지 50년이 걸렸다. 이걸로 마침내 내 생존본능이 충족되리라고 생각했다."

시드는 우리로부터 시선을 떼고 어딘가 먼 곳을 보면서 말했다.

"그러나 어째서인지 내가 알고 있는 미래는 찾아오지 않았다. 나는 눈앞에서 그릇 두 개를 동시에 잃었다."

그게 바로 시에스타가 꾸민 책략. 미아와 함께 펴 놓은 함정으로 시드를 속였다.

"그러니 지금 대신 너희에게 묻겠다."

적의 눈이 또다시 우리를 향했다.

"어째서지? 어째서 그렇게까지 하며 내 목적을 방해하는 거지? 어떠한 정당한 이유로 내가 생존본능을 충족하는 것을 막는 거지? 나는 인간이라는 종족을 괴멸시키려는 것이 아니다. 그릇이 되지 못한 자들은 그저 나에게 방해가 되지 않는 범위에서 생존하면 된다. 그걸로 충분히 공존이 될 것이다. 그럼에도 어째서 너희는 또다시 이렇게 싸우려 드는 거지?"

싸움만을 바라는 게 아닌 시드는 그렇게 어디까지나 대화로

타협점을 찾으려고 했다. 하지만 그건 오히려 우리에게도 나쁘지 않은 상황이었다. 아무리 상대가 대미지를 입었고 우리가 수적으로 유리하다고는 해도 지금까지 많은 《조율자》가 애먹었던 존재다. 싸워서 이기리라는 보증이 있을 리가 없었다.

"네가 무슨 말을 하는 건지는 알겠어."

나는 무기를 들지 않은 채 시드를 향해 그렇게 대답했다.

"우리는 너를 죽이지 않고 공격도 가하지 않아. 네 생존본능을 부정할 생각도 없고 살아남는 데 필요한 게 있다면 가능한 범위에서 협력도 해 줄 수 있어. 하지만——."

잠시 고개를 돌려 뒤에 있는 나츠나기와 사이카와를 본 나는 다시금 시드에게 말했다

"그래도 사이카와 유이는 넘기지 않아. 우리의 동료는 누구 하나 희생하게 두지 않아."

시에스타도, 나츠나기도, 샤르도, 다른 누구도—— 네 그릇이 되게 두지는 않는다. 누군가의 희생으로 누군가가 살아남는다는 방식만은 인정할 수 없었다. 나는 그렇게 지금은 없는 명탐정에게도 똑같은 말을 해 주고 싶었다.

"그렇군, 그런 거였나."

시드가 나직하게 말했다.

"어째서 나와 너희 인간들 사이에서 이렇게 치명적인 엇갈림이 생기는 건지를 마침내 이해했다."

"……뭐? 무슨 말이 하고 싶은 거지?"

어째서인지 불길한 예감이 들었다. 시드가 이어서 입에 담을 그 말이 우리 사이에 결정적인 단절을 만들지 않을까 하는, 그런 육감이 스치고 지나갔다. 하지만 이제 와서 그걸 뒤로 미룰 수는 없었다. 그리고 시드가 무자비하게 말했다.

"너희 인류는 이미 옛적에 생태계의 정점에서 내려왔다. 그럼에도 불구하고 상위 존재의 초석이 되기를 부정하는 건 자연계의 섭리에 반한다."

그건 예를 들어 우리 인류가 다른 동물을 먹고 살아남는 것처럼 시드는 인간을 그릇으로 삼음으로써 생존본능을 충족시키는 것이라고. 그것이야말로 자연계의 새로운 룰이라고. 시드는 그렇게 주장하고 있었다.

"너희 인간은 소나 돼지나 닭을 먹는 것에 죄악감을 가지나? 그 개체 하나하나에 대해 특별한 마음을 가지나? 그와 마찬가지다. 나는 너희 인간의 신체를 그릇으로써 이용하는 것에 일말의 감정도 느끼지 않는다."

"……!"

샤르가 매섭게 노려보며 검집을 쥔 손에 힘을 주었다.

"자신의 초석이 되어 주는 누군가에게 감사하는 마음도 가지지 않는다고? 그게 누구고, 어떤 존재였는지 마음에 두지도 않는다고?"

"너희 인간은 소나 돼지의 얼굴을 구별할 수 있나?"

눈을 크게 뜬 시드는 뼈 소리를 내며 고개를 크게 꺾었다.

"……그래, 그렇군."

나도 이제서야 마침내 이해했다.

시드는 지금 키미즈카 키미히코나 샬럿 아리사카 앤더슨 같은 한 개인과 대화하고 있는 것이 아니었다. 인간이 발밑에서 꿈실거리는 개미의 얼굴을 구별하지 못하는 것처럼 시드는 우리를 어디까지나 인간이라는 커다란 틀로 인식하고 있었다.

예를 들어 1년 전의 런던에서 《인조인간》인 카멜레온이 도망친 나츠(헬)나기를 좀처럼 찾아내지 못했던 것처럼. 그리고 오랫동안 함께 《SPES》로서 협력 관계였음에도 불구하고 1년 만에 그 여객선에서 재회한 나츠나기의 정체를 전혀 깨닫지 못한 것처럼.

그 부모인 시드도 당연히 평소에 인간을 개인으로 보고 있지 않았다. 기껏 해 봤자 눈앞의 대상이 자신의 그릇으로써 불량품종인지 아닌지를 파악하는 것뿐이었다.

"이걸로 이해했나, 인간."

그렇게 말한 시드는 눈 하나 깜빡이지 않고 **우리 네 사람을 집단으로서 바라보았다**.

"이건 선악의 이야기가 아니다. 의당한 자연의 형태에 대한 논리적 귀결이다."

그런, 진정한 의미로는 그 누구도 보고 있지 않은 시드에게 나는 마지막으로 이렇게 물었다.

"그래도 저항하겠다고 한다면?"

"인간도 가축에게 자비를 베풀지는 않겠지."

그래, 그 말이 옳다. 그건 부정할 수 없다.

나는 홀스터에서 뽑은 매그넘을 적에게 겨누었다.

"그래? 하지만 인류는 의외로 쉽게 포기할 줄을 모르거든."

◆루트X의 결말

시드의 등 뒤에서 뻗어 나온 다수의 《촉수》가 뾰족한 끄트머리를 우리에게 겨누었다.

적은 여전히 무표정이었다. 시드는 스스로 말했다시피 쓸데없는 에너지 소모를 삼가기 위해 아마도 적극적인 공격은 하지 않을 것이다. 하지만 분명—— 반격은 그렇지만도 않겠지.

"나츠나기와 사이카와는 기둥 뒤에 숨어 있어!"

나는 등 너머로 두 사람에게 말하고는 샤르와 함께 전선으로 나갔다.

"작전은?"

샤르가 나를 힐끗 보며 말을 걸었다.

"그래, 평소대로야."

"딱히 없다는 거지?"

그렇게 평소대로 농담 따먹기를 하면서 우리는 전투 준비를 했다. 하지만 공백의 1년을 제외하고 나와 샤르는 줄곧 이런 식으로 해왔다.

"칭찬해 주실까."

불현듯 샤르가 평소보다 조금 어린애 같은 어조로 중얼거렸다.

누가, 라고 물어볼 것도 없었다. 샤르의 눈에 비치는 건 언제나 등으로만 이야기를 해 주던 위대한 명탐정의 모습이었다.

"분명 나는 키미즈카가 부러웠었던 거야."

샤르는 나에게 시선도 주지 않고 무찔러야 할 적을 향해 달려나가기 시작했다. 거기에 맞춰서 나도 총을 양손으로 쥐며 둘로 나뉘는 것처럼 시드를 향해 달려나갔다.

"마담의 뒤를 쫓는 나와 마담의 옆에서 나란히 걷는 키미즈카. 평생 그 차이가 메워지지 않을 것 같아서…… 나는 당신을 질투했었어."

하지만, 하고 샤르는 말을 이었다.

"나는 그거면 된다는 것을 깨달았어. ——왜냐하면."

블론드 헤어를 하나로 묶은 채 전장을 질주하는 에이전트는 자신에게 집중된 몇 가닥의 《촉수》를 바람과도 같은 뜀박질로 피하며 이렇게 소리쳤다.

"한 발짝 뒤에 있는 한은 나는 마담의 등을 지킬 수 있었는걸!"

이어서 샬럿은 육박해오는 《촉수》를 황금색 검으로 베며 적에게 더욱 접근하기 위해 크게 도약하려고 내디뎠고——.

"——! 멈추세요!"

하지만 그때 아마도 그 《왼쪽 눈》으로 무언가를 본 듯한 사이카와가 뒤에서 소리쳤다. 그와 동시에 상하좌우로 큰 흔들림이 찾아왔다.

"……! 지진?"
샤르도 그 자리에 멈춰섰다.
아니, 달랐다. 지진 같은 게 아니라 이건——.

"Surface of the Planet Exploding Seeds—— 내《씨앗》이라면 이미 이 행성의 도처에 심어 두었다."

시드가 그렇게 입에 담은 순간 우리가 있는 이 주차장의 벽과 바닥에서 대량의 가시나무가 자라났다. 이 건물은 처음부터 시드의 손안에 있었다.
"……젠장!"
나는 감겨드는 식물을 총으로 쏘았지만…… 그것도 끝이 없었다. 그리고 마찬가지로 사이카와와 나츠나기에게도 대량의 가시나무가 덮쳐들었다. 머스킷 총을 쥔 나츠나기는 가까스로 대처했지만 무기가 익숙지 않은 사이카와는 단번에 가시투성이 식물에 에워싸이고 말았다.
"유이!"
그런 가운데 한발 앞서 구속을 떨쳐낸 샤르가 사이카와를 구하러 향했다.
금색 검이 춤추듯이 가시나무를 파삭파삭 베어 넘겼고, 그렇게 모든 가시나무를 베어 낸 샤르가 동료에게 구원의 손길을 내밀려고 한 그 순간.
"……! 샤르 씨, 안 돼요!"

또다시 《왼쪽 눈》으로 무언가를 포착한 사이카와가 샤르를 밀쳐 냈다. 그리고.

"————!"

그런 사이카와의 목을 사각에서 뻗어 온 시드의 《촉수》가 스치고 지나갔다.

"사이카와!"

상처의 깊이는 이 거리에서는 알 수 없지만…… 스친 부위가 너무 좋지 않았다. 목 오른쪽에서 선혈이 흘러넘쳤다.

"……어라, 이상하네요. 박쥐 씨는 이걸로 한 번 구해드렸었는데……."

목을 누른 채 창백한 얼굴이 되었으면서도 사이카와는 억지로 미소를 지으려고 했다. 사이카와의 《왼쪽 눈》에 의한 전황 판단은 분명 이 자리의 누구보다도 옳을 것이다. 하지만 그 판단에 반드시 사이카와의 몸이 반응할 수 있는 것은 아니었다.

"유이……!"

샤르가 사이카와의 곁으로 재차 달려가려고 한 그 순간. 사이카와 주위의 바닥이 붕괴했고…… 아래층에서 뻗어 나온 대량의 가시나무에 삼켜지듯이 사이카와는 말도 남기지 못하고 우리의 눈앞에서 사라져 버렸다.

"사이카와……!"

"유이!"

나와 나츠나기가 한목소리를 냈다. 하지만 이제 이 손은 동료에게 닿지 않는다.

"아아아아아아아아아아아!"

그때 한발 앞서 이 전장에서 지금 해야 할 선택을 내린 샤르가 블론드 헤어를 휘날리며 시드를 향해 질주했다.

"그 그릇을 동료라고 했나? 제대로 지키지도 못하는 너희가 용케 그렇게 부르는군."

그러나 사이카와가 상처를 입는 건 시드에게도 바라던 바가 아니었는지 냉철한 눈이 샤르를 보았다. 그리고 시드의 척수 부근에서 자라난《촉수》하나가 강철 같은 은색으로 물들며 덤벼든 샤르가 쥔 금색의 검을 쳐냈다. 그러자――.

"……아."

깨닫고 보니 샤르가 허공에 떠 있었다.

검이 부서지는 소리에 이어서 들려온 무언가가 부러지는 소리. 이어서 짧은 신음을 흘린 샤르의 복부를 채찍처럼 휘는 강철의《촉수》가 노렸고――.

"인류는 역시 무르군."

그대로 건물을 덮고 있던 식물을 뚫고 입체 주차장의 밖으로 내팽개쳐졌다.

"……여기서 지상까지 몇 미터나 되지?"

전신에서 닭살이 돋으며 핏기가 가셨다.

아무리 샤르라도 낙법도 취하지 못하는 상태로 이 높이에서 지면에 내동댕이쳐지면——.

"나츠나기! 쫓아가 줘!"

내 입에서 나온 건 그런 흔해 빠진 말이었다. 그게 사이카와를 가리키는 것인지 샤르를 가리키는 것인지 이제는 판단도 되지 않았다. 그저 동료를 구해달라며, 그런 단순하고 무엇보다도 중요한 의뢰를 명탐정에게 부탁했다. 그 대신 나는——.

"시드……!"

나츠나기의 대답을 기다리지 않고 매그넘을 든 채 홀로 시드의 곁으로 질주했다. 샤르 덕분에 방해되는 가시나무는 전부 제거되었다.

"앞으로 둘인가."

시드의 등에서 뻗어 나온 《촉수》 몇 개가 나에게 향했다.

지금까지의 경험을 전부 활용해라, 치명상이 될 수 있는 공격만을 파악해라 그리고 적의 목에 이 납탄을 박아 넣어라. 그것만이 지금 내가 할 일이다.

통증 같은 건 느껴지지 않았다. 그런 건 소중한 누군가를 잃는 아픔에 비하면 아무것도 아니었다. 그렇게 나는 시드를 눈앞에 두고 검은 총을 오른손으로——.

"그래. 그게 생존본능을 끌어 올린다는 것이다."

그런 적의 목소리가 들려왔을 때는 이미 나는 차가운 콘크리트 위를 구르고 있었다. 아니, 바닥이 차가운 것인지, 아니면 내 몸이 차가워진 것인지. 아무래도 적의 《촉수》를 정통으로 맞았는지 몸이 제대로 움직이지 않았다. 공격받은 부위가 좋지 않았던 걸까, 아니면 피를 너무 흘린 것이 원인인 걸까.

"——그런 건 아무래도 좋아."

우선 일어서지 않으면 아무것도 못 한다.

그리고 다시 한번 달려서 《원초의 씨앗》을 파괴해야 한다. 그러니 지금은 이 납처럼 무거워진 몸을 움직여야만 한다.

"——움직이라고."

그런 건 알고 있었다.

알고 있어도——몸이 더 이상 말을 듣지 않았다. 그래도 이제는 초조한 감정도 일지 않았다. 그 정도로 의식이 몽롱해지기 시작했다.

이걸로 내 이야기는 끝난다.

시드를 무찔러 《SPES》를 섬멸하지 못하면 가장 사랑하는 파트너를 되찾는 미래도 실현할 수 없다. 그런 현실을 뒤집을 만한 힘은 이제 내 안에는 남지 않았다.

"——여기까지인가."

그렇게 나는 자신의 죽음을 깨닫고 다시 한번 일어섰다.

내 그런 모습을 보고 시드가 처음으로 표정을 희미하게 일그러트렸다.

어째서 다시 일어날 수 있는 건지, 그 대답은 나도 모른다. 《씨앗》을 섭취해서 경이적인 신체 능력과 회복 능력을 얻은 건지,

단순히 죽음의 구렁에 섬으로써 비정상적으로 아드레날린이 솟아나고 있는 건지.

혹은, 그렇지.

"시에스타가 맹세해 줬으니까."

한 번도 나에게 우는 얼굴을 보여준 적이 없었던 그 녀석이. 언젠가 반드시 나를 만나러 온다고—— 그렇게 울면서 맹세해 줬으니까. 그러므로 나는 다시 한번 진정한 의미로 시에스타와 재회할 때까지는 결코 죽는 것만큼은 용납되지 않는다.

"그게 내 생존본능이다."

그렇게 나는 떨리는 손으로 적에게 총구를 겨누었다.

"괜찮아."

그때 모든 것을 감싸 안는 듯한 부드러운 감촉이 허리에서 등에 걸쳐 전해졌다.

돌아보지 않아도 알 수 있었다—— 나츠나기다.

나츠나기 나기사가 뒤에서 나를 끌어안고 있었다.

"키미즈카에게는 해야 할 일이 있잖아? 그러니까 지금은 잠시만 자고 있어."

상냥한 목소리가 마치 최면을 걸듯이 차츰 뇌에 녹아들었다. 나는 그 말에 무언가를 말하려고 했지만 자신의 의지에 반하며 무거워지는 눈꺼풀에 가로막혔다.

"나츠, 나기……."

그렇게 그 자리에 무너져 내린 나는 그대로 잠에 빠지기 직전에── 붉은 눈에 불꽃을 담은 소녀가 거악을 향해 이렇게 선언하는 것을 들었다.

"세계의 적은 명탐정인 내가 무찌르겠어."

◇탐정대행── 나츠나기 나기사

"그 인격으로도 내 《씨앗》을 다루는 건가."

조금 떨어진 곳에 있는 시드가 나를 차갑게 내려다보면서 말했다. 내가 헬이 말한 《언령》의 힘을 쓴 것을 놓치지 않은 거겠지.

"나는 제대로 구별하나 보네."

이 몸이 손수 기른 품종(그릇)이기 때문일까. 그렇다면 불량품종으로 더 반감을 샀을지도 모르지만…… 이제 와서 그런 건 상관없나. 어느 쪽이 되었든 나는 이 남자와 싸운다. 마지막으로 한 번 더 키미즈카의 잠든 얼굴을 본 뒤에 등을 돌리고 그 자리에서 일어섰다.

"유이를 어디로 데리고 간 거야?"

"정식으로 그릇으로 쓰기 위해서는 준비가 필요하다."

시드는 내 질문에 분명하게 대답하지 않았다. 하지만 그 대답은 유이가 아직 어딘가에서 분명히 살아 있다는 것처럼 들렸다. 시드의 그릇이 되려면 유이의 육체가 죽음을 맞이해서는 안 될 터—— 그렇다면 분명 유이는 아직 구할 수 있다.

"너도 그걸 방해할 생각인가."

내가 머스킷 총을 쥔 것을 보고 시드가 담담히 물었다.

"네 육체에는 이미 두 개의 인격이 잠들어 있는 것으로 인식하는데, 그조차도 밖으로 끌어내지 않고 싸우려는 건가?"

헬과 시에스타를 말하는 것이다. 원래는 그 두 사람이야말로 시드의 가장 유력한 그릇 후보였다. 그렇지만 시에스타의 책략에 의해 이 몸에 두 사람의 의식이 집약되었고—— 그 결과로 시드는 그릇 후보를 동시에 잃게 되었다.

이미 헬과 시에스타라는 강력한 자의식이 잠들어 있는 이 몸을 억지로 빼앗으려고 하면 그 바깥쪽에 있는 나라는 그릇은 손쉽게 망가져 버릴 것이다. 그래서 시드는 이 몸을 그릇으로 삼는 것을 단념했다. 그랬기에——.

"그래, 내가 싸울 거야. 만약 내가 여기서 헬과 의식을 교대하면…… 당신은 또 이 몸을 그릇으로 삼으려고 할 거잖아?"

헬과 시에스타라는 강력한 두 개의 의식이 안쪽에 잠든 상태이므로 시드의 의식이 침입하는 것을 막을 수가 있었다. 하지만 나는 분명 그 역할을 다할 수 없다. 그러므로 나는 어디까지나 바깥쪽에서 이 몸을 지킬 수밖에 없었다.

"설령 전투 면에서 불리해지더라도, 죽을 리스크가 있더라도, 내 그릇만은 되지 않겠다고 말하는 건가."

그 말대로 시드가 그릇을 손에 넣는 일만큼은 일어나서는 안 된다. 유일하게 판명된 태양이라는 약점을 극복해 버리면 시드를 처치하는 건 지금 이상으로 절망적으로 변한다. 그렇기에 여기서 이 몸을 시드에게 빼앗길 수는 없었다. ——하지만.

"한 가지 착각하고 있는 모양인데."

나는 구태여 미소 지으면서 말했다.

분명 그 명탐정이었다면 이럴 때도 웃어 보였으리라고 생각하며.

"나는 그릇이 될 생각도 없지만 마찬가지로 죽을 생각도 전혀 없어."

그렇게 나는 시드를 향해 머스킷 총의 방아쇠를 당겼다. 발사한 총탄은 당연하다고 할지, 적의 《촉수》에 의해 본체에 도달하기 전에 가로막혔다. 하지만—— 그게 바로 내 노림수였다.

"이걸로 당신의 촉수는 두 번 다시 나를 공격하지 못해."

그건 시에스타가 예전에 썼었던 자신의 피를 담은 붉은 탄환으로, 이걸 맞은 대상은 마스터를 거스를 수 없게 된다. 요컨대 이걸로 시드는 나를…… 내 안의 심장(시에스타)을 공격할 수 없다.

"그렇군. 나에게 패배한 뒤에 그자는 그런 것을 손에 넣었나."

시드는 등 뒤로 뻗은 《촉수》를 일단 내렸다.

"하지만 그건 본디 같은 품종끼리의 다툼을 방지하기 위해 내가 유전자를 조작해서 만들어 낸 시스템이다. 대항책은 얼마든지 있다."

그렇게 말한 시드는 내 머리 위를 향해 《촉수》를 세차게 내질렀다.

"……윽?!"

천장을 노린 그 공격에 커다란 형광등이 내 쪽으로 떨어져 내렸다. 가까스로 피했지만 깨진 유리 파편이 다리에 박혔다.

"……내가 아니라 어디까지나 다른 대상물을 노린다는 거야?"

그렇게 간접적으로 나를 공격한다는 것이 시드의 노림수였다.

"원래라면 쓸데없이 에너지를 쓰고 싶지는 않지만 지금은 새로운 그릇을 손에 넣을 준비가 되었다. 불량품종을 솎아낸다는 부모의 책임만큼은 다하고 돌아가도록 하지."

시드는 담담히 그렇게 내뱉고는 등에서 네 개의 《촉수》를 뽑아냈고—— 그 《촉수》들은 의지를 가진 것처럼 꿈틀거리며 내 주변의 천장과 벽을 향해 덮쳐들었다.

"윽, 맞춰 보시든지."

나는 구태여 강한 척 말하며 떨어져 내리는 형광등과 날아드는 기둥 파편을 피했다. 몇 년간 헬이 이 몸을 썼던 덕분인지, 혹은 지금도 함께 싸워 주는 건지, 분명 평범한 사람이라면 불가능할 움직임으로 나는 적의 공격을 계속해서 회피했다.

"이건 샤르의 몫."

그렇게 흙먼지 속에서 공격을 넘긴 나는 총탄을 쏘았다. 탄환이 적의 어깨에 명중하며 혈액과는 다른 녹색 액체가 세차게 튀었다. ……그래도 적은 안색 하나 바꾸지 않고 부자연스러운 각도로 고개를 꺾었다.

"동족의 원수를 갚겠다는 건가?"

"샤르는 그 정도로 죽지 않아."

나는 그렇게 대답하면서 기둥에 등을 대고 숨을 골랐다.

"하지만 원수 갚기라고 한다면."

그리고 나는 일반형보다 총탄을 장전하기 쉽도록 개조한 머스킷 총에 다음 일격을 넣고는.

"알리시아가 느낀 아픔은 당신에게 되돌려 주겠어."

재차 자세를 낮추며 적을 향해 달려갔다.

"즉 감정론이라는 건가."

"……읏……!"

깨닫고 보니 발치에 무성하게 자라나 있던 가시나무의 가시가 다리에 박혔다. 그렇게 움직임이 막힌 틈에 적의 《촉수》가 근처에 버려져 있던 차를 들어 올려서 나를 향해 투척했다.

"아아아아아아아!"

나는 발치의 식물을 총으로 쏘아서 구속을 풀고는——.

"내 다리여, 움직여라!"

그렇게 《언령》으로 자기 자신에게 명령해 억지로 피투성이가 된 다리를 움직였다. 그리고 간발의 차이로 거대한 쇳덩어리로부터 몸을 피했다.

그렇지만 그 직후에 폭발음이 귀청을 찔렀다. 벽에 내동댕이쳐진 차가 대파되며 새어 나온 연료에 불이 붙었다. 초목이 무성한 입체 주차장이 금세 불길에 휩싸였다.

"……윽, 내가 신경 쓸 것 같아?"

이마에 흐르는 땀과 피를 닦고, 자기 자신을 향해 그렇게 말하며 다시 총에 총탄을 넣었다. 가진 총탄은 이걸로 마지막이다.

어떻게 해야 저 녀석을 이길 수 있을까. 나는 지금까지 이 마음속에 소용돌이치는 격정을 무기로 싸워 왔다. 그리고 키미즈카도 거기에 의지해 주었다. ……하지만 이번 적에게는 무언가를 호소하고 싶어도 애초에 감정이라는 개념조차 없었다. 그런 상대에게 나는 대체 무엇을 할 수 있을까.

"한 번 더 묻겠다."

그리고 마침 그때. 마치 내 생각을 읽은 것처럼 불길에 휩싸인 전장에서 시드가 냉철한 목소리로 나에게 이런 질문을 했다.

"어째서 너희 인간은 그렇게까지 감정이라는 것에 얽매이는 거지? 어째서 때로는 생물의 가장 근원적인 욕구인 자신의 생존본능보다도 감정에서 비롯된 행동을 우선시하고 선택하는 거지?"

시드는 눈 하나 깜짝 않고, 단순히 지식욕을 채우기 위한 목적으로서가 아니라 아마도 이 행성에 내려온 이래로 가지고 있었을 명제를 인간인 나에게 던졌다.

"——깨닫지 못한 거야?"

기회는 많이 있었을 텐데.

나는 입술을 깨물며 불길 속에서 시드를 향해 소리쳤다.

"알리시아는 위험을 무릅쓰고 나와 시에스타를 지키려고 했어—— 그게 우정이야. 헬은 언제나 내 곁에서 어떤 때라도 나를 위해 힘써 줬어—— 그게 충정(衷情)이야. 유이는 부모님을 사랑했고 부모님은 그런 외동딸을 첫 번째로 생각했어—— 그게 애정이야. 샤르는 죽은 시에스타의 유지를 이어 홀로 사명을 다해 왔어—— 그게 열정이야. 알베르트 씨는 여동생분을 구하기 위해 자신의 인생을 전부 바쳤어—— 그게 절정(切情)이야. 그리고 시에스타는, 키미즈카에게, 나에게, 동료들에게 모든 것을 맡기고 죽었어—— 그게 격정이야. 그 전부—— 전부가 인간의 감정이고, 그 감정이야말로 인간을 인간답게 하는 것들이야!"

그게 지금 내가 내놓을 수 있는 최대한의 대답이었다.

"그렇군. 조금도 이해되지는 않지만 인간이 벌레 소리를 의미가 있는 말로써 지각하지 못하는 것과 마찬가지인 거겠지."

그러나 시드는 타오르는 불길 속에서 아무런 표정 변화 없이 말했다.

"자, 유전자 조작은 끝났다. 이걸로 나는 또다시 너를 공격할 수 있겠지."

시드는 이 전투 중에 자신의 유전자를 조작하고 있었다…… 지금 적의 《촉수》 끝이 또다시 나에게 겨누어졌다. 그리고 지금 내 뒤에는 잠든 키미즈카가 쓰러져 있었다. 도망칠 수는 없었다.

"……."

나는 아까 시드에게 한 사람에 대한 것은 이야기하지 않았다.

내 파트너이자 조수인 남자애—— 키미즈카 키미히코.

키미즈카는 시에스타를 누구보다도 소중히 생각했고, 설령 그게 인간이 발을 들여선 안 되는 금기의 영역이라고 해도 시에스타를 되찾으려 하고 있었다—— 그게 어떠한 감정인지를 지금 이 자리에서 내가 입에 담아서는 안 된다고 생각했다. 어쩌면 아직 그 감정에 어울리는 말은 이 세상에 존재하지 않을지도 모른다.

그렇다면 키미즈카가 언젠가 그 대답을 찾아내야 한다. 설령 금단의 과실에 손을 댄 탓에 세계의 적이 되고, 어쩌면 《조율자》와도 싸우게 될지도 모르지만—— 그래도 키미즈카 키미히코는 시에스타를 되찾을 것이다. 언젠가 반드시 되찾을 것이다. 그렇게 단언할 수 있었다. 왜냐하면 지금의 나는 이미 그 미래에 다다를 수 있는 루트를 알고 있었으니까.

'그걸로 괜찮아?'

불현듯 내 뇌리에 그런 목소리가 울린 듯한 기분이 들었다.

그건 이틀 전에 영국에서 가장 높은 시계탑에서 미래를 내다보는 소녀가 나에게 물어본 말이었다.

키미즈카에게 자리를 비켜달라고 해서 나와 단둘이 있게 된 그녀는 정해진 운명을 뒤집어 죽은 자를 되살린다는 금기를 범하는 대가로 생겨나는 일그러짐에 대해 나에게 말했다.

그건 《무녀》의 자질을 지닌 이가 이 세계에서 동시기에 한 사람밖에 존재하지 않는 것처럼 《명탐정》 또한 세계가 한 사람만을 필요로 할 수도 있다는 가능성이었다. 그러므로 앞으로 시에스타가 되살아나는 미래가 실현된다면 나는 그때——.

"괜찮아, 그걸로."

나는 그때 바로는 대답하지 못했던 물음에 지금 그렇게 대답했다.

"그렇잖아?"

내가 맡은 역할은.

지금 이곳에서 완수해야 하는 내 사명은.

"——탐정대행이니까."

1년 전부터 그렇게 정해져 있었다.

"………………윽?!"

그 순간 시드의 《촉수》가 내 복부를 꿰뚫었다.

"……………………아……윽."

느껴 본 적 없는 격통이 덮쳐 와서 의식이 날아갈 뻔했다. 《촉수》가 뽑히자 후드득 소리를 내며 검붉은 피가 흘러내렸다. 살 수 있는 상처가 아니다. ——그래도.

"내 다리여, 달려라!"

나는 다시 한번 《언령》의 힘으로 그렇게 자기 자신을 향해 단호한 명령을 내렸다.

달려라, 달려라.

통증은 신경 쓰지 마라. 앞으로 나아가는 것 말고는 잊어버려라.

"나로는 당신을 당해내지 못할지도 몰라!"

줄곧 병원 침대에 있던 나는 백 미터를 전력으로 달리지도 못했다. 그렇지만 지금은 이렇게 달릴 수 있는 다리가 있다. 달려야만 하는 이유가 있다. 그렇다면 이 다리는 멈추지 않는다.

"하지만 언젠가는 당신을 타도할 존재가 나타날 거야!"

앞을 보고 마지막 힘을 쥐어짜며 나는 세계의 적을 향해 선언했다. 이어서 나는 불길과 검은 연기 속에 몸을 숨기며 구태여 머스킷 총이 아니라 또 하나의 무기을 쥐고 적에게 다가갔다.

"예를 들어 재팬의 아이돌이 노래로 설복시키거나, 블론드 헤어의 에이전트가 결국은 무력으로 압도하거나!"

그건 어제 《SPES》의 아지트를 뜨기 직전에 실험시설에서 발견한, 나의 또 다른 파트너가 과거에 썼었던 애도 중 한 자루였다. 힘을 빌려달라고 기도하며 자루를 강하게 움켜쥐었다.

"혹은 재킷 차림의 시원찮은 남자애가 촌스러운 말로 설득하거나, 어쩌면 백발의 명탐정이 누구도 떠올리지 못할 기책으로 당신을 무찌를지도 몰라!"

적과의 거리는 앞으로 2미터. 그렇게 검은 연기 속을 주파한 나는—— 헬의 힘을 빌리며 적의 목을 향해 붉은 사브르를 휘둘렀다.

"나는 그 미래를 지켜보지 못해—— 하지만 이것만큼은 말할 수 있어! 당신이 이 별에 군림하고 인류에게 승리하는 미래는 영원히 찾아오지 않아!"

그렇게 끝까지 해낸 내 마지막 싸움의 결말은.
"……부족했나."
붉은 칼날은 적의 목을 완전히 떨어트리기 몇 센티미터 직전에서 마찬가지로 검처럼 변화한 《촉수》에 의해 가로막혀 버렸다. ——그리고.

"너도인가, 헬."

나는 흐려지는 의식 속에서 시드가 작게 중얼거린 말을 들었다.

"방해가 들어올 것 같군."
그리고 시드가 그렇게 입에 담은 직후에 멀리서 헬리콥터가 나는 소리가 들려왔다. 아마도 원군—— 그리고 시드는 그릇의 확보라는 최대의 목적을 완수했기 때문인지 홀연히 사라지듯이 자리를 떴다.
"……여기까지인가 봐."
아무래도 《언령》으로 뇌를 속이는 것도 더는 한계인 듯했다. 다리가 휘청여서 나도 모르게 그 자리에 무너져 내렸다.
"키미, 즈카……."
타오르는 불길 속에서 나는 기듯이 쓰러진 키미즈카의 곁으로 향했다.
산소가 부족하다. 피도 너무 흘렸다. 의식을 유지하는 것도, 호흡하는 것도 마음대로 되지 않았다. 그래도 나는 이 손을…… 손가락을 키미즈카를 향해 있는 힘껏 뻗었다.
"고마……."
그다음은 말로 나오지 않았다.
그렇지만 마지막에 줄곧 꿈꾸어오던 특별한 누군가가 될 수 있었던 나는 지금은 조금이지만 만족하며 잠이 들었다.

내 이름은 나기사.
탐정대행—— 나츠나기 나기사.
탐정의 사명을 이은 나의 유지 또한 다음에 싸울 이에게로 계승된다.

【에필로그】

눈을 뜨자 하얀 천장이 시야에 들어왔다.

약품 냄새와 욱신거리는 몸. 이곳이 병원이라는 것을 금방 알 수 있었다.

"일어났나."

침대에서 조금 떨어진 곳에서 여성의 낮은 목소리가 들려 왔다. 고개를 들어 그쪽을 보니 낯익은 붉은 머리칼의 여형사——카세 후우비가 과일에 나이프를 대고 있었다.

"사과 먹을래?"

"……역시 암살자. 날붙이 쓰는 일엔 일류신데."

심상치 않을 정도로 얇고 완벽하게 깎인 사과껍질을 보며 나는 그렇게 중얼거렸다.

"그래서 나는 얼마나 자고 있었죠?"

커튼 너머에서 햇살이 비치지 않았다. 적어도 그로부터 반나절은 지났다는 말이었다.

"음, 40시간 정도."

후우비 씨는 손목시계를 힐끗 보며 대답했다. 아무래도 생각한 것 이상으로 농땡이를 피운 모양이었다.

"뭐, 예전 명탐정보다는 일찍 일어난 거지."

그러나 후우비 씨는 그렇게 말하며 "좀 더 자." 하고 나를 다독였다.

"……그래서 후우비 씨. 왜 당신이 지금 여기 있는 거죠?"

내가 묻자 후우비 씨는 담배를 꺼내려고 하다가…… 담뱃갑 속으로 되돌렸다. 아무리 그래도 병실에서 피우는 건 망설여진 건지, 그게 아니면.

"너에게 전해야 할 게 세 가지 있어."

이어서 후우비 씨는 천장을 바라보는 나에게 시선을 보내며 이곳에 온 목적을 이야기하기 시작했다.

"우선 첫 번째—— 샬럿 아리사카 앤더슨은 지금 의식불명인 상태로 집중 치료실에 들어가 있어."

그건 그 폐허의 결전에서 있었던 일이다. 샤르는 내 눈앞에서 시드의 《촉수》에 의해 입체 주차장의 3층에서 건물 밑으로 추락했다. 아마도 의식을 잃은 채 낙법도 취하지 못하고 땅바닥에 내동댕이쳐졌을 것이다. 목숨을 건진 것만으로도 기적에 가까울지도 모른다.

"지금 용태는요?"

"글쎄, 나는 의사가 아니라서."

후우비 씨가 전에도 들은 적이 있는 듯한 말로 대답했다.

"이후는 그 녀석의 의지가 얼마나 강한지에 달렸겠지."

그 의지라는 게 구체적으로 무엇을 가리키는 건지는 명확하게 이야기하지 않았다. 그렇지만 샤르가 지금 가장 바라고 있는 것이 무엇인지를 생각하면 되물어볼 것도 없었다.

"그리고 두 번째—— 사이카와 유이는 지금 시드에게 사로잡힌 것으로 생각돼."

시드와의 결전 중에 돌연히 건물을 덮친 가시나무에 삼켜지는 모양새로 사이카와는 내 앞에서 모습을 감췄다.

"사이카와는 무사한 겁니까? 지금 어디에……."

시드의 목적은 사이카와 유이를 자신의 그릇으로 삼는 것이었기에 사이카와가 살해당하는 일은 없을 터였다. 하지만 만약 시드가 이미 사이카와의 육체를 빼앗았다면…….

"나도 온갖 수단을 써서 수색하는 중이야. 다만 지금으로서는 시드가 뭔가 눈에 띄는 행동을 취하는 낌새는 없어."

"……반대로 말하면 사이카와가 무사하다는 보증도 없다는 거죠."

그렇다면 역시 한시라도 빨리 사이카와를 구할 방법을 생각해 내야 한다. 정말로 때를 놓치기 전에.

"그래서 후우비 씨."

나는 침대에서 상체를 일으키며 후우비 씨에게 물었다.

"나츠나기는 지금 어딨죠?"

샤르와 사이카와의 현재 상황을 들었으니 남은 건 나츠나기 나기사 한 명뿐이었다.

나 대신 홀로 시드와의 싸움에 임했던 나츠나기는——.

"내가 틀렸었어. 그 녀석은 탐정이었어."

그러자 내 질문에 후우비 씨가 나직하게 말했다.

"책무를 다하기 위해서라면 무언가를 희생하는 것도 주저하지 않아. 그런 자기희생을 예전 《명탐정》으로부터 물려받은 그 녀석은 명실상부한——."

다음 순간, 깨닫고 보니 내 눈앞에는 붉은 머리칼을 가진 여형사의 얼굴이 있었다.

"나를 친다고 뭔가 달라져?"

나는 무의식중에 이불을 젖히고 후우비 씨의 멱살을 잡고 있었다.

알고 있다.

이런 짓을 해 봤자 소용없다는 것은 누군가에게 듣지 않아도 알고 있었다.

그래도 그 결정적인 한마디만큼은 누구의 입에서도 듣고 싶지 않았다.

"그 주먹은 나중에 진정으로 휘둘러야 할 상대를 위해 남겨 놔."

후우비 씨는 멱살을 잡고 있던 내 손을 부드럽게 내린 뒤에 그 이상 아무 말도 하지 않고 병실을 뒤로했다.

남겨진 나는 그저 홀로 그 자리에 서 있었다.

그래, 나도 사실은 이미 알고 있었다.

그저 그 현실을 인정하는 게 무서웠을 뿐이다.

"나츠나기는."

탐정은 이미, 죽었다.

【Re : boot】

그로부터 사흘이 지났다.

내 부상은 어째서인지 여전히 비정상적일 정도로 회복이 빨라서 금방 퇴원 허가가 나왔다.

그래도 왼쪽 다리의 상태가 나빠서 만족스럽게 밖을 걸을 수 있는 상황이 아니었다. 그런 사정으로 아파트에 돌아온 나는 딱히 무언가를 하는 일도 없이 내내 깔아 둔 이불 위에 누워서 줄곧 텔레비전을 하릴없이 바라보고 있었다. 학교에서는 여름 보충수업이 이루어지고 있겠지만 이제 와서 참가할 생각이 들 리도 없었다.

"——또 이건가."

1년 만이었다. 1년 전에도 나는 시에스타를 잃고 이런 방만한 일상을 보냈다.

그리고 일주일인지, 혹은 1개월이 지난 뒤에 복학해서 일상에 안주하는 나날을 보내게 되었다.

하지만 지금은 그렇게 일상에 안주하지도 못하고 살얼음판 위에서 살아가는 듯한 기분이었다. 아까부터 텔레비전에서 해외 드라마로 보이는 방송이 흘러나오고 있지만 내용이 전혀 머릿속에 들어오지 않았다. 애초에 이 해외 드라마는 무슨 요일의 몇 시에 방송되는 것일까.

커튼도 단단히 쳐 둬서 시간 감각이 전혀 없었다. 그 사실을 알게 된 날로부터 사흘이 지났다고 자각하지만 사실은 그것도 확실하지 않았다. 그저 집에 돌아와서 아무 생각 없이 짧은 수면을 취한 게 세 번이었다는 것뿐이었다.

"——핸드폰."

머리맡에 던져둔 핸드폰으로 시간을 확인하려고 했지만 운 나쁘게 그 타이밍에 배터리가 꺼지고 말았다. 지난 며칠간 샤르와 사이카와에 대해서 뭔가 진전이 있으면 후우비 씨가 연락해 주기로 했었는데 결국 아무런 소식도 없는 채였다.

그리고 한 가지 더, 사이카와가 있는 곳을 찾을 단서를 얻기 위해 나는 어떤 인물과 접촉을 시도했었지만…… 그것도 아직 좋은 소식은 얻지 못했다.

요컨대 나는 전부 실패했다.

샤르를 생사의 갈림길에서 헤매게 하고, 사이카와를 적의 손으로부터 지켜주지 못했다. 그리고 나츠나기를 울리는 짓은 하지 않겠다며 헬과 나눈 약속을 어긴 나는…….

"배고프네."

이럴 때도 배가 고파지는 건 인체의 결함이라고 생각한 나는 비틀거리며 일어섰다. 그러고 보니 아파트에 돌아온 뒤로 물을 마신 것 외에는 아무것도 입에 대지 않았다.

냉장고를 열자 안에는 아무것도 들어 있지 않았다. 그렇다고 해서 지금부터 나갈 기력도 체력도 없었다. 나는 대신 배달 음식 전단지라도 들어 있지 않을까 해서 현관 안쪽에 설치된 우체통을 열었다.

안에는 평소대로라고 해야 할지, 공과금 체납 독촉장이 여러 장 들어 있었다.

그곳에 찾고 있던 피자집 전단지도 있었다.

그리고—— 봉투에 아무것도 적히지 않은 한 통의 편지가 있었다.

보낸 이는 불명.

짚이는 데는 없지만 이 우체통에 들어 있었으니 나에게 보낸 거라는 건 틀림없겠지.

어째서일까. 나는 광열비 납부보다도 그리고 피자 주문 전화보다도 지금은 우선 이 편지를 읽어야 할 것 같은 기분이 들었다. 그리고 봉투를 열어 보자…… 안에는 A5 사이즈의 편지가 두 장 들어 있었다.

"——이건."

그 편지는 '키미즈카에게' 라는 문장으로 시작되었다.

이 편지를 읽고 있다는 건 이제 나는 키미즈카의 곁에 없는 거지?

——우습지 않아? 설마 내가 이런 영화에서나 나올 법한 말을 하게 될 줄은 생각도 못 했어. 실은 어렴풋한 예감……이라고 할까 각오를 해서 말이지. 시에스타가 키미즈카에게 편지를 남긴 것을 따라 하는 건 아니지만 나도 지금 이 편지를 런던의 집에서 키미즈카의 잠든 얼굴을 보며 적고 있어. 하지만 조금 용기가 필요해서 실은 이곳에 오기 전에 술을 마셨는데…… 역시 들켰겠지?

그리고 이 편지는 만약 내 몸에 무슨 일이 생기면 키미즈카에게 건네주라고 어떤 항공 승무원에게 부탁할 예정인데 수락해 주려나? 아, 하지만 이걸 지금 키미즈카가 읽고 있다는 건 받아들여 준 거구나. 다행이야.

그런고로 이때까지 편지 같은 건 써본 적이 없어서 뭐부터 써야 할지 영 모르겠는데, 우선은 탐정답게 추리라도 해 볼까.

——지금 키미즈카는 무진장 배가 고플 거야!

어때? 맞췄지?

내 이 신들린 추리에 따르면 갑작스러운 나와의 이별에 키미즈카는 무진장 낙심해서 며칠이나 홀로 아파트에 틀어박혀 있었지만, 슬슬 뭔가 먹어야겠다는 생각이 들어서 무거운 걸음을 옮기며 밖으로 나가려고 하다가 이 편지를 깨달았다거나. 응, 내가 생각해도 좋은 추리 같은데. 뭐? 그렇게 낙심하지는 않았다고?

열 받아! 두 번 죽일 거야!
……말은 이렇게 해도 실은 조금 불안하기도 해.

그 왜, 키미즈카의 눈에는 말이야, 역시 시에스타밖에 보이지 않으려나 싶어서. 그래서 내가 어떻게 되더라도 실은 키미즈카는 그렇게 침울해지지 않으려나 해서. 뭐, 그 대답을 내가 알게 되는 일은 이제 없겠지만…… 그래도 역시 조금은 울어 주길 바랄지도.

……음, 아니, 이건 지나치게 부담스러운 여자라고 어필해 버린 것 같으니까 철회할게. 키미즈카가 잘 지낸다면 그걸로 충분해! 응, 그걸로 전부 해결.

아무튼 여기서부터는 본론이야.
우선 키미즈카에게 부탁할 게 있어.
만약 이 편지를 읽고 있는 지금도 시드를 아직 처치하지 못했다면—— 언젠가 반드시 키미즈카의 손으로 처치해 줬으면 해. 실은 나에게도 비책은 있지만…… 그걸로 이긴다는 보증은 없어서 말이야. 그렇지만 내가 없어지더라도 믿음직한 동료는 그 밖에도 많이 있으니까 부탁할게!

다음은 사과할 게 있어.
꽤 예전 일인데 내가 키미즈카에게 약속한 거 기억해?
나는 절대로 너 몰래 멋대로 죽거나 하지 않는다고 한 거.
그렇지만 미안해. 그 약속을 지키지 못했어. ……화내겠지?
화내 줬으면 좋겠는데…… 아니, 그냥 하는 말이야.

마지막으로 감사의 말.
나를 많이 도와줘서 고마워.
1년 전 런던에서. 기억을 잃은 나에게 상냥히 대해 줘서 고마워. 약지에 반지를 끼워 줘서 고마워. 적의 아지트에 끌려갔어도 구하러 와 줘서 고마워.

그리고 그 밖에도 많이. 내 심장의 본래 주인을 찾아 줘서, 내가 내 인생을 살아도 괜찮다고 말해줘서, 크루즈선 위에서 적으로부터 구해줘서, 내 과거의 죄를 용서해 줘서, 밤의 옥상에서 격려해 줘서, 내 편으로 있겠다고 말해 줘서, 오늘까지 줄곧 곁에 있어 줘서—— 고마워.

나는 키미즈카에게 많은 것을 받았어. 그걸 조금은 되돌려 줬을까? 분명 아직 멀었겠지? 그래서 역시 조금 더 함께 있고 싶었어. ……아니, 딱히 고백하는 건 아니지만. 나는 키미즈카에게 별달리 아무 생각도 없으니까.

뭐, 그래도. 키미즈카가 나를 어떻게 생각했는지는 몰라도 나는 키미즈카가 싫지 않았어. 싫을 리가 없지. 그러니 만약 이걸로 헤어지게 된다고 생각하면 조금 쓸쓸한 기분은 들지만——그래도 나는 탐정으로서 마지막 일을 끝낼 거야.

그러니까 그때는 조금이라도 좋으니까 칭찬해 줬으면 좋겠는데.

거기서 편지는 끝나 있었다.

"……웃기지 마."

전부 틀렸다.

그래. 나츠나기가 한 말은 전부 틀렸다.

네가 없어져도 내가 낙심하지 않는다고?

잘 봐라, 사흘이나 움직이지 못했다고.

밥 먹을 기력도 없었고, 목욕도 안 했고, 깨닫고 보니 턱수염도 잔뜩 자랐다. 지금도 아무런 의욕도 없어서 이렇게 바닥에 주저앉아 이 편지를 읽고 있다. 그게 왜 전해지지 않는 건데.

한 달 전—— 일상에 안주해 있던 나를 네가 밖으로 데리고 나와 줬다. 끌어안아 줬다. 시에스타의 마음을 못 본 척하려고 했던 나를 혼내 줬다. 대신 울어 줬다. 칠흑 같은 밤에 나를 두고 죽거나 하지 않는다고 맹세해 줬다. 학교 옥상에서 친구로 있겠다고 해 줬다. 이제까지 줄곧 내 곁에 있어 줬다. 나는 이렇게나——.

"나는 전하지 않았던 건가."

그런 감사의 말을 나는 나츠나기에게 제대로 전한 적이 없었다.

나츠나기는 쑥스러워하면서도, 때로는 화를 내면서도 서툴게 말해 줬었는데.

나는 진정한 의미로 나츠나기에게 아무것도 전하지 못했다.

"또 같은 실수를 저지른 건가."

1년 전. 그렇게 나는 시에스타에게 아무것도 전하지 못한 채 죽음으로써 헤어졌었는데.

"나는 바보야."

1년 만에 그때와 같은 자조가 흘러나왔다. 자신의 어리석음에, 한심함에. 하지만 아무리 후회해도 이미 늦었다. 탐정은 이미——.

"……윽."

나는 무심결에 편지를 움켜쥐었다.
그러자 편지의 두 번째 장 뒤에 뭔가 글자가 적혀 있는 것을 깨달았다.
뒤집어보자 거기에는 '추신' 으로 이런 한 문장이 적혀 있었다.

——한 가지 깜빡했어! 내가 그냥 죽어 버리기만 하는 여자라고는 생각하지 마.

"무슨…… 말이지?"
그 한 문장의 진의를 이해하지 못하고 내가 고개를 갸웃거렸을 때였다.
문득 포근한 바람이 불어왔다.
언제 창문을 열어 뒀던가.
그렇게 생각한 나는 바람이 불어오는 방향으로 고개를 돌렸다.

"내 《일곱 도구》 중 하나인데 말이지, 이 열쇠로 열지 못하는 자물쇠는 없거든."

나밖에 없었을 방에 한 소녀의 목소리가 들려왔다.
그건 예전에도 들었던 말이었다.
그렇게 그녀는 허락도 없이 내 방에 침입해서는 자기 집인 것처럼 해외 드라마를 보며 피자를 먹었다.

——그런 그녀가 지금, 또다시 내 눈앞에 있었다.

은백색 숏컷에 빨려 들어갈 듯한 푸른 눈동자. 시크한 색의 어딘가 군복을 본뜬 듯한 원피스에서는 새하얀 눈처럼 맑은 피부가 엿보였다.

마치 천사가 환생한 듯한 아름다움이었다. 미인이라는 단어를 사전에서 찾아보면 분명 그녀의 이름이 실려 있을 테고 인터넷에서 이름을 검색하면 관련 이미지에는 꽃이나 새나 달의 사진이 나열될 것이다.

그래서 그때부터 나는 그녀의 이름에만 관심을 쏟았다.

그렇지만 지금의 나는 4년 전에는 몰랐던 그 이름을—— 코드네임을 알고 있었다.

"……야, 불법 침입이라고."

"뭐, 어때. 내가 멋대로 침입하는 건 너희 집뿐인걸."

그런 예전에도 주고받은 적이 있는 것 같은 농담을 하면서 그녀는 나에게 다가왔다.

"있잖아, 조수."

그렇게 백발의 소녀는 1억 점짜리 사랑스러운 미소를 짓고는, 나를 향해 조용히 왼손을 내밀며 이렇게 말했다.

"다시 한번 동료를 구하러 여행을 떠나자."

탐정은 이미 죽었다 4

2021년 07월 20일 제1판 인쇄
2022년 02월 04일 3쇄 발행

지음 니고 쥬우 | **일러스트** 우미보즈

옮김 김민준

발행 영상출판미디어(주)
등록번호 제 2002-000003호
주소 21315 인천광역시 부평구 부평대로 283 A동 702호
전화 032-505-2973(代) | **FAX** 032-505-2982

ISBN 979-11-380-0332-2
ISBN 979-11-6625-457-4 (세트)

노블엔진(NOVEL ENGINE)은 영상출판미디어(주)의 라이트노벨 및 관련서적 브랜드입니다.

**어느 날 갑자기 이세계로 넘어가 보니, 내가 집사고
선배가 악역 영애?! 비극을 피하고 원래 세계로 돌아가라!**

전생종자의 악정개혁록(블랙 크로니클)

1~2

좋아하는 여자 선배와 하교 중에 이세계로 전생한 유리. 몰락 귀족의 자식으로서 자신이 섬기는 오만불손 귀족 영애를 만나러 가 보니…… 갑자기 자신에게 엎드려 빌었다?!

평소와 다른 귀족 영애의 상태에 당황하면서도, 우연히 자신과 똑같이 전생한 선배임을 깨닫는 나.

그런데 원래 세계로 돌아가려면 선배(=귀족 영애)가 모략과 결혼이 판을 치는 궁정에서 살아남아야 한다고?!

악역영애(=선배)를 섬기는 종자가 되어 배드 엔딩을 피해라!

전생 주종의 이세계 생존기!!

카타리베 마사유키 지음 | **토사카 아사기** 일러스트 | **2021년 7월 제2권 출간**

청춘의 상상, 시동을 걸어라!

여러분 이거 다 거짓말인 거 아시죠?
지혜와 용기로 세상을 구하는 전설의 '사법사', 등장!!

사법사 스승짱

1

마법사를 능가하는 구세주 '사법사'.

하지만 낙제생 마법사 제라르가 소환한 것은── "그게 뭔데? 난 그냥 귀엽기만 한 고등학생인데?"

수상쩍은 여고생, 시이코였다?!

"내 자기계발 세미나를 듣고 해피라이프로 스텝업하자. 새로운 자신을 찾아낼 수 있다면 마음의 파워로 마법 같은 것도 팍팍 쭉쭉 성장할 테니까! 가즈아!"

여자 꼬시기, 정신론 등의 엉뚱한 수행으로 제자(제라르)를 단련해주고, 덤으로 세계도 구한다?

사로 시작하고 기로 끝나는 파워가 폭발!
이세계 판타지 마법 코미디!!

하루하라 케무리 지음 | 코인 일러스트 | 2021년 8월 출간

청춘의 상상, 시동을 걸어라!

애니메이션 시즌2 방영! 본편 제7장 스타트!
이번 무대는 약육강식의 나라 '볼라키아 제국'이다!!

Re:제로부터 시작하는 이세계 생활

본편 1~26 / 단편집 1~6 / Ex 1~4